조광조, 너 그럴 줄 알았지

고광률 소설집

조광조, 너 그럴 줄 알았지

화남

차례

조용한 가족 · 7
고양이와 속옷 · 35
어떤 보필 · 61
공존의 공식 · 83
조광조, 너 그럴 줄 알았지 · 161
형에게 가는 길 · 221

해설 ―폭력의 성찰과 소설의 힘―　김이구 · 319

작가의 말 · 334

조용한 가족

수화기에서 나온 아버지의 끝말은 "지금 다녀오마. 그리 알고 오지 마라."였다. 그 말엔 사고의 자초지종을 일러줬으니 그렇게 알고 나중에 뒷말 말라는 다짐과 뒷수습 또한 알아서 할 테니 잠자코 있으라는 뜻이 담겨 있었다. 아버지는 내 도움을 받자고 전화한 것이 아니었다. 통화 내내 사고 내용보다 내가 할 일이 무엇일까 하며 골몰해 있었던 나는 좀 머쓱해지며 맥이 빠졌다. 원고를 다듬던 모니터 창을 닫았다. 사고를 안 이상, 가만있으란다고 가만히 있을 수만도 없는 노릇이 아닌가.

나는 곧장 차에 올라 교문을 빠져나왔다. 학과 구조조정을 결사반대하고, 장학금 수혜율을 즉각 올리라는 현수막이 바람에 아우성을 치고 있었다. 학내 주차료 징수를 반대하는 학생들이 몰고 온 승용차들은 진입로 좌우측에 함부로 주차되어 있었다. 그렇지 않아도 비좁은 이차선 도로가 일차선 폭에도 못 미쳤다. 내 차가 맞은편 차와 머리를 맞댄 채 잠시 주춤거리는 사이 비가 내렸다. 비는 곧 철삿줄같이 내렸다. 차 안의 더운 공기와 바깥의 식은 공기가 부대끼면서 유리창은 허연 김으로 덮였다.

"그래서 그놈을 찔렀다는구나."

아버지의 말은 허연 김처럼 모호하고, 두서가 없었다.

"뭘 가지고 찔렀다고요?"

"십자도라이바다."

아버지는 칼이 아닌, 드라이버라고 했다.

안심이었다. 칼 쓰는 작업장이 아닌데 칼을 사용했다면 의도적·계획적 상해가 될 수도 있는 일이었다.

톨게이트에서 표를 빼 램프웨이를 돌아갈 즈음 빗줄기가 물 폭탄으로 바뀌었다. 기상캐스터는, 잠시 제주 남쪽으로 내려가 숨을 고른 장마전선이 도로 몰려와 집중호우를 쏟아붓고 있는데, 그 양이 100밀리미터가 될지 200밀리미터가 될지 알 수 없다고 했다. 나는 외곽순환도로를 벗어나 경부고속도로를 만날 즈음, 속도를 절반으로 줄이고 꼬리등을 켰다. 장대비 속에서 비척비척 다가온 '청원 20㎞'라는 이정표가 슬금슬금 뒤로 밀려났.

둘째는 숫자를 몰랐다. 숫자를 읽을 줄도, 셈을 할 줄도 몰랐다. 나이가 사십이 되도록, 하나에서 열까지 읽지도 쓰지도 세지도 못했다. 세상은 숫자로 되어 있어 이 숫자가 세상을 움직이고 있으나, 둘째는 숫자를 알지 못했다. 삼십사 년 전부터 둘째는 숫자와 글을 못 읽는다는 이유로 매일같이 나에게 맞았고, 네 살 터울의 막내로부터 놀림을 당했다. 아버지한테는 비명이 안 나올 때까지 맞았다. 그 당시 가족 모두는 둘째를 장애로 인정하지 않았다. 단지 또래에 비해 키가 작고 체격이 왜소했을 뿐이지 다른 것은 정상이라고 믿었다. 둘째는 단지 공부가 싫어 꾀를 부리는 것이 비정상일 뿐이었다. 가족이 이렇게 생각한 근거는 그가 라디오 드라마 스토리를 꿰는 특별한 기억력을 가진 때문이었다. 그러나 여섯 살 때부터 열한 살까지 무려 육 년 동안이나 줄창 맞아가며 꾀를 부릴 수는 없는 노릇이었다. 둘째가 초등학교 4학년이 되던 해, 가장 먼저 내가 포기했다. 그때 내가 내린 결론은 '바보'가 아니라, '지독한 고집쟁이'였다. 사실 동생은 숫자와 글만 못 읽을 뿐이지, 다른 일상생활과 관련된 기억력이나 이해력이 정상 수준에 가까웠고, 잘잘못에 대한 판단 또한 분명했다.

  둘째의 최종학력은 초등학교 4년 중퇴이다. 지금 돌이켜보면, 장애아를 비장애아들이 다니는 초등학교에서 빼내온 것이지만, 당시에는 둘째를 구출하기 위한 고육지책일 뿐이었다. 학년이 오를수록 선생의 구타와 동급생들의 놀림이 더해갔다. 나로서는 둘째가 맞아 병신 되는 꼴도, 전교생의 노리개가 되는 꼴도 볼 수 없었다. 그래서 나는 가족을 설득하였다.

학교를 그만둔 뒤 둘째는 돈벌이에 나섰고, 그 첫 근무지가 농방(籠房)이었다. 농방은 집에서 가까웠다. 가까웠지만, 그 농방은 거미줄같이 엉킨 골목 한복판에 있었다. 둘째는 가끔 길을 잃었다. 농방은 작업 시간이 길었고 구타가 심했다. 그러나, 숫자를 몰라 버스 이용이 불가능했으므로 다른 직장을 찾기는 쉽지 않았다. 게다가 열한 살 미성년자를 고용할 번듯한 직장은 없었다.

농방에서 둘째는 '시다'가 아닌 잡부였다. 손톱이 피멍 들어 몇 차례 빠지고 팔과 다리에 상처를 입으며 둘째는 근방에 있는 영세한 이 농방에서 저 농방으로 서너 곳을 옮겨 다니다 성인이 되었다.

청원 나들목을 빠져나온 나는 앞차를 좇아 천천히 액셀을 밟으며 휴대폰을 열었다.

"어, 그래…… 우리 설 교수. 어쩐 일이냐?"

상대는 목소리뿐만 아니라, 내 직함도 과장시켰다. 시간강사와 교수는 다르고, 나는 학생 기자들을 지도하며 강의만 하기에 교수가 아니라고 몇 번을 일러도 막무가내였다. 그때마다 그는 "언젠간 될 거 아니냐?"라며 눙치고 넘어갔다.

"오랜만이다. 도움이 좀 필요해서……."

초등학교 동창인 정보과장은 내 부탁을 열심히 들었다. 그러고 나서는 곧 답을 주겠노라고 했다. 그는 올해 아들의 경찰학과 수시 입학을 곁에서 도와 합격시킨 내 은혜를 꼭 갚고 싶어했다. 나는 정보만 주었을 뿐인데, 동창은 내 힘을 결정적인 것으로 알고 있었다. 정보과장다운 생각이었다.

둘째가 일하는 공장을 모르는 나는, 청주에 들어서자마자 도리 없이 영운동 집으로 향했다.

냉장고 문짝에는 전화요금청구서와 전기요금고지서가 자석으로 고정되어 있었다. 둘째 덕에 할인율이 적용된 청구서들이었다. 둘째는 오 년 전 정신지체 3급 판정을 받았다. 나도 둘째 덕으로 LPG 차량을 구입한 뒤, 동사무소에서 LPG 할인카드와 고속도로 통행료 할인카드를 발급받았다.

물병을 꺼내 냉수 한 잔을 따라 마신 나는 둘째의 방문을 열었다. 방문을 여는 순간, 눅눅하고 퀴퀴한 냄새가 코끝을 훑었다. 홀아비 냄새였다. 비 탓에 눅진한 방바닥에는 자석요가 깔려 있었고, 그 위에 물파스와 약봉지가 놓여 있었다. 물파스는 저린 손목을 위한 것이고, 약은 관절염의 통증을 다스리기 위한 것일 터였다. 나는 코끝이 시렸다.

"넌 무슨 일을 하냐?"

어느 해 설 명절, 나는 야근하고 아침참에 퇴근한 둘째를 현관에서 맞으며 물었다.

"나, 나…… 사출기 기술자야. 형은 여태 그것도 몰랐어."

그때 나는 잠시 당황했다. 사출기가 뭔지를 모르는데다가 아무려면 숫자와 셈을 모르는 기술자도 있을까 싶어서였다. 나중에 안 일이지만, 둘째는 사출기 한 대를 거뜬하게 다루는 틀림없는 기술자였다.

나는 문고리를 쥔 채 창 밑으로 납작 엎드려 있는 2단짜리 책꽂이를 물끄러미 바라봤다. 그 낯익은 책꽂이에 또다시 코끝이 시큰했다. 양팔 길이의 넓이에 2단으로 짜올린 책꽂이. 이십오 년 전, 둘째가 이 책꽂이를 짜온 날도 장맛비가 내렸었다. 둘째가 자신의 키만한 판자를 힘겹게 등판에 메고 대문을 들어섰다. 뜻밖의 모습에 놀란 나는 멍하니 바라보고만 있었다. 그때 면돗날 같은 번개가 검은 하늘을 찢어발겼고, 천둥이 비명을 내질렀다. 놀란 둘째가 판자에 눌려 엎어졌고, 나는 둘째를 추슬러 방으로 들어왔다.

"이 책꽂이…… 형 선물이야."

정신을 찾은 둘째가 젖은 판자에 걸레질을 하며 말했다. 나는 비로소 판자때기가 책꽂이임을 알았다. 둘째는 그것이 나의 대학 입학 선물이라고 했다.

장마철에는 목재가 뒤틀려 출근을 해도 작업은 할 수 없었다. 둘째는 그 틈에 내리 넉 달을 벼르던 책꽂이를 짠 것이다.

우우웅…… 우웅…….

주머니 속에서 휴대전화가 진저리를 치며 울었다.

"형, 나야."

막내였다.

"지금 어디야?"

막내는 다짜고짜 내 소재를 물었다.

영운동 집이라고 답하자, 이어 막내는 대뜸 "형도 알아?"라며 분에 찬 목소리로 물었다. "그런 씹새끼가 남의 나라에 와서 감히……."
 끝내 욕을 내지른 막내가 곧 출발하겠다며 전화를 끊었다.
 어린 시절, 동네에서 우리 또래의 그 누구도 둘째를 건드리면 대가를 치러야 했다. 놀리거나 흉보는 것은 넘어갔으나, 약을 올리거나 손찌검이라도 하면, 막내와 나는 마당 한켠에 세워둔 역기 봉과 대문의 빗장을 빼들고 응징에 나섰다. 하지만 학교에서 선생들을 응징할 수는 없었다.

 러닝셔츠 차림으로 달려온 막내는 아파트 주차장에 '대성샷시공업사'의 1톤 트럭을 대고, 땀에 전 저고리를 챙겨 내 차에 올랐다. 큰길로 나서자 막내가 손가락질로 길을 가리켰고, 나는 운전했다. 차는 수계가 높아진 무심천을 끼고 내달렸다.
 "왜 이런 사고가 다 생기냐."
 나는 넋두리처럼 중얼댔다.
 "예고 있는 사고 봤어? 쑤실 만하니까 쑤셨겠지."
 말한 내가 잘못이다 싶었다. 순간, 나는 아버지의 말을 어기고 말보다 주먹이 빠른 막내와 함께 공장으로 가는 일이 옳은 짓인가, 라는 생각이 들었다. 이대로 막내에게 이끌려 무턱대고 공장까지 갈 수는 없지 싶었다. 그래서 슬그머니 속도를 줄이며 사건 내막이라도 자세히 알고 가는 것이 어떨까, 하고 물었다. 막내는 막무가내였다. 가보면 아주 자세히 알 수 있다는 식이었다. 정히 마땅찮으면 자기는 택시를 타겠다며 우겼다. 막내 혼자 보내는 것은 사고를 방조하는 것과 다름없었다.

"이런 일 뻔한 거 아냐? 한두 번 겪어봐? 아, 참. 형은 아니겠다."

막내는 사고를 꿰고 있는 듯 말했다. 하지만 막내가 아는 것은, '작은형이 쑤실 만하니까 쑤셨다'가 전부일 수도 있었다.

"쑤실 만한 이유 없이 쑤셨을 수도 있잖냐……."

둘째의 욱하는 성미, 다시 말해 성깔의 가족력을 염두에 둔 말이었다.

"아, 형! 통박이 그렇게 없어?"

막내는 주먹으로 문짝을 치며 성깔을 부렸다. 그러고 나서는 주절주절 읊었다.

"인도네시아 놈인지 캄보디아 놈인지 하는 새끼가 작은형을 놀린 거지. 뻔하잖아. 바보라고 했겠지. 그러니까 작은형은 같은 나라 놈들이 놀리는 것도 좆같은데, 딴 나라 새끼까지, 그것도 없어 보이는 새끼가 놀려대니까, 욱하고 열 받아 확 쑤신 거지. 형 같으면 안 쑤셔?"

막내의 통박이 맞았다. 막내의 말끝에 걸려온 정보과장의 통화 내용이 입증해주었다.

의기양양해진 막내는 "거 봐." 하며, 차창 밖으로 팔을 뻗었다. 열을 식히려는지 비에 젖은 손바닥으로 얼굴을 마구 문질러댔다. 나는 손수건을 건넸다.

정보과장은 사고경위를 소상히 알았으니, 해결하고 다시 전화하겠다고 했다. 잠자코 있으라는 말을 덧붙였다. 자신만만해 보였다. 나는 속도를 줄이며 막내에게 네 통박이 맞았고 해결방안도 생긴 것 같으니 그만 돌아가는 게 좋겠다고 말했다. 하지만 막내는 거절했다.

"법이 해결할 문제는 법이, 힘이 해결할 문제는 힘이 해결하는 거야. 바보라고 놀린 건 법이 해결할 문제가 아니잖아?"

'미래산업' 안내표지는 '조치원 10㎞'라고 내건 교통표지판 몸통에 곁가지처럼 붙어 있었다. 공장은 안내표지만큼이나 옹색해 보였다. 양철 지붕과 판넬로 벽을 두른 공장은 확장 공사로 돋워놓은 36번 국도 아래쪽으로 쑥 빠져 있었고, 콘크리트 포장이 헐려나간 진입로는 5톤 트럭 한 대가 겨우 드나들 만한 폭으로 뚫려 있었다. 진입로 양켠으로 콩이 잡풀과 뒤섞여 자라고 있었다. 허술한 겉모양과 주먹구구식 건물 배치는 마치 어린 시절 둘째가 다녔던 농방과 크게 다를 바 없어 보였다.

장대비 속에서 난데없는 승용차가 공장 마당까지 밀고 들어오고, 낯선 사람이 굳은 표정으로 내리자, 트럭에 포장된 박스를 싣던 네댓 명의 일꾼들이 슬금슬금 뒷걸음질 치다 박스를 내던지고 뿔뿔이 흩어졌다. 마당의 일꾼들이 흩어져 덤벼락을 타고 님을 즈음, 공상 안에서 기계를 다루던 몇몇 일꾼들도 순식간에 사라졌다. 갑자기 일손을 놓고 담을 넘은 일꾼들은 앞서거니 뒤서거니 하며 비좁은 논둑길을 쏜살같이 내달렸다. 그들은 논둑에서 미끄러져 빠지고 허우적거렸다.

"왜들 저러냐?"

"불법체류자들이야. 단속 뜬 줄 알고 튀는 거야."

갑작스런 모습에 내가 당황하며 묻자, 막내가 답했다. 사고로 외부인을 더욱 경계하는 거라고 덧붙였다.

"형은 여기 있어."

막내가 건물 외벽에 매단 철제계단을 오르다 말고 말했다. 막내의 머리 위에서 '사무실 2층↑'이라고 써붙인 아크릴 푯말이 비바람에 떨고 있었다.

"같이 가자."

나는 아이가 보채듯 따라붙었다. 급한 성미에 사고라도 치면 되레 일이 꼬일 수도 있었다. 내 통박에 의하면 그럴 확률이 높았다. 나는 슬그머니 계단을 한 칸 올려 디디며 따라붙었다.

"아, 씨발! 형이 뭘 얼마나 안다고 이래. 내가 왜 여길 쳐들어 왔는 줄 알아? 전화하면 살살 피하고, 약속하고 와보면 모조리 토끼고······. 아무튼, 형은 여기 있든지 차에 가 있든지, 아니면 집으로 가든지, 알아서 해."

"알았다."

나는 주눅 든 목소리로 답하고 슬그머니 올려놓았던 발길을 되돌렸다.

남은 일꾼들은 중년의 여자들뿐이었다. 나는 철제계단 밑에서 왕복달리기하듯 기계와 기계 사이를 뜀박질하며 허둥대는 여자들의 급한 움직임을 물끄러미 바라봤다. 막내가 사무실로 들어간 지 얼마 되지 않아 뒤늦게 사태를 파악한 사무실 직원들이 곧장 기계에 들러붙었다.

양철 지붕을 세차게 때리는 빗소리가 계속 기계음을 삼켰다. 얼추 삼십 분이 지났다 싶었으나, 막내는 사무실에서 나오지 않았다. 나는 또 막내와 동행한 것이 후회됐고, 혼자 놔둔 것이 걱정됐다. 더 이상 기다릴 수도, 기다릴 필요도 없겠다 싶어 사무실로 올라갔다.

"산재로 안 되는 건, 회사도 안 됩니다."

응접탁자를 사이에 두고 막내와 마주 앉은 사내가 말했다. 배 나온 사내의 표정은 느긋했고, 말투는 단호했다. 막내는 성급해 보였다.

"안전사고 아닙니까? 회사가 책임을 져야 옳지요."

성급하고, 무리해 보였다. '십자도라이바 사건'이 어떻게 안전사고인가?

"안전 수칙을 안 지켜 생긴 일입니다. 기계나 회사를 탓할 일이 아니에요."

나를 힐긋 곁눈질한 사내가 막내의 말을 받았다.

"사출기 안전장치는 센서로 위험을 판단하는 자동 장칩니다. 이동판 안에 손을 왜 넣었겠습니까? 캐피티 고장으로 제품이 빠져나오지 않아 생긴 게 아니오. 그리고, 안전장치가 왜 안전장치요. 예기치 못한 상황에서 안전하라고 안전장치 아니요? 안전장치가 안전수칙에 따라 작동합니까?"

막내는 알 수 없는 용어로 말한 뒤, 재떨이를 헤집어 꽁초 하나를 물었다. 사내가 급히 자신의 담배를 내밀었으나 막내는 받지 않았다.

"치료비로 치료가 다 끝나지 않았습니까?"

사내가 불을 내밀며 말했다.

"지금 치료비 달라는 겁니까? 장애에 대한 보상 조처를 해달라는 거 아니오."

"부주의로 일어난 사곤데……."

사내가 식은 녹차 잔을 입으로 가져가며 말끝을 흐렸다.

"에이 씨발! 염 상무! 내일까지 답이 없으면, 사출기 제작사로 전화한다."

막내가 손가락질로 염 상무의 뱃구레를 찔렀다. 순간, 염 상무가 손을 떨어 와이셔츠에 녹차 물이 흘렀다. 염 상무 뒤편에서 지켜보던 상고머리 직원이 인상을 긁으며 의자에서 벌떡 일어섰다. 염 상무가 굼뜬 손짓으로 상고머리를 주저앉혔다. 덩달아 퉁겨 일어섰던 나도 다시 주저앉았다.

자리에서 일어선 막내가 상고머리에게 다가갔다.

"우리 형에게 손대지 마라."

"뭐요?"

상고머리가 얼굴을 붉혔다.

"증거도 있고 증인도 있다."

막내의 말은 모두 암호 같았다. 나는 막내가 역기 봉과 빗장을 쓰지 않았을 뿐이지, 예전의 방식을 써먹고 있다고 생각했다.

돌아가는 길에 막내는 몹시 불편해 보였다.

나는 암호가 궁금해 묻지 않을 수 없었다. 막내는 사출기 제조사로부터 보상금을 받아 염 상무가 챙긴 걸 확인했다고 했다. 내친김에 상고머리에게 한 말의 뜻도 물었다.

"……."

대답 없이 휴대전화 폴더를 네댓 차례 열었다 닫은 막내는, 휴대전화를 뒷좌석으로 내던졌다.

"내가 볼 때 이 사건 신고도 아버지가 했을 거야. 염 상무, 저 구린 새끼가 신골 했을 리 없지."

아버지의 세상 사는 방식을 누구보다 잘 아는 막내였다. 음주 뺑소니 사고를 쳤을 때 막내를 잡아끌고 경찰서에 데려간 아버지가 아닌가.

염 상무는 '십자도라이바 사건'은 치료비와 보상까지 모두 마쳤다고 했다.

"그 치료비와 보상금은 누구 돈이야? 다 작은형 돈 아니야? 놀림받고 매맞아 가며 번 돈이 아니냐구? 그런 돈을 놀린 놈과 때린 놈에게 다시 갖다 바쳐. 아이, 씨팔!"

막내는 분통을 터뜨리다 급기야 울먹였다.

나는 막내의 분통보다 둘째가 낭했다는 손가락 사고에 더 마음이 쓰였다. 전혀 알지 못했던 사고였다. 그러고 보니 근 넉 달 동안 영운동 집에 다녀간 적도, 둘째를 만난 적도 없었다.

막내의 통박이 또 맞았다. 도경 정보과장은 사건 관할서인 서부경찰서에서 전화를 하는 거라며 말했다. 사건 신고는 가해자의 부친인 설경도 씨가 했고, 가해자와 목격자 진술을 통해 사고 경위를 모두 밝혀냈으나, 불법체류중인 피해자가 도주해 수배중이라고 했다. 그는 덧붙여 말하길, 동생은 정신지체 3급 장애이므로 보호자 각서를 받고 곧 귀가조처 될 것이라고 했다. 내가 고맙다는 인사를 하자, 이번 일은 자기 도움으로 해결된 것이 아니니 다음 번에 제대로 된 부탁을 하라고 말했다. 왠지 꺼림칙한 답이었다.

  차가 도심에 가까워졌을 때 막내는 말이 없었다. 폭우로 고장난 신호등 앞에서 교통순경의 더딘 수신호를 기다릴 때, 작년 설에 막내가 했던 말이 문득 떠올랐다.

  "작은형 공장에 가끔 가줘야겠어. 쓰벌 새끼들이 작은형을 완전 고아 취급하더라구."

  둘째가 증평 방면 농공단지 내에 있는 농업용 플라스틱용기 제작 공장에 다닐 때, 외지 출장길에 잠깐 들렀다 온 막내의 말이었다. 막내는 그날 둘째와 함께 구내식당의 저녁을 먹었다고 했다. 시래기참치국에 무짠지, 콩자반, 오징어채조림을 먹었는데, 오징어채조림에서 쉰내가 났다며 흥분했다.

  "교도소 밥보다 못해. 작은형이 이 돈 벌자고 말도 안 통하는 외국인 노동자들 틈에서 생고생을 하고 있다니까."

  막내가 주머니에서 종이쪽지 한 장을 빼내 내 앞에 던졌다.

  월급 내역서였다. 기본급 612,000원에 주·야 연장수당을 합쳐 412,590원, 야간특근 63,750원, 심야수당 20,000원을 포함해서 1,108,340원인데, 3대 보험과 갑근세와 주민세를 빼니 1,050,510원이었다. 10원짜리까지 계산해 주는 이 공장에서 둘째는 결근은 물론, 지각 조퇴 하나 없었다.

나는 당시 둘째가 기숙사 방에서 쓸 51리터들이 냉장고 한 대를 사택배로 부쳤다.

아파트단지 입구에서 내린 막내는 1톤 트럭으로 달려가 누런 각대 봉투 한 장을 가지고 왔다.

"봐."

"뭔데?"

"상고머리가 한 짓이 궁금하다며?"

막내가 한 뼘쯤 열린 차창 틈으로 봉투를 밀어 넣고 돌아섰다.

"어딜 가는데?"

나는 급히 주차를 마치고, 막내의 뒤를 좇으며 물었다. 봉투 확인보다 막내가 더 급했다.

"알 거 없어."

"같이 가자."

트럭에 오른 막내는 쏜살같이 사라졌다. 나는 트럭이 토해낸 매연 속에서 봉투를 열었다. 대여섯 장의 사진이 잡혔다.

"우리 형에게 손대지 마라."

막내가 상고머리에게 내지른 말이 떠올랐다. 사진은 막내가 말한 '증거'였다. 사진 위로 빗방울이 떨어졌다. 나는 숨이 가빠 사진을 가슴에 품고 주저앉았다.

아버지와 둘째가 집에 도착해 있었다. 아버지는 지쳐 보였다. 둘째는 말 그대로 놀란 토끼 눈이었다. 작고 마른 체구에 흙물이 번진 노란 티셔츠를 입고 있었는데, 정말 비 맞은 토끼 같았다.

"공장 가서 협박하고, 경찰에 빽 대고…… 너희들 잘났다는 시위 하냐?"

비에 젖은 머리를 닦던 아버지는, 나를 보자 수건을 소파 위에 힘껏 팽개쳤다. 수건을 팽개칠 때 아버지의 야윈 몸이 휘청했다. 성깔은 가족력이었다.

"죄송합니다."

나는 달리 할 말이 없어 거실바닥에 힘없이 주저앉는 아버지를 거들며 말했다.

"안 와도 된다고 했잖냐. 왜 들쑤시고 다니며 난리냐?"

"아버지, 그게……."

"너희들이 지금 애냐? 깡패냐?"

눈은 부릅떴으나, 기력이 쇠해 호통을 치지는 못했다.

"둘째만 힘들어질 거라고는 생각 못하냐?"

나는 뒤통수를 둔기로 맞은 듯 머릿속이 멍했다. 뒤늦게 아버지가 '올 필요 없다'고 한 말뜻을 알 것 같았다. 막내와 내 행동이 둘째에게는 득이 되지 못한다는, 아니 되레 해가 된다는 생각을 못 한 것이다. 둘째의 일은 둘째의 방식으로 푸는 것이 옳았다. 결국 뒷감당도 둘째의 몫이요, 다시 주어질 일상도 둘째의 몫인 때문이었다. 아버지의 말이 맞았다. 방으로 들어가던 아버지가 혀를 차며 내게 딱하다는 표정을 지었다.

"형, 잘돼가?"

험한 분위기를 피해 자기 방에 몸을 숨겼던 둘째가 슬그머니 거실로 나오며 물었다.

뜬금없는 질문이었으나, 곧 무슨 뜻인지 알아차렸다.

"……으, 응."

나는 엉겁결에 답이 먼저 나왔다.

"다행이네. 걱정했는데……."

나는 전처럼 "네가 뭘 안다고 걱정해, 임마."라고 말하지 않았다. 둘째는 육 년째 별거 중인 나와 아내의 재결합 가능성을 물은 것이다. 결혼 오 개월 만에 조금 덜 모자라는 제수에게 이혼당한 둘째의 위로에 나는 달리 할 대답이 없었다.

"고마워."

역시 쫓아가는 건데 잘못했다 싶었다. 막내는 저녁참이 되어서도 돌아오지 않았다.

교회에서 돌아온 어머니가 늦은 저녁상을 내왔다. 밥상머리에서 어머니는 이건 혈압에 좋고, 저건 당뇨에 좋고, 요건 염증에 좋으니 많이 먹으라고 일러주었다. 저녁상이 아니라 약상이었다. 내가 챙겨먹을 형편이 못 되었기에 어머니는 올 때마다 더욱 안달이었다.

"먹는 게 부실하면 병 된다."

손가락을 다친 둘째는 젓가락질이 서툴렀다. 둘째의 젓가락 끝에서 콩나물이 퉁겨져나가고 고등어 살점이 빠져나갔다. 나는 빠져나간 고등어 살점을 챙겨 둘째의 숟가락에 올렸다.

아버지는 적게 자주 먹어야 했다. 위가 없어 음식물은 식도에서 곧장 장으로 향했다. 그래도 신통한 것은 식사량이 점점 늘고, 조금씩 위가 생기고 있다는 사실이었다. 나는 믿지 않았으나, 몸이 스스로 제 살 길을 찾는 신비한 자구(自救) 현상임을 알았다.

상을 치울 즈음, 휴대전화가 울렸다. 염 상무였다. 염 상무는 대뜸 나의 소재를 묻고는, 곧 갈 테니 만나자고 청했다. 이유를 물어볼 틈도 없이 통화가 끊겼다. 아무튼 내게 볼 일이 있음은 틀림없어 보였다. 허둥대는 염 상무의 말본새가 이를 뒷받침해주고 있었다.

여전히 비가 내리고 있었다. 단지 입구에서 마땅히 갈 곳을 찾지 못한 염 상무와 나는 분식집으로 들어갔다. 귀갓길 초등학생들이 떡볶이를 놓고 빙 둘러앉아 구구단을 외고 있었다.

"삼구……."

"이십칠."

"구구단을 외자."

조잘대듯 구구단을 외는 초등학생들 틈에서 염 상무가 입을 열었다. 그는 입을 열기 전에 식탁 위에 올려놓은 두 장의 봉투를 가리켰다. 주문을 받으려던 주인 여자가 물잔만 내려놓고 돌아갔다.

"칠팔……."

"꾸낀의 치료비는 회사가 부담했습니다. 그리고…… 이건, 동생분의 안전사고에 대한 보상금입니다."

각각의 봉투를 가리키며 말했다.

"오십구."

"바보새끼!"

봉투가 막내의 힘일까, 정보과장의 힘일까, 생각했다. 어쩌면 둘의 힘이 합쳐진 것일 수도 있을 것이다. 나는 두 장의 봉투를 내민 염 상무의 쓰린 속을 헤아릴 수 있을 것 같았다.

"칠팔 오십육. 이 바보새끼야!"

아이들이 일제히 노란 티를 입은 한 아이에게 손가락질을 하며 놀려댔다.

"야, 이놈들!"

나는 의자에서 벌떡 일어서며 고함쳤다. 그 바람에 의자가 나뒹굴었다. 놀란 아이들이 책가방을 잽싸게 챙겨들고 분식집을 뛰쳐나갔다. 우산을 놓고 달아난 아이도 있었다.

"정말 죄송합니다, 교수님."

염 상무가 머리를 조아렸다. 나는 불편해졌다. 왠지 더 앉아 있으면 안될 것만 같았다. 하지만 먼저 일어선 것은 염 상무였다.

"저, 그럼 이만……."

"아니…… 잠깐……."

나는 봉투를 챙겨 들고 황급히 염 상무의 뒤를 쫓았다. 하지만 염 상무는 달음박질로 잽싸게 길가에 대기하고 있던 차에 올랐다. 차가 출발할 때 운전석에 상고머리의 뒤통수가 보였다.

"염 상무는?"

분식집으로 되돌아왔을 때, 막내는 우산의 물기를 털며 물었다. 염 상무를 찾는 걸 보니, 집에 들렀다 나온 모양이었다. 나는 구구단을 외워, 지는 아이가 내기로 되어 있었을 떡볶이 값을 지불했다.

막내와 분식집을 나온 나는 머뭇거렸다. 봉투를 집으로 들고 들어갈 것이 아니라 막내와 상의하는 것이 옳을 듯싶었다. 내 생각을 읽었는지 막내가 먼저 즐비한 간판들을 둘러본 뒤, 꼬치구이집을 찾아 들어갔다. 막내는 맥주가 나오자 거푸 두 잔을 따라 마셨다. 목이 탈 정도로 쏘다닌 모양이었다.

"나도 줘라."

"웬일이야?"

막내는 한쪽 구석으로 치워놓았던 내 몫의 잔을 가져다 채우며 물었다.

나는 왠지 마셔야 할 것 같았다. 아니 마시고 싶었다. 그래서 '바보새끼'에 얽힌 기억을 떨어내야 했다. 나는 한 모금을 마시고, 또 한 모금을 마셨다. 목구멍에 엉겨붙은 '바보새끼'를 밀어넣기 위해 잔에 남은 맥주를 쏟아부었다. 나는 빈 맥주잔을 들여다봤다.

"먹고 죽으려고?"

막내가 잔을 채우며 이죽거렸다.

"삼겹살집에 갔는데, 정말 안 먹더라구."

막내는 꾸낀 친구를 통해 꾸낀을 찾았다고 했다. 막내는 샤시공업사의 외국인 불법 체류자 가운데 꾸낀의 인도네시아 친구가 있다고 했다. 산업연수생 자격으로 왔다 눌러앉는 바람에 불법 체류자가 되었다고 했다. 나는 강의를 통해 한국의 영세 고용주들이 인도네시아 노동자를 선호한다고 가르쳤다. 그 이유로 순종적이고 솔직하고 성실해서 작업장 이탈이 적기 때문이라고 했다. 막내는 외국인 근로자치고 삼겹살 싫어하는 놈 없어, 사과할 깜냥으로 지갑 털어 고깃집엘 갔는데 헛일이 되고 말았다며 푸념했다.

"안절부절못하며 한 점도 안 먹기에, 겁먹고 그러는 줄 알고 권했지."

"……."

나는 할말을 잃었다. 회교도에게, 그것도 허벅지를 드라이버로 찍힌 회교도에게 돼지고기를 권하다니…… 나는 몸이 달아오르면서 둘째와 꾸낀의 얼굴이 뒤섞였다. '바보새끼'라는 말이 머릿속을 휘저었다.

염 상무가 두 장의 봉투를 놓고 간 이유는 좀더 분명해졌다. 막내가 들쑤시고 다녀 얻어낸 봉투일 가능성이 커 보였다.

"왜 바보라고 불렀냐니까, 다들 그렇게 불러서 그게 이름인 줄 알았대. 새끼…… 웃기잖아?"

막내 말처럼 웃길 수도 아닐 수도 있다고 생각했다.

"상처는 어느 정도냐?"

"별거 없어."

막내는 찍힌 것과 긁힌 것의 중간쯤이라고 덧붙였다.

"이거 꾸낀에게 전해줘라."

나는 봉투에 대해 상의하려던 계획을 통보하는 것으로 바꿨다.

"뭐야, 이게?"

봉투를 받은 막내가 물었다.

"염 상무가 꾸낀 치료비 중 되돌려준 돈이다. 그러고 네가 말한 보상금도 받았다."

"그래. 새끼들…… 얼만데?"

잠시 굳었던 막내의 표정에 웃음이 돌았다. 받아낸 돈 때문이라기보다 자기의 힘이 통한 데 따른 뿌듯함 같았다.

"네가 고생한 건 아는데, 돌려줄 생각이다."

"왜?"

"나보다 네가 더 잘 알잖냐? 이 돈 받으면 둘째가 힘들어진다."

"뭐? 아…… 씨발! 좆같은 새끼들!"

막내는 분을 못 이겨 술잔을 패대기쳤다.

'바보'는 둘째를 상대로 결코 부를 수 없는 단어였다. 우리는 어려서 이렇게 부르는 동네 또래들을 징계했고, 커서는 둘째가 공식적인 장애 판정 받는 것을 찬성하지 않았다. 그래서 서른다섯 되던 해에, 다시 말해 아버지가 위암 수술을 받고 경제력을 잃은 해에 어쩔 수 없어 정신지체 3급 판정을 받았다. 체면이자 자존심이었던 둘째의 장애가 실익으로 바뀐 것이다. 나는 우리의 장애가 둘째의 장애보다 컸다는 사실을 알았고, 우리의 장애가 둘째의 장애를 이용했다는 끔찍한 사실을 깨달았다.

나는 제 통제권을 벗어난 불안 속에서 겁에 질려 있을 둘째와 쫓기는 불안 속에서 숨어다니고 있을 꾸낀을 생각하며 막내가 따른 맥주를 단숨에 들이켰다. 둘째의 일상에 내가 함부로 관여할 수 없는 질서가 있다는 아버지의 말이 옳았다.

"사진 봤어?"

막내가 물었다.

"응."

내 빈 잔에 내가 맥주를 따랐다.

"응, 이라니? 응이 다야?"

"……."

나는 잔을 들었다. 주량을 넘어서고 있었다. 어차피 술을 마셨으니 집에 들어갈 수 없는 노릇이었다. '말씀'으로 사는 장로인 아버지 앞에서 술냄새를 풍길 수는 없었다. 나는 막내에게 둘째를 불러내 찜질방에 가자고 했다. 잠은 여관 아니면 찜질방인데, 아무래도 찜질방이 낫지 싶었다.

석 잔째 맥주가 기억을 앗아갔다. 꿈결에 고함을 지르다 눈을 떠보니 시침이 다섯 시에 걸려 있었다. 잠들기 전, 둘째가 텔레비전 앞에서 드라마 줄거리를 주절주절대는 소리를 들은 것 같기도 했다. 같이 드라마를 볼 때, 시끄러워 견디기 힘들어했던 소리였다. 그 주절대는 소리가 '이이는……'으로 바뀔 때, '이, 바보새끼!' 하며 외쳤다.
"형!"
잠귀 밝은 둘째가 내 몸을 흔들었다. 막내는 보이지 않았다. 돈을 돌려주라는 말에 삐쳤거나, 아니면 뺑소니 사고 뒤 술이라면 지레 기겁을 하는 제수에게 불려갔을 것이다. 둘째가 배꼽을 덮었던 수건으로 땀을 닦아주었다. 잠시 뒤, 정신을 추스른 나는 허연 김 속을 더듬어 탕으로 들어갔다.
"드, 등 밀어주께, 대. 얼른."
둘째가 탕 밖에서 나를 불렀다.
나는 동생의 야윈 몸 앞에서 튀어나온 아랫배가 민망하고 미안스러웠다.
"얼른."
둘째가 재촉하며 나를 돌려앉혔다.
"으흐흐, 하하하하하…… 그만!"
나는 간지러움을 참을 수 없었다. 등을 밀기보다 쓰다듬고 있었다. 둘째는 상한 두 손가락 때문에 힘을 쓰지 못했다. 나는 찬물 한 바가지를 머리 위에 붓고 몸을 돌렸다.
"등 대라. 내가 밀어줄게."
눈이 흐려 둘째의 등판이 제대로 보이지 않았다. 손등으로 눈자위를 닦았다. 야윈 등판에 사진에서 본 색 바랜 멍 자국이 있었고, 어깻죽지에는 콩알만한 점이 여전히 박혀 있었다. 송곳이 꽂혀 만든 흉터였다.

'이일은 이. 이이는······.'

'이런 바보새끼!'

나는 둘째가 '바보새끼'가 되도록 놔둘 수 없었다. 둘째가 바보로 놀림받는 것이 싫었고, 그때마다 언제까지 역기 봉과 빗장으로 대응할 수도 없는 노릇이었다. 그래서 작심하고 일주일 내내 가르쳤다. 그러나 둘째는 구구단에서 '이일은 이' 이상을 알지 못했다. 나는 눈이 뒤집히고 열불이 터졌다. 맞을 것을 예상하고 미리 도망치는 둘째의 등 뒤에 손에 든 것을 던졌다. 둘째가 비명을 내지르며 쓰러질 때, 내가 내던진 것이 연필이 아닌 송곳임을 알았다.

나는 둘째의 어설픈 젓가락질과 아버지의 조심스런 숟가락질을 보며 아침을 챙겨 먹었다. 어머니는 설거지 뒤, 칡 파뿌리 무 도라지를 넣어 달였다는 약물 두 병을 쇼핑백에 담아주었다. 둘째가 늘 하던 대로 쇼핑백을 받아들고 앞장섰다.

"인후 통증에 좋다고 하더구나. 목 안 상하게 살살 가르쳐라."

어머니가 약물 처방에 곁들여 주의사항까지 일러주었다. 내가 지키기 힘든 주의사항이었다.

둘째는 내 차에 약물과 반찬통을 싣고 돌아섰다. 공장까지 태워다 주겠다고 했으나, 시간이 많다며 거절했다. 나는 시간을 말하는 둘째가 신기했다. 차를 몰고 슬금슬금 뒤쫓던 나는, 염 상무에게 되돌려주려던 봉투를 둘째에게 건넸다.

"염 상무님께 전해줘라."

둘째는 말없이 봉투를 주머니에 욱여넣었다. 나는 배웅할 요량으로 정류장 근처 갓길에 차를 세웠다. 둘째의 신경은 온통 정류장 앞에 멈췄다가 떠나는 시내버스에 가 있었다. 버스가 정류장에서 뒤엉킬 때마다 둘째는 분주히 움직였다. 목을 늘였고, 까치발을 디뎠고, 눈알이 커졌다.

'140'

이윽고 둘째는 "저 차닷!" 하고 손가락질을 한 뒤, 버스를 향해 마주 달려나갔다. 둘째는 콩나물시루 같은 버스 안에서 안간힘을 쓰며 몸을 들었다. 그러고는 갓길에 선 나를 향해 손을 흔들었다. 비로 말끔히 씻긴 버스가 둘째를 태우고 사라졌다. 둘째는 '140'이라는 숫자를 읽고 탄 것이 아니라, 모양새를 보고 탔다. 숫자는 둘째의 방식으로 존재했다.

배웅을 마친 나는 승용차에 올랐다.

고양이와 속옷

단풍은 때 아닌 눈 속에서 붉게 타올랐다. 기상이변이라고 했다. 기상청은 급히 온 겨울을 변명했다. 나는 통장정리기를 통해 잔고를 확인했다. 육십오만 원이었다. 내 몫의 방세로 이십오만 원을 뽑으면, 사십만 원이 남는다. 나는 사십만 원어치만 살아야 했다. 조만간 직장을 구하지 못하면 정말 주인아저씨를 따라나서야 할 판이다. 그 편이 실업급여를 빌어먹는 것보다 낫지 싶다. 석 달을 헤매도 구하지 못한 직장을 언제나 구할 수 있을지 의문이다.

  나는 친구가 출근한 빈방을 쓸고 닦았다. 땅 밑으로 반이 묻히고 땅 위로 반이 솟은 지하층은 세 가구로 구성되어 있었다. 나와 친구는 그중 한 가구의 문간방을 얻어먹고 잤다. 그러니까 우리 자취방은 전세에 빌붙은 월세였다. 부엌과 화장실을 함께 쓰는 통에 반년 동안 나는 주인아주머니와 부엌과 화장실에서 시도 때도 없이 만났다. 아저씨는 의처증 때문에 일주일에 두어 차례 거르지 않고 부부싸움을 했는데, 아주머니와 온종일 붙어 지내는 나는 아예 의심의 대상에서 제외됐다. 아저씨는 주로 아주머니의 외출 시간을 셈해 목적지를 캐물으며 닦달했고, 불륜의 빌미를 찾지 못해 안달했다. 아저씨는 매번 윽박지르다 억지를 썼는데, 그 억지는 마치 억지로 웃기려는 개그 같았다. 나는 이때마다 슬며시 밖으로 나갔다.

"집 잘 봐. 부탁한 거 잊지 말고……"

화장실에 쪼그려앉아 속옷과 양말을 빨던 나는 "네에." 하고 길게 답을 했고, 잠시 뒤 아주머니의 뜀박질 소리에 이어서 택트의 힘찬 엔진음이 들렸다.

애벌 빤 속옷을 들통에 담았다. 외출에서 돌아와 삶을 요량이었다. 양말을 널고, 다림질을 했다. 옷장을 열고 다림질이 끝난 친구의 와이셔츠를 걸 때, 눈을 찌르는 퍼런 빛에 흠칫했다. 거울에 비친 고양이 눈이었다. 고개를 틀자, 예의 낯익은 고양이가 눈을 맞췄다. 잠자리에서 매일같이 머리맡 창문을 지키는 고양이. 가위에 눌려 버둥대다 눈 뜨면 어둠속에서 퍼런빛이 점멸했다. 나는 고양이를 등진 채 주섬주섬 옷을 챙겨 입고, 레드 블록 스트라이프 넥타이를 맸다. 아주머니가 들어온 뒤 나갈까 했으나, 마음이 급했다. 익숙해진 면접이지만 언제나 조급하고 초조했다. 나는 실직한 이튿날부터 달력에 하루하루 가위표를 쳤다. 숱한 가위표가 철조망처럼 보였다. 철조망은 내 몸을 묶는 올가미였다.

　제대 보름 만에 집을 나온 나는 임시방편으로 책 세일을 했다. 내게 맞는 구직도 중요했지만, 집에서 아버지 일을 거들 수 없는 노릇이었다. 선배에게 일자리를 부탁하고, 할부 책을 팔았다. 지인들을 상대로 알음알음 책을 떠맡겨 용돈을 충당했다. 다행히 인연이 거덜날 때쯤, 연락이 왔다. 이렇게 얻은 직장에서 출근 첫날, 나는 따돌림을 당했다.

"거긴 어디 나왔어요?"

나는 지방명을 붙인 대학 이름을 댔다.

"어머, 그런 대학도 있어요. 어디에 있나요?"

놀림당한 나는 그날 점심을 굶었다. 낯선 식당에 홀로 앉아 꾸역꾸역 밥 먹을 용기가 나지 않았다. 나는 이쑤시개를 문 동료들이 하나둘씩 돌아올 때까지 우두커니 빈 사무실을 지켰다. 무언가 꿈적이려 해도 주어진 일이 없었다.

　우리 팀은 어린이 잡지 창간 작업을 하고 있었는데, 최종 시안을 만들지 못하고 있었다. 팀장 하나에 기자 다섯이 붙어 연 닷새를 씨름했으나, 아이디어는 각각의 머릿속에 머물렀다. 가까스로 말이 되어 나오기는 했으나, 모양새로 만들지를 못했다. 말은 흩어졌다. 시안(試案)은 말이 아니었다. 내가 매킨토시로 말의 모양새를 만들었다. 재주가 부족해 꾸밈과 느낌을 제대로 담지는 못했으나 프리젠테이션 수준은 됐다. 매킨토시는 학생기자 시절 다룬 바 있었다. 하지만 이 시안은 보고되지 못했다. 회사가 무리한 사세 확장으로 느닷없이 망한 때문이었다. 영어와 논술 교재, 어린이 학습지는 노다지였으나, 직장인과 솔로들을 겨냥한 잡지는 빛 좋은 개살구라고 했다. 음지에서 벌어 양지를 지향하겠다는 사장의 출판 철학은 개꿈이었다. 돈을 정산받는 날, 들은 소문에 의하면 부도로 망했다는 건 거짓이고, 사장이 무리한 업종 확장으로 손실이 예상되자 감원 꼼수로 위장폐업을 택한 것이라고 했다. 기자들은 노조를 결성해 사주를 상대로 무한정 투쟁할 것이라고 했다. 나는 세 번째 월급과 퇴직금 조의 위로금이 포함된 이백십삼만 오천이백 원을 현찰로 받아 회사를 나왔다. 돈을 안 받고 농성에 참여할까 했으나, 빠졌다. 아버지와 같이 손바닥으로 하늘을 가리는 사람과는 섞이고 싶지 않았다. 그리고 나는 농성보다 구직이 중요했다. 나는 이대로 아버지에게 돌아갈 수 없었다.

배웅하는 고양이를 쫓으며 골목을 벗어났다. 영하 1도의 날씨가 도시를 무겁고 탁하게 바꿔놓았다. 옷차림들이 무거워 보였고, 행동거지는 빨랐다. 지름길로 지하철역까지 3킬로미터 남짓 됐다. 나는 역으로 들어서기 전에 담배를 샀다. 담배를 받고 거스름돈을 챙길 때 휴대전화가 진저리를 쳐댔다. 폴더를 열자, 액정화면에 지난 주 면접을 본 잡지사 이름과 전화번호가 떴다. 나는 승강구를 향해 걸으며 통화했다.

"맥은 어느 정도 다룰 줄 아나요?"

사장과의 면접 중에 갑자기 끼어들었던 옥니박이 여자였다. 삼십 중반으로 보이는 여자는 틈틈이 끼어들어 상전 머슴 부리듯 물었다. 내가 여자의 물음에 겹돌자, 채용 권한은 없어도 거부권이 있음을 노골적으로 내비쳤다. 사장은 무슨 사연인지 여자의 곁 넘은 푼수 같은 행동을 제지하지 않았다.

나는 안전선 밖에서 전동차를 맞았다.

"조금 할 줄 아는 정돕니다."

기자를 지원했는데 대뜸 편집디자인에 대하여 묻는 것은, 둘의 겸무 가능성을 떠보려는 수작이었다. 도움이 될까 싶어 이력에 덧붙인 것이 덫이 되어버린 느낌이었다.

전동차가 출발했다.

"내일부터 출근 가능해요?"

"어떤 일을 하게 되나요?"

찜찜한 것은 짚어야 했다.

"뭐…… 기자도 하고, 편집 일도 도우면 좋지 않겠어요?"

잠시 침묵했던 여자가 옥니 박인 반문을 했다.

나도 잠시 침묵했다. 일을 하기 힘들겠다는 판단은 섰으나, 이 판단에 대한 판단이 안 섰다. 찬밥 더운밥 가린다는 선배의 핀잔이 떠올랐다. 급여를 물었다.

"수습 삼 개월 동안 팔십오만원이에요."

나는 대꾸 없이 폴더를 접었다.

한강을 건넌 전동차가 지하로 빨려들었다. 나는 누군가 두고 내린 생활정보지를 펼쳤다. 내게 해당되는 구인 광고는 없었다. 전동차를 갈아타고 서울역에서 내린 나는 노숙자들 틈을 비집고 지하도를 빠져 나왔다. 갑작스런 추위가 노숙자들을 역내에 묶어두었다. 말로 들은 약도를 따라 골목을 외돌자, 일러준 다방이 나왔다. 아귀가 어긋난 다방 문틈으로 퀴퀴한 곰팡이 냄새에 실린 궂은 노래가 계단을 딛고 솟아올랐다.

궂은비 내리는 날 그야말로 옛날식 다방에 앉아……

옛날식 다방에는 쌍화차에 동동 띄운 노른자위를 건져먹으며 배나온 중년 레지를 '히야까시'하는 손님이 있었다. 손님은 상자를 내밀었던 손으로 레지의 허리를 더듬었다.
"기미, 주근깨 싹 이래."
손님의 입술이 레지의 귓바퀴를 물었다. 레지가 얼굴을 빼내며 상자를 쥐어뜯었다. 손님이 진주를 갈아 만든 귀하고 비싼 태국산 화장품이라고 떠벌렸다. 상자에 적힌 글을 읽으려 혀를 꼬부린 레지는 "피, 프으……" 하다가 포기했다.
"퍼얼. 진주."
손님이 큰소리로 읽고 번역했다.
"러시안 블루. 믿음과 사랑을 아는 놈이지."
아버지는 고양이를 마담에게 안기며 말했다. 얼굴마담은 즉석에서 러시안 블루의 이름을 '언놈'이라고 지었다. '어느 놈'의 준말이라고 했다. 개에게나 어울릴 이름이었다.
 기차가 도착하는지 다탁이 가래 끓는 소리를 내지르며 진저리를 쳤다. 내 쪽으로 힐끔거리는 중년 레지의 눈길을 피해 엽차 잔을 들었다. 레지에게 나는 부담스런 손님인 모양이었다.
 당초 나는 이 다방에 올 생각이 없었다. 서울역 뒤편 어디쯤이라고 말할 때, 기대를 거뒀다. 서울역 뒤편은 물론 근방에도 내가 일할 만한, 아니 일하고 싶은 잡지사가 없었다. 성수동 신설동 합정동 쪽도 마찬가지였다. 나는 이 지역을 돌며 면접을 봤는데, 선 영업, 후 기사 작성을 요구했다. 그러나 돌아다닐 여력이나마 있을 때 한 곳이라도 더 찾아봐야 할 것 같았다.
 "혹시 알아…….”
 나는 구직에 요행수를 바랐다. 대개 면접을 카페나 커피전문점 또는 패스트푸드점 등에서 보자는 회사는 문제가 있다고 보면 틀림없었다. 사무실 규모나 시설이 형편없거나, 직원이 한둘이거나, 급여가 밀려 사장과 직원의 관계가 안 좋거나 할 경우 밖에서 만나길 원했다. 볼품없는 속내를 함부로 보여줘 회사 소문 안 좋게 나면 그 피해가 적지 않은 때문이었다. 서울이 넓다고는 하지만, 그래서 수백 개의 잡지사가 있다고 하지만, 먹물들이 사는 세상, 그 가운데 잡지쟁이들의 세계는 한두 사람만 건너면 다 통하게 되어 있었다.
 사장은 십분 늦게 나왔다. 프린트한 내 이력서가 엽차 잔 옆에 놓였다. 네 마디로 접힌 이력서에 사분의 일만 내용이 적혀 있었다. 내 이력서는 초라했다.

(주)CPI 어린이잡지부 편집기자 근무

창간 전에 폐간되었기에 잡지의 이름은 없었다.
"좋은 회사 다녔네."
육십은 넘었겠다 싶은 사장은 말끝을 잘랐다.
"……."
나는 적절한 대꾸를 찾지 못한 채 사장의 표정을 살폈다. 사장도 나처럼 한번 보기나 하자는 식인 것 같았다.
"접시의 밥도 담을 탓인데……."
사장은 속담을 빌려 회사의 형편과 처우의 한계를 말했다.
곧 창간한다는 '그린환경월보'에서 영업을 해야 한다면, 구독자 모집과 광고 수주를 말할 것이다. 구독자도 광고도 다 기업에서 나올 수밖에 없을 터였다. 하지만 기업도 그린 환경 훼손 주범 중 하나일 터였다. 사이비기자가 되는 길이 따로 있는 것은 아니었다. 기자의 영업 수단은 기사와 광고를 맞바꾸는 것인데, 이런 경우 사이비기자가 된다.
사장은 카운터에서 내 커피 값을 계산할 때 잠깐 인상을 구겼고, 마담은 둘이 와서 한 잔만 마신 우리를 향해 눈을 흘겼다. 계단을 오를 때 가수가 "잃어버린 것에 대하여" 하고 목놓아 외쳤다. 무엇을 잃어버렸는지 마담은 "잃어버린 것에 대하여"를 계속해서 틀어대고 있었다.

"가는 손님은 뒤꼭지가 예쁜 법이오."

대접거리 없는 가난한 집에서는 알아서 가주는 손님이 고맙다는 뜻인데, 아버지는 직원을 퇴짜 놓을 때 이렇게 말했다. 난 뒤꼭지가 예쁘고 싶었다.

지하다방을 나온 사장은 휴대전화를 받으며 뒤도 돌아보지 않고 총총히 옆 골목으로 사라졌다. 사장이 돌아선 골목 모퉁이에서 순대 닮은 스카이댄서가 사지를 뒤틀며 춤추고 있었다. 핫팬츠에 탱크톱을 두른 두 명의 댄서도 사지를 꼬아대며 순대집 오픈을 알리고 있었다.

지난 삼 개월 동안 아주 논 것만은 아니었다. 선배가 '삼류'로 구분할 두 군데 직장에서 각각 닷새와 보름을 근무했다. 닷새 근무한 곳은 '월간 러너 RUNNER'였다. 마라톤 붐을 타고 창간한 잡지였다. 마라톤을 알리려고 만든 잡지가 아니라, 공신력을 높여 마라톤 대회를 유치할 수단으로 만든 잡지였다. 한 권의 '월간 러너'는 한 명의 대회참가자만 못했다. 나는 출근 첫날부터 인쇄된 등번호판을 한 보따리 찾아 박음질집에 맡기고, 저녁 기차로 D시에 있는 공단에 내려가 회사가 대량 발주한 마라톤화의 야간 공정 작업을 살폈다. 납기일에 맞출 수 있는지를 눈으로 확인하는 일이었다. 그러고는 생수와 간식을 날랐다. 대회가 끝나면 잡지 만드는 일이 주어지겠지 했다. 그러나 대회가 끝난 이튿날, 다음 대회 유치를 위한 섭외업무를 지시했다.

보름을 근무한 곳은 '월간 선량選良'이었다. 국회의원들의 의정활동을 알리는 잡지였다. 출근 첫날부터 의원회관에 눌어붙어 보좌관이나 비서관을 졸졸 쫓아다니고, 지역구를 동행 취재하고, 의원들의 분기별 의정 활동을 수치로 따지는 일로 열흘 가까이 밤낮없이 뛰었다. 세 명의 기자가 기사 쓰고 편집까지 하려면 끼니 챙길 틈도 없었다. 나는 전임자의 인계가 없었기에 모든 것을 알아서, 혹은 찾아서 해야만 했다. 몸은 고단했으나 마음은 편했다. 이렇게 열흘이 지나 회사 분위기에 겨우 적응하나 싶을 때 사장이 불렀다.

"이번 달 표지 사진을 섭외해야겠어."

사장은 내가 이틀 전 인터뷰한 의원을 표지 모델로 올리자고 했다. 나는 기꺼이 섭외하겠다고 답했다.

"오백 부만 하지."

"예?"

표지 사진에 선정된 의원이 잡지 오백 부를 사야 한다는 얘기였다. 나는 섭외를 해보려고 의원회관 사무실을 세 차례나 찾아갔으나, 차만 얻어 마시고 되돌아나왔다. 나는 마지막으로 돌아나오며 아버지의 저주를 떠올렸다.

"개 보름 쇠듯 살다 깡통 차고 기어들어올 놈."

휴대전화가 울렸다. 하연주였다. 나는 걸음을 멈추고 신호음이 끝날 때까지 기다렸다. 찬바람에 얹힌 구름이 바삐 흐르고 있었다.

"멋지네. 걱정 마. 다 잘될 거야."

졸업식 날 연주는 레드 블록 스트라이프 넥타이를 건네며 사회복지사처럼 말했다.

나는 넥타이를 풀어 양복 주머니에 찔러넣었다. 지하도를 지날 때, 신문지를 덮어쓴 노숙자들과 행상 좌판, 동냥 바구니들로 인해 발길이 더뎠다. 나는 걸음을 멈추고, 일용 잡화가 줄사탕모양 늘어선 좌판을 기웃거렸다. 손톱깎이 귀이개 라이터 병따개 등이 담긴 좌판 앞에 섰다. 주인에게 칼을 보여 달라고 하자 나를 상하로, 사방을 좌우로 훑은 뒤, 좌판을 슬그머니 잡아당겼다. 좌판이 마치 미닫이문처럼 움직였다. 당긴 좌판 밑으로 또 다른 좌판이 나왔다. 나는 크기가 한 뼘이 채 못 되는 칼들 중에서 베는 것보다 찌를 수 있는 칼을 골랐다.

셈을 치르고 노숙자들 틈을 막 빠져나갈 때, 지상에서 밀려든 바람이 신문지를 걷어올려 내 얼굴을 덮었다. 순간, 비틀하며 급히 바꾼 디딤발에 무언가 밟혔다. 옆으로 뺀 왼발이 누군가의 손등을 밟은 것이다.

"미안합니다."

나는 황급히 허리를 꺾어 사과했다. 천천히 고개를 들며 손등을 살폈다. 어머니의 손이 있다. 가운뎃손가락과 약손가락이 없었다. 날숨이 막혔다. 내가 밟아 없앤 것이 아닌가 싶어 흠칫 놀랐다. 하지만 비명 한마디 없던 상대는 귀찮은 듯 신문지를 집어 얼굴을 덮었다. 나는 뒷걸음질 치며 다시 한 번 머리 숙여 사과하고는 도망치듯 지하도를 빠져나왔다.

"그새 못 참고……."

어머니가 집게손가락 한 마디와 가운뎃손가락 두 마디를 잃었을 때, 아버지가 말했다. 아버지의 말은 암호 같았다. 당시 나는 이 말을 아버지가 자신의 존재와 능력을 추켜세운 것쯤으로 알아들었다. 이 암호는 이 년 뒤에 해독됐다. 새벽녘 진통제를 빌려 겨우 잠든 어머니를 아버지는 기어코 깨워 염장을 질렀다. 어머니는 벽에 기대 성한 손으로 흐트러진 머리만 매만졌다. 어머니는 죄인처럼 고개를 떨군 채 아버지를 맞았다. 아버지의 파산과 의처증이 어머니의 손가락을 앗아갔다. 병원에서 나는 봉합수술을 받고 나오는 어머니를 향해 "참, 잘했다!" 하며 악다구니를 썼다. 사고를 받아들일 수 없었다. 어머니가 '병신'이 된 것이다. 내가 굳이 등록을 고집하지 않고 군 입대만 했어도…… 아버지를 원망할 수만은 없었다. 이튿날, 나는 입영 신청원을 내고 하연주와 D시의 산부인과를 찾았다.

아버지는 날이 밝기 전, 돈봉투를 던져놓고 '노가다'를 하던 C시로 돌아갔다. 다섯 달 만에 받는 생활비였다. 어머니는 성한 손아귀에 봉투를 틀어쥐고 통곡했다. 어머니의 통곡과 개 짖는 소리가 뒤섞였다. 야윈 등이 치솟을 때, 어머니의 가쁜 들숨이 목구멍에 걸려 쇠 갈리는 소리가 났다. 나는 그 소리가 어머니의 손가락을 뽑아 없앤 프레스의 소음 같아 진저리를 쳤다. 어머니는 이빨로 봉투를 뜯어 방바닥에 돈을 흩어놓고 그 위에 이마를 찧었다.

아버지는 그 뒤 육 개월을 더 도망다니다 붙들렸다. 내가 군에서 막 일병을 달았을 때였다.

"그샐 못 참고 잡혔대요?"

면회를 온 어머니의 말끝에 토를 달듯 말했다.

도피혐의로 괘씸죄가 추가된 아버지는 일 년 오 개월 실형을 받았다.

"우리가 속았다."

위병소를 나서던 어머니가 나지막이 말했다. 나중에 안 일이지만, 그날 어머니가 면회 온 이유는 '위장 파산' 때문이었다. 재판 과정에서 재산은닉 혐의에 대한 공방을 지켜본 어머니는, 아버지가 아이엠에프를 핑계로 부도 직전에 건재상을 처분하고 돈을 빼돌렸다는 사실을 알았다. 재산은닉 혐의는 은닉된 재산을 찾지 못해, 아니 찾았으나 법적 하자를 입증하지 못해 적용되지 않았다. 어머니는 아버지 옥바라지를 하고 출감하는 날, 곧장 이혼할 것이라고 했다.

내 발길은 고양이와 달랐다. 정처없이 걷기에는 두려움이 많았던 듯 싶다. 횡단보도 건너편으로 낯익은 빌딩들이 보였다. 내가 삼 개월 닷새 동안 드나든 빌딩으로 많은 사람들이 바삐 드나들고 있었다. 신호등 너머에 여전한 모습으로 서 있는 빌딩의 이마에 시선을 박았다.

CPI 독자 사은 빅 이벤트
교재 구매자 100명에게 드리는 유럽여행

현수막에서 비행기가 날아오르고 있었다. 감원 성공 축하비행처럼 보였다.

나는 빌딩을 등지고 뛰었다. 숨이 차올랐다. 가쁜 숨을 고른 뒤, 또 뛰었다. 나는 공원 앞에서 뜀박질을 멈췄다. 아니, 멈춘 것이 아니라 다리가 지쳐 움직이질 못했다. 공원 안에서는 볕이 드는 곳마다 허연 김이 모락모락 피어올랐다. 무료급식소에서 육개장을 받은 노인과 노숙자들이 몸을 웅크린 채 쫓기듯 숟가락질을 하고 있었다. 삼삼오오 무리 지어 식사를 했으나, 그들은 서로 마주보지 않았다. 무리 지은 이유는 친분이 아닌 볕 때문이었다. 낮아진 해를 높은 빌딩이 막아서 공원에는 볕이 궁했다.

나는 육개장 냄새에 시장기를 느끼며 담배를 빼물었다. 뿜어낸 담배 연기가 육개장의 김과 섞여 흩어졌다. 같은 벤치에 앉은 노인이 담배 냄새에 숟가락질을 멈추고 고개를 돌렸다. 내가 담배 한 개비를 건네자, 냉큼 귓바퀴 위에 걸고 남은 숟가락질을 계속했다. 노인은 야적장에서 만난 아버지처럼 육개장을 먹었다. 함바에서 밥을 먹던 아버지는 나를 보자 남은 밥을 국에 말아 들고 밖으로 나왔다.

"밥은 먹었냐?"

"……"

"밥은 꼭 먹고 다녀야 한다."

아버지는 야적장 귀퉁이 철근더미 위에서 숟가락질을 하며 묻고, 덧붙였다. 깎지 않은 수염에 선지 국물이 묻어 번들거렸고, 검게 탄 손등과 팔은 땀으로 번들거렸다. 러닝셔츠의 어깨에는 피딱지가 붙어 있었다. 질통의 어깨 끈이 지나간 자리에는 피딱지뿐만 아니라 검푸른 멍

자국도 보였다. 눈을 맞추지 않으려는 듯 모자를 눌러 쓴 탓에 아버지의 얼굴은 볼 수 없었다. 틀림없는 막노동꾼이었다.

"왜 불렀어요?"

"조금만 기다려라."

"뭘 기다려요?"

나를 O읍에서 C시로 불러낸 아버지에게 볼멘소리로 물었다.

아버지는 불가항력이라는 말로 파산 사유를 변명했다. 부도로 인해 아버지의 채권과 어음은 모두 휴지가 됐고, 재기의 기대도 사라졌다고 말했다. 아버지는 건자재를 납품한 건축업자와 건축주들을 쫓아다니며 변제를 요구했다. 그러나 파산해 없어진 자재구매처에 거래대금을 변제할 채무자는 없었다. 실체 없는 회사가 거래처의 양심을 기대할 수는 없었다. 그래서 아버지는 아예 채무자들의 공사판에 눌어붙어 잡부 노릇을 하며 시위 겸 '노가다'를 했다. 무모한 일이었지만, 외상대금은 못 받아도 일당은 받을 수 있다며, 아버지는 최선의 선택이라고 했다.

"좀 쉬어 가지."

"예?"

"입대해라."

아버지는 숟가락을 놓으며 말했다.

국그릇에 빗방울이 떨어졌다. 겨울을 재촉하는 비였다.

"……"

아버지가 빗물 섞인 국물을 옆으로 밀치자, 고양이가 나타나 핥았다. '언놈'이었다.

"이놈 털은 물에도 젖지 않고 추위도 막는다. 제 끼니도 혼자 알아서 챙기지. 요즘 이놈이 낙이다."

아버지는 고양이 목을 쓰다듬으며, 묻지도 않은 말을 했다.

나는 아버지의 낙이 되어줄 수 없었다. 하연주 때문이었다.

무의탁 노인들과 노숙자들의 식사는 담배 한 개비를 피우는 동안 끝났다. 마치 철새가 머물다 간 빈 들판처럼 공원은 다시 썰렁해졌다. 비둘기떼가 바닥에 흘린 고사리 줄기와 무 쪼가리를 물고 비척거리다 잽싸게 날아올랐다. 난데없이 나타난 고양이가 비둘기떼를 쫓고, 남은 음식 찌꺼기를 탐했다. 고양이는 먹지 않으면서 비둘기만 몰아냈다.

내 옆에서 점심을 때운 노인은 폐지가 가득 실린 손수레를 끌고 빨간 불이 들어온 횡단보도를 내쳐 건넜다. 경적이 울리고 열린 창문에서 욕설이 터져 나왔으나, 손수레를 앞세운 노인은 더듬거리는 차량들 틈을 비집고 쉬엄쉬엄 횡단보도를 건넜다. 노인은 프로그래밍 된 로봇처럼 앞만 보고 걸었다.

땀이 식으며 추워졌다. 나도 노인의 뒤를 따라 공원을 나섰다. 지하철 역사 입구에 있는 은행에 들러 주인아주머니가 부탁한 공과금을 치렀다. 친구가 근무하는 은행이었다. 친구는 창구가 아닌 VIP 담당이라 만날 수 없었다. 지하철역으로 들어가기 전에 휴대전화 폴더를 열었다. 부재중 전화에 하연주의 번호가 떴다. 나는 잠시 망설이다 숨을 고르고 단축 다이얼을 눌렀다.

"어, 그래. 잠깐만…… 아, 아직…… 그럼. 알아보고 있는 중이지. 다시 연락할게."

선배는 제주도에서 인터뷰 중이라고 했다.

한 달 전, 자신의 친구들에게도 죄다 돌아가며 부탁을 질러놨으니 곧 좋은 소식이 있을 것이라고 했다. 당시 '일류'에서 일하는 선배는 염려 말라고 했고, 나도 그 정도면 염려할 일이 아니라고 생각했다. 하지만, 선배는 여기에 대해서는 아무런 말이 없었다. 여태 말이 없다는 것은, 죄다 돌아가며 부탁을 안 했거나 자리가 없음을 뜻하는 것이었다. 이미 실직 뒤 두 곳을 소개시켜준 선배였다. 선배가 직업알선소 직원이 아니었기에 떼를 쓸 수도 없었다.

역을 나와 PC방에 들렀다. 나는 뿌연 담배연기 속에서 헛것들의 세상으로 들어가는 윈도우를 열었다. 호객꾼 같은 팝업 창을 닫고, 구직 사이트를 헤매 새로운 구인정보를 찾았다. 잡지사와 출판사 한 곳씩을 골라 각각의 홈페이지에 이력서를 부쳤다. 나는 고집을 꺾어 출판사도 구직 대상에 넣었다. 내 글이 아닌, 남의 글을 다룰 수도 있다는 뜻이었다. 나는 선배의 말처럼 배가 고팠다. 고용주는 헛것의 세상에서 이력서를 통해 나를 살펴보고 따져볼 것이다. 나는 경력 칸에 덤으로 '대학 신문사 학생기자'와 '맥 디자인 가능'이라고 덧붙였다. 나를 떨이로 내놓은 느낌이었다.

저녁거리를 위해 장에 들른 나는 휴대전화를 열어 단축번호를 눌렀다. 친구는 별다른 약속이 없다고 했다. 붕어, 빠가사리, 피라미, 메기를 샀다. 가게 주인이 다대기를 만들 때 된장을 쓰지 말고 쌈장을 쓰라고 일러줬다. 잡어의 배를 가를 때, 고양이가 울었다. 나는 비린내 묻은 주머니칼을 내둘러 고양이를 쫓았다. 내장은 비닐봉지에 따로 담았다. 고양이 탓에 헷갈려 미나리와 마늘을 먼저 넣고, 수제비를 나중에 넣었다. 물고기의 살점이 너무 익어 국물에 풀어졌다.
 시침이 일곱 시를 가리키고 있었다. 친구의 귀가가 늦었다. 아주머니와 부엌 쓰는 시간을 겹치지 않으려 미리 상을 차려 방안에 들였다. 나는 친구를 기다리며 칼을 갈았다. 찔러야 했기에 날이 아닌 끝을 갈았다. 칼끝에서 빛이 초점을 모을 때까지 갈았다.
 아버지의 지론은 세상을 반 발짝 앞서 보자였다. 건재상을 O읍 개발 직전에 열고, 아이엠에프 직전에 닫았다. 이 반 발짝은 아버지에게 부와 명예였지만, 남들에게는 폐해와 원한이었다. 아버지는 거래 은행을 들락날락하고, 서울을 오르락내리락했다. 복덕방을 하는 아버지의 '꼬붕'도 바빴다. 아버지는 선거 때 '어깨'로 부리던 '꼬붕'을 통해 수금을 서둘렀다. 아버지는 이미 반 발짝 늦었다고 했다. 정말 아버지는 푼돈을 긁어모으고 있었다. 부도가 났을 때 건재상은 껍데기뿐이었다. 채권자들이 건재상에서 집으로 몰려들었지만, 이미 거덜난 뒤였다. 아버지는 집과 푼돈을 내놓고 잠적했다.
 아버지는 생활비를 번다며 공사판을 전전했다. 처음에는 받을 외상

값이 있는 O읍의 공사판을 기웃거렸다. 동정심을 얻기 위한 속셈이었으나, 돈은 동정심이 없었다. 결국 아버지는 O읍을 떴다.

"법과 죄는 공생하는 거다. 법과 죄가 나뉘는 순간, 배를 곯는 거야."

형기(刑期)를 마치고 세상에 나온 아버지가 두부를 씹으며 말했다. 모두를 알아버린 나와 어머니를 겨냥한 해명이었다. 아버지는 승용차 안에서 "돈은 몸으로 버는 거다."라며 한껏 웃었다. 운전을 하던 마을 금고 조합장이 아버지를 향해 웃음으로 답했다. 나는 조합장이 아버지를 마중 나온 이유를 알 것 같았다. 빼돌린 돈을 마담이 쪼개 레지들의 명의로 부동산을 구입했고, 마담이 이 부동산을 근저당 잡았다. '언놈'은 근저당 잡아준 것에 대한 답례 중 하나였다. 그리고 마담은 '꼬붕'이 잡았다. 말하자면 힘은 '꼬붕'이, 머리는 조합장이 각기 나눠 맡은 셈이었다.

국도를 내달릴 때 차창을 열었다. 아버지의 들숨이 길었다.

"군민(郡民) 여론은 어떤가?"

아버지가 조합장의 뒤통수에 대고 물었다.

"다섯 달이나 남았는걸요."

"아직도 안 좋다는 건가?"

아버지가 인상을 구기며 남은 두부를 베어물었다.

"여론도 조변석갭니다. 꼭 재기하실 겁니다."

조합장은 아버지의 의중을 읽었다. 지자체 선거까지 다섯 달이 남아 있었다.
 동승한 어머니는 아버지가 흘린 두부조각들을 주웠다. 어머니의 온전한 손가락에 두부를 담았던 비닐봉지가 들려 있었다.
 차가 D시에 들어서 신호에 걸렸을 때, 나는 차에서 내렸다. 그 뒤 나는 아버지의 집으로 돌아가지 않았다.
 친구가 많이 늦었다. 나는 비닐봉지를 챙겨 방을 나섰다. 골목을 지나는 바람이 찼다. 봉고 한 대가 비좁은 틈 사이에서 더듬대며 전진과 후진을 되풀이했다.
 "별일 없으면, 내일은 나하고 같이 나가지."
 주인집 아저씨였다.
 이미 인사가 되어버린 말이라, 대꾸하지 않았다.
 차도를 건너 고분(古墳)으로 가는 둔덕을 올랐다. 거기서는 버스정류장이 내려다보였다. 버스는 십 분 간격으로 잠깐씩 정차해 승객들을 토해놓고 떠났다. 버스가 정차할 때마다 고개를 돌려 살폈으나, 친구는 보이지 않았다. 비닐봉지를 몇 걸음 앞선 발치에 풀어놓고 담배를 빼물었다. 언제까지 가위눌리며 살 수는 없었다. 갑작스런 추위로 오가는 사람도 없었다. 좀 이르지 않을까 싶던 염려가 사라졌다. 좋은 기회였다.
 도심의 일상 속에 낀 고분은 한갓지고 아늑했다. 뭉긋한 봉분은 편안함을 주었다. 무덤은 발굴 당시 뼛조각들이 서로 얽히고설켜 시대와 신분과 질서가 한데 묶여 있었다고 했다. 선사시대에는 노지(爐址)였다고 했다. 나는 산 자와 죽은 자가 한데 묶인 터에서 고양이를 기다렸다.
 그때, "으아앙—" 하는 울음이 들렸다. 소리는 잇닿은 여덟 기의 무덤 틈서리를 고루 돌며 울렸다. 소리의 끝자락을 물고 불꽃이 치솟았다. 불꽃은 별빛 틈을 헤집었다. 무덤 잔등이의 불꽃과 하늘의 별빛이 어우러져 한 덩어리로 엉킬 때, 주머니 속에서 칼자루를 힘껏 움켜잡았다. 법과 죄처럼 밥과 위험도 공생하는 것일까. 고양이가 외줄을 타듯 더듬거리며 다가왔다. 나는 손아귀에 힘을 줬다. 다가오던 고양이가 멈춰 서며 눈을 들었다. 외등 빛에 아메리칸 와이어헤어의 무늬가 선명했다. 몸을 낮춘 고양이의 배가 바닥에 닿았다. 만삭이었다. 나는 고양이의 눈을 쏘아봤다. 고양이가 꼬리를 들었다. 나는 주머니에서 손을 빼고 돌아섰다. 휴대전화가 부르르 떨었다. 하연주였다. 별들 사이로 성근 눈발이 날렸다.

 "쌍년, 붙어먹었지?"
 문지방에 걸쳐 선 아저씨가 욕을 내질렀다. 깨진 밥공기와 반찬 접시가 방과 부엌 바닥에 팽개쳐져 있었다. 상을 엎은 모양이었다. 옆구리를 감싸쥔 아주머니가 싱크대 밑에 웅크리고 있었다. 텔레비전 앞에 엎드린 초등학생 아들은 공책에 이마를 박은 채 등을 들썩이고 있었다.
 아버지는 멀리서 어머니의 행동거지와 출퇴근 시간을 체크했다. 화장과 옷단장을 트집잡았다. 어머니의 식당 손님에 대한 예의가 아버지에게는 유혹으로 해석됐다. 그래서 어머니는 농공단지 내 주방용기 제

조업체로 일자리를 옮겼다. 거기서 베트남, 필리핀인들과 섞여 냄비와 대야의 바닥을 가공했다.

아주머니의 대거리가 없었다. 아저씨와 아주머니의 부부싸움은 일상이었다. 옥박지를 때 아저씨는 욕설과 함께 리모컨이나 방석을 집어던졌고, 따질 때 아주머니는 악을 써대며 울었다. 울 때는 언제나 소리로만 울었다. 그런데 대거리도 울음도 없었다. 텔레비전 볼륨만이 평소의 곱 이상 높았다. 아저씨의 고함은 내가 들어서자 그쳤다. 침묵 속에서 인상을 구겨 나를 쏘아보던 아저씨가 느닷없이 아주머니에게 달려들어 발길질을 퍼부었다.

눈치껏 돌아서려던 내가 깜짝 놀라 끼어들었다. 아저씨는 내가 잡은 팔을 세차게 뿌리쳤다. 그 손이 가스레인지 위의 들통을 쳤다. 들통이 엎어지며 삶고 있던 속옷이 비눗물과 함께 쏟아졌다.

"으악!"

싱크대 밑에 웅크리고 있던 아주머니가 비명을 내지르며 튀어 올랐다.

"이걸 봐라."

아저씨의 손가락질 끝에 나와 아저씨, 그리고 아주머니의 젖은 속옷이 뒤엉켜 있었다. 빨강, 노랑, 파랑의 속옷에서 김이 피어올랐다.

"별일 없으면, 내일은 나하고 같이 나가지."

나는 뒤늦게 알았다. 이 말이 으레 한 인사가 아니었음을.

머릿속이 마구 엉켰다. 하지만 마냥 이대로 있을 수 없다는 것만은 분명했다. 나는 떨리는 손끝으로 휴대전화를 열어 119를 찍었다.

"으아앙······."

번호를 찍던 나는 울음소리를 찾아 고개를 들었다. 머리에 고깔 모양 흰눈을 덮어쓴 고양이가 꼬리를 든 채 부엌 창문틀에 걸터앉아 있었다. 창문 너머로 하얀 별이 하염없이 내렸다. 나는 주머니칼을 뽑아 들고 돌아섰다.

어떤 보필

급한 바람이 아까시나무를 흔들었다. 흩어지는 흰 꽃이 튀밥 같았다. 팔뚝 크기로 무리지어 핀 꽃은 멀리서 보면 밀가루 같았고, 가까이 보면 튀밥 같아 허기를 부추겼다. 야속한 꽃이었다.
 출근하던 선생이 교문 옆에서 좌판을 연 행상과 말다툼을 벌였다. 선생은 튀밥장수와 아이스크림장수, '달구나' 장수는 놔두고 병아리장수와 싸웠다. 선생은 병아리는 장난감이 아니라고 했다. 생명을 놀이용으로 파는 것은 불량식품보다 나쁘다고 했다. '先導(선도)'라는 완장을 두른 씨름부 아이들이 선생을 도와 병아리장수를 물리쳤다. 서로 밀고 당기는 틈바구니 속에서 떨어진 흰 꽃이 흙바닥에서 짓이겨졌다.
 석철은 왼손에 두른, 핏물이 배어 굳은 광목 쪼가리를 고쳐 매고 아까시나무 밑에 자리를 잡았다. 그는 아까시나무들과 나란히 뻗은 비탈의 아래쪽을 살폈다. 드문드문 새끼줄로 묶은 헌책과 '보루바꼬' 뭉치, 빈병 따위를 손에 든 아이들이 교문을 향해 힘겹게 오르고 있었다. '기도'를 맡은 선생과 선도부원들이 보기 전에 숙제를 마쳐야 했다. 그는 급우나 혹은 아는 아이에게 도움을 구해볼까 했으나, 굳이 구차해지고 싶지 않았다. 석철은 처음 걸린 아이에게서 사 홉들이 빈 소주병 둘을 확보하고, 다음 나타난 아이 것 중 폐지 절반을 빼앗아 처음 아이에게 나눠주었다. 반항은 없었다. 석철은 그들을 몰랐으나, 그들은 일명 돌쇠로 불리는 석철을 잘 알고 있었기 때문에 문제가 생길 수 없었다.

 폐품 수집을 해결한 석철은 교무실 청소를 마치고, 창밖으로 몸을 뺐다. 라디오 시보(時報)에 따라 교무실 외벽에 걸린, 학교에서 유일한 벽시계의 시침과 분침을 맞췄다. 고물 시계 때문에 지각생으로 몰려 억울한 벌을 받는 아이들은 없어야 했다. 일찌감치 출근한 교감에게 청소 검사를 맡은 석철은 교실 문을 따고 급우들의 등교를 기다렸다. 흑판에는 어제 자율학습시간에 함부로 떠든 아이들의 이름이 적혀 있었다. 그 이름이 지워지려면, 적힌 아이들이 벌을 받고 새로이 떠든 아이들을 적발해 적어야 했다. 담임은 이런 상호감시체제를 통해 자율을 통제했다. 떠든 아이들의 이름 아래 팔 길이만한 몽둥이와 흑판지우개가 놓여 있었다. 몽둥이는 닷새 전, 석철이 담임의 명을 받아 손까지 베어가며 아까시나무 가지를 깎아 만든 것이었다. 석철은 훈도용 몽둥이를 다듬고 들기름을 먹일 때, 장군의 무기를 만드는 심정이었다.

 새벽 운동을 마치고 운동장 가를 떼 지어 도는 씨름선수들의 악다구니 같은 구령소리가 일교시를 알리는 날선 쇠종소리에 섞였다.

늙은 담임은 매사가 분명했다. 매사가 담임의 판단에 따라 옳거나 그른 것이 되었고, 좋거나 나쁜 것이 되었다. 담임은 포목점의 자(尺), 쌀집의 됫박, '달구나'에 대고 찍는 모양 틀처럼 분명했다. 그는 분명한 것만 가르쳤고, 분명하지 않은 것은 곧 잘못된 것이라며 가르치지 않았다. 그래서 석철은, 아는 것이 많아서라기보다 담임의 '앗사리'한 성격에 마음을 주었다. 또한, 이런 담임의 처세가 석철이 배우고픈 기술이었다. 학년이 올라 반 편성을 마치고, 처음 담임을 만난 석철은 첫 훈시를 통해 진한 감동을 받았다.

"너희들이 아직 배우지 못한 것을 모르는 것은 당연지사다. 허나, 모르는 것을 알려고 하지 않는다면 그건 죄악이다. 그러므로 알기에 힘써 노력하라. 노력하지 않기 때문에 모르는 것이다. 나는 모르는 것을 벌하지 않겠으나, 모르는 것을 알려고 노력하지 않은 것은 반드시 따져 벌할 것이다."

담임은 "하면 된다."로 말을 미쳤다. 담임은 당연한 것을 새롭게 말하고는 했으나, 결코 새로운 것을 지어 말하지는 않았다. 그는 홀로 튀거나 처지는 것을 못마땅해했다. 급우들은 담임의 자와 됫박으로 가늠되어 길러졌다. 그런 담임의 자와 됫박의 기준은 단결과 노력이었다. 담임은 급우들에게 먼저 단결할 것을 요구했고, 서로 도와 노력할 것을 주문했다. 이를 위해 그는 통일을 주문했다. 급우들은 책가방뿐만 아니라, 신발주머니와 '벤또'의 모양과 색깔도 맞춰야 했다. 신발도 '곤색 스파이크' 또는 검정고무신으로 통일했다. 그는 칼라를 싫어해 심지어 우산도 검정 아니면 회색을 들고 다녀야 했다. 그는 단결이 이런 전체의 통일에서 나온다고 생각했기 때문에 채변봉투에 떠온 각각의 똥 색깔이 다른 것에도 몹시 불만스러워했다.

"노력하는데 왜 결과가 나쁠까? 그건 제군들의 머리가 빠가라서가 아니라, 서로 가르쳐주려는 동지애와 노력이 부족해서다. 안 그런가? 탕!"

아까시나무 몽둥이 소리에 놀라 짝꿍의 콧물이 순식간에 빨려 들어갔다.

담임의 조급한 지청구 속에서 중간고사를 치렀다. 결과는 일곱 개 반 중 5등이었다. 시험 중 서로서로 도우려 했으나, 담임이 무서워 커닝 대신 급우들이 각자 연필을 굴려 답을 쓴 때문이었다. 급우들은 시험 시간에 감독 대신 무협지에 빠진 담임의 깊은 뜻을 헤아리지 못했다.

석철은 담임을 돕고 싶었다. 5등 수준의 급우들을 1등으로 만들기 위해 노력하는 것보다 담임을 1등으로 만드는 것이 더 값있고 필요한 일이라고 생각됐다. '빠가야로'라는 욕설과 매질로 힘들어하는 담임에게 위로와 격려를 주고 싶었다. 또, 이것이 1등을 위해 모든 짓을 다하려는 담임의 조급함을 달랠 수 있고 두려움으로부터 급우들을 잠시 해방시키는 길이라고 생각했다.

등수는 공부만 매기는 것이 아니었다. 석철은 이런 사실을 교무실 청소 중 훔쳐본 공문을 통해 이미 알고 있었다. 석철은 교무실 청소를 하고 기성회비를 감면받았다. 교감의 책상을 걸레질할 때 그는 새마을 운동본부가 시 교육청 이름을 빌려 학교로 보낸 '저축장려운동 강화 및 평가'라는 제하의 공문을 봤다. 제자가 5등이라고 선생도 따라 5등만 하라는 법은 없다. 석철은 급우들의 단결된 약간의 노력이면 담임의 인사고과를 챙길 수 있다고 생각했다.

그날, 석철은 다섯 명을 뽑아 종례 후 변소 뒤편으로 불렀다. 아이들은 붉은 '뻬인또'로 '타공—멸공—반공'이라고 써 붙인 담벼락 아래 모였다. 석철은 삭은 분뇨 냄새에 크악, 하고 침을 내뱉었다. 그 크악, 소리에 목욕탕집 아들, 전당포집 아들, 고물상집 아들, 콩나물공장집 아들, 그리고 끝에 선 술도가집 딸이 알아서 석철을 주목했다. 술도가집 딸은 뺄 생각이었으나, 마땅히 대체할 아이가 없었다. 세무서장이나 교구사(敎具社)집 아들로 대체할 수는 없었다. 둘 다 교장과 절친한 때문이었다.

다섯 명이 살고 있는 집들의 공통점은 담이 높고, 높은 담 위에 깬 병 조각과 둥글게 말아 김은 철사를 올렸다는 것이다. 이들의 부모들이 얼마를 버는지는 모르나, 혼식 장려 운동에도 불구하고 '아끼바리' 벤또만을 싸왔고, 반찬도 그 격에 맞춰 계란부침, 쇠고기장조림, 미군부대에서 빼낸 소시지 등을 싸왔다. 그중 전당포집 아들은 '미루꾸 캬라멜'을 늘 가지고 다녀 여자 아이들로부터 인기가 많았다. 이들은 신 김치나 콩나물에 고추장을 비벼 먹는 아이들과는 먹거리뿐만 아니라,

옷차림의 격도 달랐다. 이들은 어떻게 해야 오늘 한 끼를 먹느냐가 아닌, 어떤 것을 먹을 것인가로 고민하는 집 아이들이었다.

석철은 여자가 있어 분위기를 부드럽게 끌었다.

"너희들이 조금만 노력해주기를 부탁한다."

"왜 우리가 노력을 해야 하는데?"

역시 술도가집 딸이었다.

"너희들 집에 돈이 많으니까."

"그게 이유가 돼?"

"너희 집은 돈 받고 술을 팔고, 다른 집은 돈 주고 술을 사 마시잖아."

여자 아이는 이 말을 알아듣지 못했으나, 욕설은 바로 알아들었다.

한 달 뒤, 저축 평가에서 담임 반은 1등을 했고, 당시 겁을 많이 집어먹은 목욕탕집 아들은 그 덕에 덤으로 은행 지점장 상까지 받았다.

담임은 만족했다. 담임은 이 1등이 다른 1등을 이끌어낼 수 있는 가능성이라며 흥분했다. 1등은 좋은 것이었다. 석철은 이 1등을 위해 틈틈이 교단 위에 올라갔고 기꺼이 연설했다. 학급은 반 대항이라면 뭐든 우선 1등을 했다. 교외의 조기 청소에서는 급우 전원 참석으로, 교실 청소에서는 양초와 들기름 걸레질로 1등을 했다. 폐품 수집은 석철의 주먹 힘으로 여섯 개 반에서 조금씩 '협조'를 얻었고, 환경미화 때는 솜씨 좋은 다른 반 아이들을 차출해 1등을 먹었다.

석철은 즐거웠다. 급우들의 단결을 이끌어내면서 말이 늘었다. 말의 양이 늘어 언변이 좋아졌다. 그는 지도력과 통솔력을 인정받았다. 그러나 그는 '근본'이 '앗사리'하지 않다는 이유로 반장에 뽑히지는 못했다. 근본은 언제나 그의 노력의 대가를 가차없이 삭감했다. 그러나 그는 삭감받은 나머지를 받을 수 있었다. 국민교육헌장 외우기 시험이 있던 날, 담임은 석철을 반공웅변대회 반 대표로 뽑아 올렸다. 담임은 추천 이유로 말의 설득력과 호소력을 들었다. 이렇게 주장한 담임의 말이 설득력과 호소력이 있어 석철은 반 대표에서 학교 대표로 지명되었다.

그는 시민회관 대강당에 모인, 내외 귀빈을 포함한 삼백여 청중 앞에서 우리가 북괴를 분쇄하려면, 괴뢰군을 빨갱이라는 괴물로 보면 안 되고, 우리와 같은 인간으로 보아야만 싸워 승리할 수 있다는 요지의 웅변을 토해 초등부 1등을 먹었다.

말은 힘이었다. 몸이 힘이라며 씨름 감독이 꼬드길 때 듣지 않은 것이 잘한 일이었음이 확인되었다. 석철은 말이 가져다준 힘으로 음지에서 더욱 담임을 도왔다.

차츰 시간이 지니며 담임은 교육을, 석철은 학급 통솔을 맡는 꼴이 되었다. 담임은 학업 성적 1등을 위해, 석철은 학급 운영 성적 1등을 위해 서로 협력·경쟁하는 관계가 되었다. 담임이 교육을 말로만 하지 못했듯이 운영 또한 말만으로는 되지 않았다. 석철은 이인자가 되었으나, 한결같이 이인자를 인정해주지 않는 것이 애로사항이었다.

세상에는 밥과 돈을 얻기 위해서가 아닌 통솔을 위한 주먹질도 있는 법이었다. 석철은 오랜만에 변소 뒤에서 선방을 날리기 전, 주먹을 말아 쥔 채 잠시 이런 생각에 잠겼다.

"못사는 사람 돕는 것이나 저축은 같다."

"어째 같은데?"

"없으면 도둑, 강도가 되는 거고…… 도둑, 강도는 너희 집을 노린다."

"왜?"

"도둑, 강도에게 없는 것이 너희 집에는 많으니까."

"그래서 우리집은 경찰에게 돈을 준다."

"경찰이 절대 다는 못 막는다."

"……?"

"못사는 사람들이 돈을 벌게 해주는 거 아니냐? 그러니까 좀 도와줘도 밑지는 거 없다."

"싫다. 내가 호구냐, 너를 돕게?"

녀석은 교실에서 이렇게 대들었다. 녀석에게 석철은 불우이웃이었다. 석철은 멈칫 했던 주먹을 뻗었다. 녀석이 뒤로 자빠져 뒹굴 때 두부처럼 무르고 하얀 얼굴이 일그러졌다. 다시 생각해도 말로 될 일이 아니었다. 석철은 넘어진 녀석을 걷어찼다.

학급 순위가 도 교육청 주관 평가시험에서 두 단계 올랐다. 그러나 담임은 3등에 만족하지 못했다. 하교 시간이 차츰 늦어졌고, 떠드는 아이에게 백묵 대신 '고뿌'를 집어던질 정도로 담임의 신경이 날카로워졌다. 급우들은 하루 세 차례씩 책상 위에 올라가 무릎을 꿇었다. 담임의 체벌 방식은 다양했다. 그 수위도 음계를 밟아 오르듯 높아져갔다. 담임은 급우들이 자신의 인생을 '빠꾸'시키고 있다고 했다. 교육 외길 35년쩬데 '가오'가 서지 않아 창피하다고 했다. 담임은 아이들에게 확실하고도 영원히 만족할 수 있는 1위를 달라고 했다. 그는 노력이 아닌 최고를 원했다. 그는 이미 얻은 1등보다 얻지 못한 1등에 몸달아 집착했다.

  석철은 일찍 버림받은 세상에서 '빠따'에 익숙했다. 그러나 급우들은 눈물과 콧물로 하루하루를 보내야 했다. 담임은 가르치지 않고 평가했다. 그는 백묵보다 빨간 색연필을 더 많이 사용했다. 하루 세 차례의 평가가 있었고, 그 결과에 따라 세 번의 매질이 있었다. 날이 날로 더워져 옷차림이 가벼워졌기 때문에 '빠따'는 살에 깊이 감겼다. 비명과 울음 속에서 아까시나무 꽃잎이 모두 떨어졌다. 교장을 대신한 교감의 교실 순시도 빈번해졌다. 교감의 걱정스런 감시 속에서 더딘 7월도 끝을 맺었다. 밍을 풀어주는 안티푸라민은 한 달 가까이 필수 학용품이었다. 교실 가득 안티푸라민 냄새가 풍길 때쯤, 학부형들이 하나 둘 학교에 나타났다. 조용히 찾아온 학부형들은 담임 앞에 머리를 조아려 면담하고 돌아갔다.

  면담이 잦아지고, 학기말고사를 일주일 가량 앞둔 어느 날이었다. 체육시간을 갈음해 운동장 가의 방공호를 수리 보수하고 들어와 점심

'벤또'를 막 까고 있을 때였다. 양은으로 된 '벤또'를 여는 달그락 소리와 함께 울먹이는 욕설이 들렸다.

"어어…… 없다! 이잇, 씨이잉……."

제8분단에서 비명이 터져 나왔다. 담임은 학습 능력이 심하게 떨어지는 아이들을 따로 몰아 8분단을 만들어 관리했다. 비명은 학급을 지옥으로 밀어넣었다.

"어디 훔칠 돈이 없어서……."

담임은 절구질하듯 매를 두드리며 같은 말을 반복했다. 빨리 밥을 먹은 아이들은 채 씹지 못한 입안의 밥알을 토해냈다. 담임은 돈의 도난 사실보다 도난당한 돈의 성격 때문에 분노한다고 했다. 매질을 마친 담임은 주머니 검사를 통해 아이들을 복도로 내몬 뒤 가방 검사를 실시했다. 그러나 돈은 끝내 나오지 않았다.

"똥 퍼 번 돈을…… 그런 돈을 어떻게 감히……."

분노를 참지 못한 담임이 급기야 훔쳐서는 안될 돈의 성격을 알렸다. 이 말에 돈을 잃은 아이의 얼굴이 먹빛으로 변했다.

그날, 종례 전 청소시간에 담임은 돈 잃은 웅구를 따로 교무실로 불렀다.

"얼마냐?"

담임은 지갑을 열며 물었다.

"삼천 원인데요."

"뭐? 왜 겁대가리 없이 그런 큰돈을 가지고 다니는 거야, 임마!"

담임은 지갑을 닫았다.

"아버지가 선생님 드리라고 해서……."

석철은 창틀 바깥에서 유리를 닦으며 웅구의 답을 엿들었다.

하굣길에 석철은 간판장이 아들을 뒤쫓았다. '후미끼리'에서 화물 열차에 길이 막힌 녀석을 따라잡았다. 녀석의 멱살을 잡고 철길 아래 자갈밭으로 끌고 내려와 가방을 낚아챘다. 밥을 먹지 않은 벤또는 묵직했다. 뚜껑을 열고 거무튀튀한 보리밥을 뒤집어엎었다. 흩어진 보리알 위로 천 원짜리 석 장이 나타났다.

석철은 왜 돈을 훔쳤는지 빤한 이유는 묻지 않았다. 대신 임자에게 돈을 돌려주고 용서를 빌라고 했다. 용서를 받으면 비밀로 해줄 것을 약속했다. 만약 용서받지 못하면 자신이 비밀을 지켜도 소용없는 일이었기 때문이었다. 무엇보다 이 사실을 담임이 알면 그가 겪을 고초는 짐작이 불가했다.

한남은 석철이와 함께 똥구루마를 찾아 언덕바지를 헤맬 때, 차라리 자신이 고아라면 좋겠다고 했다. 담임은 그를 '아이노꼬'라고 불렀다. 급우들은 그 말이 어려워 그냥 튀기라고 불렀다. 그의 김은 아버지는 극장의 간판장이 '시다'였다. 그는 가끔 극장표를 '미루꾸 캬라멜'과 바꾸거나 '아이스께끼'와 바꿨다. 한남은 담임에게 줄 돈이 없어 훔쳤다고 했다. 석철은 담임이 학부형에게서 돈을 받는다는 의심이 사실일지도 모른다는 생각이 들었다. 석철은 담임의 뜻이 어디에 있는지 헤아릴 수 없었다. 하기식 애국가가 바람에 밀려 언덕배기로 올라왔다.

한남과 석철은 걸음을 멈추고 멀리 손수건만 한 국기를 보며 가슴에 손을 얹었다.

담임은 석철을 찾지 않았다. 잔심부름도 시키지 않았다. 출퇴근용 자전거를 기름칠해 닦고 자전거포에 가 바퀴에 바람을 빵빵하게 채워 넣는 일도 맡기지 않았다. 교무실 자신의 서랍에서 새 담배를 가져오는 심부름도 시키지 않았다. 교무실에서 교감 다음으로 서열이 높은 담임은 서랍이 일곱 개 달린 양수책상을 썼다. 서랍 중 하나에 학부형들이 사준 담배가 들어 있었고 주먹만 한 자물쇠가 채워져 있었다. 이 서랍에 담배 대신 봉투가 쌓여갈 때 담임은 석철에게 주었던 보조 열쇠마저 회수했다. 석철은 도난사건의 범인으로 자신이 의심당하고 있음을 직감했다. 고아는 모든 범죄의 용의자였고, 언제나 비행의 주범으로 주목받았다. 억울했지만, 진상을 밝힐 수도 없는 노릇이었다.

담임은 범인이 자수할 때까지 가르치지 않겠다고 했다. 석철은 자수를 하겠다는 한남을 말렸다. 녀석을 자신처럼 '전과자'로 만들 수는 없었다. 더 많은 학부형들이 학교를 계속 방문했다.

"우리 애가 열심히는 하는데 저를 닮아 머리가 안 좋아요."

학부형들은 자식이 한결같이 자신들을 닮아 죄송하다고 했다. 그런 자식을 열심히 가르치시려는 선생님께 감사드린다며 허방을 짚었다. 석철은 자식이 부모를 닮은 것도 죄송한 일이 될 수 있다는 사실을 알았다.

담임은 숨은 범인 한 사람 때문에 전체를 방치했다. 매일 자습이 반복됐다. 쉬는 시간에도 점심시간에도 급우들은 놀 수 없었다. 여자 아이들은 공기놀이와 고무줄놀이를 하지 못했고, 남자 아이들은 말뚝박기나 딱지치기를 하지 못했다. 급우들은 묵념하듯이 엄숙하게 책만 보며 하루하루를 보냈다.

담임은 학급 1등과 봉투를 맞바꾼 것 같았다. 석철은 아이들의 미래를 돈과 흥정한 담임에 대해 참을 수 없는 분노가 일었다. 그는 돈 때문에 자신을 버린 부모와 같이 담임이 돈 때문에 급우들을 버렸다고 생각했다.

담임의 방관이 길어지자 급우들은 점점 긴장했다. 책장 넘기는 소리와 침 삼키는 소리만 들렸다. 학급의 분위기는 무겁고 엄숙했다. 담임의 방관이 침묵으로 이어지면서 칠판에 아예 떠든 사람 이름 따위를 적을 일도 없었다.

담임의 신임을 잃은 석철로서는 이런 분위기를 바꿀 아무 힘도 없었다. 1등과 돈을 맞바꾼 담임 앞에서 석철은 의심받는 고아에 불과했다. 의심받는 고아가 할 수 있는 일은 아무것도 없었다. 학부형들의 학교 방문이 뜸해질 때쯤 학기말고사를 치렀다.

기말고사를 치른 이튿날, 급우들은 책상 위에 무릎을 꿇었다. 결과를 미리 알아낸 담임이 서둘러 매를 든 것이라고 생각했다. 매를 들 구실만 찾는 담임이 못마땅한 급우들의 움직임이 굼떴다. 불만 표시였다. 급우들이 책상 위로 오르는 동안 꺼먼 때 같은 구름으로 하늘이 더러워졌다. 울음소리가 번개, 천둥소리에 뒤섞였다. 담임은 매질에만 몰두했다. 담임은 귀신 만난 무당처럼 정신없이 나댔다. 마치 귀신을 부르듯 50센티미터 대나무자로 발바닥을, 싸리 빗자루 가지를 뽑아 종아리를, 몽둥이로는 무릎 꿇은 허벅지를 차례차례 내리쳤다. 그런 담임의 모습이 꼭 귀신 들린 무당 같았다.

예순두 명을 빠짐없이 때린 담임은 몹시 지쳐 보였다. 땀에 젖은 남방이 몸에 들러붙었다. 겨드랑이 부분은 땀으로 얼룩이 졌고 등판은 등짝에 들러붙었다. 담임은 교탁 옆에 붙은 세숫대야의 물로 상고머리를 감고 얼굴을 훔쳐낸 뒤 말했다.

"선생을 무시하지 마라! 이놈들아."

담임은 이놈들아, 할 때 석철을 째렸다. 석철은 담임의 말도, 눈짓도 모두 암호와 같이 해독하기 어려웠다.

그런데 하굣길 가방 들어주기 놀이에서 해독의 실마리를 찾았다. 전봇대 밑에서 각자 손바닥 위에 침을 뱉었다. 침은 튀기기 전에 빗물에 닦였다.

"장, 껨, 뽕!"

다섯 차례 겨룬 끝에 진 석철이 가방들을 몸에 둘렀다. 가방 여섯 개를 혼자 감당하기에는 힘에 부쳤다. 비에 젖은 가방은 곱으로 무거웠다.

"고맙다."

석철이가 미처 못 든 가방을 응구가 대신 챙겨 들며 말했다.

"뭐가?"

"돈 찾아줘서 고맙다구."

순간, 석철은 고맙다는 말에서 무언가 석연찮은 낌새를 채고는 웅구를 다그쳤다.

웅구는 아침나절에 자신의 아버지가 학교를 다녀갔다고 했다. 비가 와서 쉬는 날, 찾아준 삼천 원을 들고 담임을 만났다고 전했다.

"착한 일한 네 이름만 밝혔대······."

담임이 매질을 한 이유와 덧붙인 말과 눈짓에 얽힌 암호가 풀렸다.

학교 담장 밑 도랑을 타고 역한 똥냄새가 솟았다. 학교 뒤편 언덕배기 판자촌에는 비 오는 날에 똥을 퍼 버리는 못된 집이 꽤 많았다.

'천혜원' 함석 대문 앞에서 우산을 든 수녀가 석철을 맞았다. 드문 일이었다. 앞장선 수녀가 석철을 서둘러 원장실로 인도했다. 십자가를 등진 원장 앞에 '가다마이' 차림의 사내가 앉아 있었다. 다리를 꼰 채 비싼 커피를 홀짝이는 사내 곁으로 빗물이 떨어졌다. 천장에서 떨어지는 빗물이 '바께스'에 고였다. 사내는 원장보다 지체가 높아 보였다. 원장은 아무에게나 비싼 커피를 주지 않았다. 석철을 향해 몸을 돌린 사내가 자신을 장학관이라고 했다.

"방일우가 담임이지?"

사내가 담임의 이름을 죄인처럼 함부로 불렀다.

"······."

묻는 말에 답하면 비밀을 지켜주겠다고 했다.

"어디에 숨겼을까?"

사내는 미간에 주름을 잡으며 스무고개 하듯 물었다.

"뭘요?"

석철은 물음에 물음으로 답했다.

"돈 말이야."

사내는 석철의 물음에 황당한 표정을 지었다.

"불의의 편에 서는 건 죄악이다, 사무엘. 유 노우?"

노랑머리 원장 수녀가 급히 끼어들어 사내를 거들었다.

"……."

석철은 답 대신 고개를 숙여 검정고무신 코를 내려다봤다.

"너는 돈이 어디로 갔는지 알고 있잖아?"

사내의 질문에 따르면 돈이 서랍에 없다는 얘기였다. 알아도 대답할 수 없었지만, 모르니 당연히 답을 할 수가 없었다.

"……."

"너는 교무실 사정을 잘 알잖니. 그러니까……"

"……."

"불의는 바람에 나는 겨와 같으니……. 오우, 사무엘!"

원장 수녀는 석철의 손을 잡으며 기도했다.

"이놈! 네가 선생님 꼬붕인 걸 다 안다. 장학금도 못 받고 깜방 가고 싶냐?"

사내가 의자를 박차고 일어서며 억지를 부렸다. 석철은 사내의 억지가 모르는 돈의 행방을 일러줄 수도 죄 없는 자신을 감방에 잡아넣을 수도 없다는 사실을 알고 있었다. 석철은 쓰러진 의자를 보며 답답했다.

이튿날 여러 소문이 학교를 감싸고 돌았다. 물증만 찾아내면 담임은 곧 잘릴 것이라고 했다. 석철은 어쩌면 이 소문이 맞을 거라고 생각했다. 교무실 청소 때 부서진 채 열려 있는 담임의 서랍을 봤다. 부서진 서랍 주위에서 선생들이 걱정스러운 한숨을 토해냈다. 그런데 놀라운 것은 선생들이 석철을 보는 시선이 예사롭지 않았다.
"요즘 애들 무섭다니까."
한 선생이 석철을 향해 쏘아붙였다.
아침조회는 교감이 대신했다. 포마드를 발라 머리를 넘긴 교감은 큼큼거리며 교실로 들어왔다. 그는 어떤 불온한 냄새를 찾아내려는 개와 같았다. 교감의 조회는 신체검사로 시작됐다. 그는 손톱 밑의 때나 귓등의 때를 보지 않았다. 멍든 종아리와 허벅지의 상태를 살폈다.
"쯧쯧."
교감은 혀를 차며, 가볍게 고개를 주억거렸다. 그러고는, 담임은 급한 출장을 갔으며 곧 돌아온다는 말과 함께 자습을 지시하고 교실을 나갔다.
교감이 나간 뒤, 석철은 교탁으로 뛰어올랐다. 석철은 담임을 찔러박은 놈을 찾아야 했다. 다른 선생들이 자신을 의심할 정도라면 담임도 자신을 의심한다는 것은 말할 것도 없었다. 석철은 다급했다.

"어떤 새끼야? 당장 나왓!"

석철은 책상 위를 밟고 옮겨다니며 소리쳤다. 그리고 책이건 노트건 필통이건 발에 밟히는 대로 무엇이건 아이들을 향해 집어던졌다.

그때 갑자기 무언가가 석철의 이마를 향해 날아왔다.

"악!"

석철은 책상 위에서 떨어져 교실바닥으로 굴렀다.

정신을 차리고 보니 양호실이었다.

"어쩌니…… 흉 지겠다. 그래도 머리통 깨지지 않은 게 다행이야."

'아까징끼'를 바르고 거즈를 덮으며 양호선생이 말했다. 그리고 석철의 이마를 때린 게 아까시나무 몽둥이라고 일러줬다. 몽둥이는 전당포집 아들 병수가 던졌다고 했다. 그리고 보니 몽둥이가 날아오기 전에 "돌쇠 새끼야!"라는 욕을 한 게 병수 같았다.

석철은 양호실 치료가 끝난 뒤 교감에게 불려갔다.

"누구한테 배웠냐? 어디 교실에서 함부로 주먹질이야, 이놈아."

교감은 귀를 비틀어올리며 소리쳤다.

이튿날 석철은 유기정학 15일을 받았다. 이유는 죄 없는 선생을 고자질하고, 이를 은폐하려고 교실에서 폭력을 행사했다는 것이었다.

보살피던 담임의 마음도 떠났고, 달려와 애달파할 부모도 없었기에 징계 사유는 그대로 확정됐다.

담임은 급한 출장을 갔다던 그날 오후에 돌아왔다. 담임이 도 교육청에 불려갔다는 사실을 아는 급우는 한 사람도 없었다. 그러나 담임이 저녁마다 가정방문을 통해 받았던 봉투를 죄 돌려줬다는 사실은 석철을 뺀 모든 급우들이 알고 있었다.

　석철에게 유기정학을 통보할 때, 담임은 이렇게 말했다.

　"나쁜 소식과 좋은 소식이 있다."

　나쁜 소식은 유기정학이었고, 좋은 소식은 학기말고사에서 학급이 1등을 했다는 소식이었다. 유기정학을 말할 때 담임의 표정과 말투는 나빠 보이지 않았다. 석철은 담임의 말이 엿장수 가위질처럼 들렸다. 석철은 주섬주섬 가방을 챙겼다. 책상 위의 책과 공책을 집어들 때, 칼에 베여 생긴 흉터가 눈에 들어왔다. 아까시나무 몽둥이는 담임의 손에 들려 있었다.

　"고자질은 죄악이다, 사무엘. 왜 그랬니?"

　그날 밤, 저녁을 굶긴 원장 수녀가 석철을 불러 물었다.

공존의 공식

1

　해가 뜨고 날짜가 바뀌었다. 날짜는 바뀌어도 군에서의 어제 오늘 내일은 잊혀지기 위해 존재할 뿐이다. 그래서 오늘이 되면 어제가 소용없었고, 오늘 앞에서 내일도 없었다. 내가 어제의 날짜에는 가위표를 치지만, 내일의 날짜 위에 가위표를 칠 수 없는 이유다. 그런데, 오늘은 어제의 연장이었다. 어제가 소멸되지 못한 것이다. 해가 뜨고 날짜 바뀐 것이 무의미했다. 이를 입증하듯 눈뜨면 실시하는 아침점호도 없었고, 어김없이 땀 찬 군복이 흙과 기름때로 범벅이 되던 얼차려도 없었다. 잠이 오늘과 내일을 가르는 경계였으나, 잠을 잔 중대원도 없었다. 모두 뜬눈으로 밤을 샌 탓에 눈알은 벌겋게 충혈되어 있었다.

그러나 인사계 나 상사는 예외였다. 하 중사와 최 중사를 데리고 부대 밖 오송리에서 오랜만에 내기 당구를 치던 그는, 19시 50분에 중대 행정반으로 급히 돌아왔다. 일과 종료 전 16시 10분에 조기 퇴근을 했으니, 약 두 시간 정도 어울려 당구를 친 셈이었다.

누가 어떤 경로로 무어라 인사계에게 연락을 했는지, 나는 알지 못했다. 그러나 인사계가 부대 내에서 취한 행동은 마치 시나리오를 따르는 배우 같았다. 인사계가 급거 위병소를 통과한 시간은 19시 20분이었다. 위병 근무 중인 동기 김 상병이 관행대로 알려준 것이다. 위병소에서 중대까지는 보통걸음으로 오 분 거리다. 어기적거려도 칠 분을 넘기 어렵다. 인사계는 곧장 여단 CP에 들러 약 이십오 분 동안 사고 수습을 위한 방안을 모색했을 것이다. 아니, 수습 방안은 위병소를 통과하기 전에 마련됐을 것이고, CP에서는 그 방안을 실천에 옮겼을 것이다. 그러나 19시 50분에 행정반에서 보여준 인사계의 돌발행동은 사고 수습이 당초 방안과 아귀가 안 맞거나 꼬여가고 있음을 뜻했다. 그는 총알을 빗맞은 들짐승처럼 행정반 문을 박차고 돌진해 들어왔다. 그 바람에 나는 속절없이 두 번이나 놀랐다. 씨익씨익, 콧바람을 내뿜으며 돌진해 들어온 그가 이사종계를 향해 급히 외쳤다.

"열쇠 줘봐!"

"예?"

안 그래도 불안을 못 견뎌 상기된 얼굴로 안절부절못하던 이사종계였다. 사고에 쓰인 실탄의 출처는 그가 입증하거나 책임져야 할 문제였다. 본래 2·4종은 주로 피복이나 일용품, 부대 운영 및 교육훈련 자재를 뜻하나, 우리 중대의 경우 5종인 탄약을 훈련용 자재로 쳐서 이사종계가 도맡았다.

"개새끼야, 탄약함 열쇠 달란 말이닷!"

하사관용 총기 거치대에서 자신의 총을 챙긴 인사계가 총구로 아예 탄약함을 툭툭 치며 소리쳤다.

"……."

이사종계는 멍한 표정으로 인사계를 바라봤다. 충격 탓인지, 상황 판단을 하느라 뜸을 들이는 것인지 알 수 없었다. 하지만 상황을 판단하거나 뜸을 들이게 놔둘 그가 아니었다. 평소에 우리는 그의 명령에 무조건반사 하도록 길들여져 있었다.

"이 씨발놈이!"

이사종계가 군홧발에 나뒹구는 사이, 어느 틈에 열쇠를 뺏은 인사계가 탄약함을 열었다. 탄약함은, 따로 탄약고가 있었으나 경계근무자들에게 지급되는 실탄을 보관하기 위해 설치된 간이탄약고인 셈이었다. 야간 경계근무용 실탄 열여덟 발과 공포탄 두 발이 담긴 탄창이 M16에 철컥, 하고 장전됐다. 그리고, 그 소리의 끝을 물고 행정반을 나간 인사계가 구르듯 계단을 내닫는 소리가 들렸다.

"아이고, 씨발! 사고 치면 나도 가는 거 아냐?"

사색이 된 이사종계가 울먹이며 넋두리했다.

나는 옆구리를 감싸쥔 채 재빨리 행정반을 나와 층계참에 있는 창문에 들러붙었다. 도대체 실탄이 장전된 총을 들고 어디로, 누구에게로 간다는 말인가. 이게 정말 훈련도 쇼도 아닌 실제상황이란 말인가.

"이새끼들이 뭐 하자는 수작이야. 내가 혼자 죽을 것 같아…… 어림없지."

인사계의 알머리가 현관 밖으로 삐져나왔다. 모자는 이사종계를 한 방에 날릴 때 이미 벗겨졌다.

"야이, 씨부랄놈들아!"

혼잣말 끝에 급기야 화가 나서 달려올라온 인사계가 고함을 지르며 CP를 향해 내달렸다. 식당에서 늦은 저녁을 먹고 삼삼오오 떼 지어 각각의 소속 중대로 바삐 향하던 병사들이 길을 비키며 놀란 눈으로 인사계의 뒤를 좇았다. 미루어 짐작컨대 인사계가 사고를 치느냐 안 치느냐는 딱 반반이었다. 어차피 코너에 몰린 인사계로서는 뭐든 조처를 취할 필요가 있었다. 하지만 그 조처는 말로 될 조처가 아니었다. 군에서도 사회와 마찬가지로 상식을 뛰어넘으면 법으로 해결했다. 말이 군법을 이길 수는 없었다. 그래서 인사계는 법의 지배를 받기도 하지만 법을 초월하기도 하는 총을 선택한 것 같았다. 하지만 이번 사고의 해결방안이 총에서 나올 것 같지는 않았다. 그러나 인사계는 '무대뽀' 말고 다른 선택의 여지가 없어 보였다. 죽느냐 사느냐 식으로 몰면 설마 죽기야 하겠냐는 답이 나올 법했는데, 인사계는 이를 믿고 싶어 했던 것 같다. 물론, 반반의 모험을 선택할 때 후유증은 각오를 했을 것이다. 삶에는 여러 길이 있는 게 아니라, 선택한 길과 선택 안 한 길, 딱

두 길만이 있을 뿐이라는 인사계의 소신이 일체의 뒷감당을 할 터였다. 어쨌든 여단장을 대신해 일과 후 여단의 통제권을 위임받은 당직사령실에 실탄이 장전된 총을 들고 쳐들어가 난동을 부린다는 것은 결코 가벼운 문제가 아니지 싶었다. 군법회의에 회부될 일이 분명했다. 하늘로 빳빳이 치솟은 미루나무 샛길을 내달려 CP로 향하는 인사계의 키와 총길이는 같았다.

행정반으로 되돌아온 나는 어처구니없기도 하고 서운하기도 했다. 방금 전 18시 10분부터 18시 40분까지 벌어졌던 일이 어처구니없었고, 19시 20분에 보여준 인사계의 행동이 몹시 서운했다. 인질로 잡혀 있었던 내게 적어도 "놀랐지?"라거나, "괜찮아?" 아니면, "고생했다."라는 말 정도는 해줘야 옳지 않을까 싶었다. 설령 빈말일지라도.
　18시 10분의 일은, 17시 50분에서 비롯됐다. 그리고 17시 50분의 일은 어디서 비롯됐는지 나도 차차 알아볼 참이다. 아무튼, 행정반 밖 복도에서의 소란은 17시 50분에 벌어졌다. 내가 방위병으로부터 퇴근신고를 받고, '몽당비' 얘기에 흠뻑 빠진 당직사관에게 완장을 챙겨주고 있을 때였다.
　"어쭈. 요 꼴통 새끼들이 개겨! 차려, 차렷, 차려엇!"
　당직사관 엄 중사가 팔에 완장을 끼다 말고 급히 복도로 뛰어나갔다. 그러고는 다짜고짜 퍽, 하는 소리가 들렸고, 곧이어 "야, 새끼야!" 하는 엄 중사의 고함이 터졌고, 빡, 하는 소리가 들렸다. 나는 퍽, 소리에 의자에서 일어섰고, 벽이 울린 빡, 소리와 함께 복도로 나갔다. 엄 중사가 오 병장의 달아오른 뺨을 향해 물었다.

"애들은 왜 때리나?"

애들은, 방금 전 퇴근신고를 마치고 막 귀가하던 방위병들을 말함이었다. 그러니까 퍽은 방위병이 맞는 소리였고, 빡은 오 병장이 맞는 소리였다.

오 병장은 답이 없었다. 그는 어이없는 표정으로 엄 중사를 바라볼 뿐이었다. 하지만 이것도 잠시, 오 병장은 곧 분노와 모멸감에 찬 눈으로 엄 중사를 쩨려봤다.

"어, 이새끼 봐라. 너 지금 나하고 해보자는 거야?"

엄 중사가 비분강개하며 '엄 중사표 오버'를 시작했다. 그는 모자를 벗어 복도 바닥에 팽개치고, 손목에 걸친 완장을 뽑아 패대기쳤다. 그러고는 전투복 상의 단추를 두어 개 풀고, 곧장 오 병장의 가슴팍과 앞정강이를 향해 돌진했다. 머리로 가슴 박고, 발로 조인트 까기였다. 두 방면의 협공이 동시에 이루어졌다. 오 병장이 아이쿠, 하며 엄 중사가 벗어 팽개친 전투모와 완장 위로 쓰러졌다. 그는 종아리를 감싸쥔 채 고통스런 표정으로 부르짖었다.

"아니, 씨발! 대한민국 육군 병장이 방위 군기 잡는 게 잘못됐다는 거야?"

답은 없고, 엄 중사의 군홧발이 다시 옆구리를 퍽 하고 찍었다.

"으윽!"

"네가 뭔데 이새끼야 군길 잡아? 그것도 술을 잇빠이 처먹고······."

이 말이 오 병장의 술기운을 앗아갔다. 굴욕감을 누르고 있었던 술기운이 빠지면서 그의 핀이 갔다. 듣기에 따라 무척 성질을 돋우는 말이었다. 대한민국 육군의 계통에서 오 병장을 뺀다는 뜻이었다. 다시 말해 병장이지만 일등병 방위와 동급 내지는 그만 못할 수도 있다는 말이었다. 여기에 질 오 병장이 아니었다. 직격탄을 날렸다.

"그럼, 씨발······ 너는 뭔데 나한테 지랄이냐?"

쓰러졌던 오 병장이 벌떡 일어서며 대거리를 했다.

"이새끼가 육군 중사를 좆으로 보네."

일등병은 병장을 좆으로 보고 인사를 안 해도 그만인데, 병장은 중사를 좆으로 보면 안된다는 논리였다. 오 병장은 엄 중사의 독특한 논리 속에서 좆으로 본 만큼 맞았다. 중대 하사관이 제대 삼십오 일을 남겨둔 말년 병장을 패는 경우는 드문 일이었다. 물론 구타라고는 하지만 방위병 군기 잡는 병장을 개 패듯 패는 경우는 없었다. 오 병장은 곧 민간인이 될 사람이었다.

소란이 끝나고 행정반으로 들어온 엄 중사가 기친 숨을 내몰며 말했다.

"상관 우습게 아는 놈이 쫄병에게 대접받길 바라기는······."

나는 둘 사이에 묵은 감정이 터졌음을 미루어 짐작했다. 이른바 '몽당비'와 '세마포' 사건이 진행 중인 것이다.

"그래도 엄 중사님이 참지 그러셨어요."

정말 아는 것 없이, 시도 때도 가리지 못하고 나서길 좋아하는 이사종계가 가까스로 추스른 엄 중사의 염장을 질렀다.

"뭘 참아? 외박 안 내보내줬다고 술 처먹고 들어와 꼬장 부리는 놈을 보고 뭘 참냐고?"

우리 중대에서는 입대 한 달 차이의 같은 기수가 전역할 때 밖에 나가 전송식을 하라며 인사계 직권으로 외박을 보내는 전통이 있었다. 오늘이 바로 오 병장 동기들이 전역 교육을 받고 마지막 인사차 중대를 들른 날이었다. 그런데 오 병장의 외박 허가가 나지 않았다. 오 병장뿐만 아니라, 다른 동기들도 허락을 받지 못했다. 인사계는 그 이유를 여단장 진급을 앞두고 불의의 사고를 미연에 방지코자 함이라고 말했다. 하지만 이는 핑계에 불과했다. 일전에 육본의 '군기 확립 강화 기간'에도 같은 식의 외박을 허락해준 바가 있었기 때문이다. 따라서 오 병장이 보기에 궁색한 변명이었다.

"누구 때문에 두 번씩이나 영창을 갔다 왔는데……."

세 명의 동기가 인사계 면전에서 외박을 거절당하고 행정반을 나설 때 오 병장이 투덜댔다. 그때 인사계가 들었으나, 반응하지 않았다. 오 병장이 영창 두 번을 갔다 오지 않았다면, 그도 오늘이 전역 날이었다.

그건 그렇고 이사종계 때문에 오늘 점호에 애로사항이 있을 것 같았다. 어떻게든 잘 구슬려 취침점호를 받도록 해볼까 했는데 비위를 건드려놨으니 말짱 도루묵이지 싶었다.

"야, 구 상병. 오랜만에 힘썼더니 똥이 마렵다."

엄 중사가 두루마리 화장지를 손에 둘둘 말아 끊으며 말했다. 더 이상 '몽당비'의 우수성에 대한 얘기는 하지 않을 모양이었다. 그는 변비이기 때문에 신호가 오면 즉각 반응하고 조처했다. 군인의 변비가 이해되지 않았으나, 엄 중사의 변비는 현실이었다. 그리고 그의 현실 속에는 곳곳에 변비를 부르는 태만과 요령이 가득했다.

"똥 누고, 내가 먼저 밥 먹는다."

화장실은 식당으로 가는 길목에 있었다. 모자를 챙겨 쓰고 막 일어서려던 나를 주저앉힌 엄 중사가 쏜살같이 튀어나가며 말했다. 엄 중사는 당직을 설 때, 언제나 밥을 나중에 먹었다. 특별한 이유는 없어 보였고, 단지 일찍 가서 사병들과 뒤엉키는 번거로움을 겪느니 뒤늦게 가서 대접받으며 여유 있는 식사를 하겠다는 계산 때문인 것으로 보였다. 장교식당은 점심에만 운영했다. 하지만 엄 중사는 점심시간에도 사병식당의 공짜 밥을 먹지, 장교식당 밥을 돈 내고 먹지는 않았다. 아무튼 이런 그의 행동은 습관화되어 있었다.

나는 빈 사무실에서 오늘 점심나절에 여단본부 행정과에서 받아온 휴가증을 꺼내 책상 위에 펼쳤다. 도장밥이 스며 군기 전에 작업을 하는 것이 좋았다. 모두 여섯 장이었다. 여섯 장의 '가라' 휴가증을 만들 수 있었다. 모두 식사하러 갔으니 작업하기 딱 좋은 기회였다. 나는 등사인쇄용 복사지를 한 장 꺼냈다. 그리고 습기와 흠집 방지를 위해 덮 씌워진 파라핀지를 뜯어냈다. 파라핀지는 복사지와 맞닿는 안쪽 면이 파라핀으로 도포되어 있었다. 이 파라핀으로 도포된 면을 휴가증에 찍힌 부대장 직인에 대고 엄지손톱 등으로 문지르면 직인이 파라핀에 묻어 복사됐다. 이걸 휴가증 용지에 대고 같은 방법으로 문지르면 감쪽같이 직인이 복사됐다. 이건 마술이 아니라, 귀신도 구분하기 힘들 위조였다. 본부 행정과 이 병장이 휴가증을 만들 때 부대장 직인은 또렷하게 찍혀야 하기에 인주를 듬뿍 묻혀 찍었다. 그래서 나의 위조 작업은 더욱 쉬웠고 빈틈이 없었다. 우연히 복사지를 다루다 파라핀지에 볼펜 글씨가 배긴 것을 보고 힌트를 얻어 개발한 이 위조기법은 놀라운 발명이었다. 쓰임새가 명확했고, 유용성이 높았다. 부대 밖에서 내 몸은 위수지역의 제약 없이 이동의 자유를 얻을 수 있었다.

하지만 처음에는 이 완벽한 직인 복사이식기법을 써먹을 수 없었다. 직인만 옮겨 찍으면 무슨 소용인가. 휴가증 양식이 없는데…… 터 없이는 자재가 있어도 집을 못 짓는 것과 같은 이치였다. 나는 이 터 장만을 위해 이 병장에게 접근했다. 군에서 친해지는 방법은 사회처럼 복잡하지 않았다. PX 방위병을 시켜, 그가 나타나면 내게 즉각 전화 연락토록 조처했다. 방위병은 즉시즉시 지체없이 연락했고, 그때마다 나는 우연을 가장해 "허이, 이 병장님. 초코파이 하나 드시죠." "바나나우유 하나 먹지!" "참치 캔 어때?" 하며 친분과 믿음을 다졌다. 그렇게 한 달쯤 지난 어느 날, 나는 이 병장을 찾아가 멀쩡히 남아 있는 부대일지 양식을 달라고 했다. 이 양식은 일 년 치를 한꺼번에 받아 철해놓고 쓰게 되어 있어 좀처럼 재지급받을 일이 없었다. 그래서 나는 부대일지가 물에 젖어 못쓰게 됐다고 둘러댔다. 말이 안 되기는 마찬가지였지만 전혀 있을 수 없는 일도 아니기에 넉살좋게 밀어붙였다. 예상대로 이 병장은 별다른 의심 없이 별다른 까탈 없이 "기다려." 하며, 서랍에서 열쇠를 챙겨 의자에서 일어섰다. 그때 나는 그의 꽁무니에 붙어 문서창고로 가 휴가용지를 한움큼 슬쩍했다. 문서창고 역시 초코파이, 바나나우유, 참치 캔 때문에 따라 들어갈 수 있었다. 나 같은 놈 때문에 본래 담당자가 아니고서는 아무나 들여보내지 않는 곳이었다. 용지가 해결됐다고 바로 위조가 가능한 것은 아니었다. 살면서 법 몰래 나쁜 짓을 가끔 해봤지만, 본래 범법행위라는 게 만만치 않다는 것을 그때 처음으로 깨달았다. 머리와 가슴, 팔다리가 공모를 해 따라줘야 가능한 일이었다. 이번에는 고무인이 문제였다. 고무인은 직인 복사이식기법으로는 복사가 불가능했다. 스탬프잉크는 도장밥과 달리 찍히는 즉시 종이에 스몄다. 때문에 종이와 한몸이 된 잉크를 따로 떼어낼 기술이 나에게는 없었다. 나는 위조를 포기하거나, 고무인을 공무차 의정부 나가는 길에 아예 파가지고 올까, 사이에서 열흘 가까이 고심했다. 왠지 고무인은 직인과 달리 위조를 해도 될 것 같다는 생각이 들었다. 직인은 확정적 결정적이나 고무인은 부수적 보조적이라는 생각도 작용했다. 직인이 법이라면 고무인은 양심 같았다. 그러나 나는 이 생각을 고쳐먹었다. 고민 중에 고무인도 위조하면 범죄와 같다는 사실을 안 때문이었다. 군에서도 잔머리 굴리는 군인이 나만 있는 것은 아니었다. 나보다 앞서 굴린 군인이 공문서위조혐의로 체포되었다는 전통(電通)을 받은 것이다.

별수없이 이 병장 주변을 돌며 답을 찾았다. 그러던 중 이 병장이 도장과 고무인을 따로 보관하고 있으며, 또한 점심시간에 도장함과 달리 고무인함에는 자물쇠를 물리지 않는다는 사실을 알아냈다. 점심시간을 맞춰 문서 수발을 갔고, 그때 휴가용지를 챙겨 갔다가 행정과에 아무도 없는 날, 슬그머니 고무인을 찍어 나왔다. 내가 이토록 노심초사 끝에 공들여 위조한 '쫑'의 용도는 요긴했다. 외박증으로는 위수지역인 의정부를 벗어날 수 없었다. 아니, 벗어날 수는 있으나 불심검문을 하는 헌병이 위수지역 이탈에 대한 책임을 물었다. 헌병이 책임을 물으면 군기교육대 혹은 영창을 갔다 와야만 했다. 위수지역 의정부는 버스로 삼십 분 거리에 있었다. 그러나 교통의 발달로 일박이일이면 제주도를 뺀 전국 어디나 다녀올 수 있는 시간이었다. 이른바 일일생활권에서 군인이라고 열외일 리는 없었다. 그러니 휴가증만 있으면 떨지 않고 걱정 없이, 고상하게, 합법적으로 헌병의 검문까지 통과해가며 원하는 목적지까지 다녀올 수 있는 것이다.

내가 이토록 유용한, 그래서 비상약 같은 휴가증을 조심조심 두 장째 위조하고 있을 때였다. 쫑을 위조하느라, 삼복더위에도 불구하고 닫아놓았던 문이 쾅 하고 열렸다. 문은 두 차례나 빠개지는 듯한 비명을 내질렀다. 군화발길질에 한 번, 그리고 벽에 부딪히며 한 번.

타다당, 탕!

"엄구창, 이 씹새끼야!"

18시 10분이었다. 문소리를 총소리가 물고, 총소리를 욕설이 덮어

쐬웠다. 욕설은 그만큼 강력했다. 실탄은 세 발이 발사됐다. 오 병장의 충혈된 눈과 K1 총구가 엄 중사를 찾아 행정반을 휘감아 돌았다. 나는 장난인 줄 알았다.

"이새끼 어디 갔어?"

오 병장은 총구를 내린 채, 똥을 누고 있거나 밥을 먹고 있을 엄 중사를 찾았다. 그는 예상이 빗나가 당황한 듯싶었다.

"시, 식당에…… 바, 밥 먹으러 먼저……."

나는 의자에서 벌떡 일어서며 부동자세로 답했다. 그때 등골을 타고 식은땀이 흘러내렸다.

"막아! 막아, 이새끼야!"

"예?"

오 병장이 의자 등받이에 걸쳐둔 수건을 던지며 소리쳤다. 무슨 소린지 몰라 반문할 때, 오 병장의 시선이 내 옆구리에 박혔다. 전투복 옆구리에 구멍이 뚫려 있었다.

"너 뒈지기 싫으면 입 다물고 조용히 앉아 있어라."

내가 얼떨결에 수건으로 옆구리를 가리자, 오 병장이 냉큼 인사계의 의자로 가 앉았다. 돌발 사태에 선수를 치려는 의도였다. 인사계의 의자는 행정반 문을 정면으로 바라보고 있었다.

제발 엄 중사가 돌아오지 않기를 바랐다. 밀린 똥을 오래오래 누든지, 아니면 밥알을 세며 오래오래 먹든지, 그리고 오송리 '입술다방'의 미스 정을 만나 늘 침이 마르게 자랑하던 '몽당비질'을 오래오래 하다가 그 길로 아예 탈영이라도 하길 기도했다. 그러나 이 기도만으로는 부족했다. 그래서 또 기도하기를 총소리를 들었으면 어떤 놈이든 빨리 달려와 조처를 취해 달라고 했다. 오분대기조라도 달려와 달라고…… 그러나 부대는 아무런 반응이 없었다. 여단장 진급을 앞두고 참모장이 내린 '안전사고 특별 경계령'도 말짱 말뿐인 듯싶었다. 정체불명의 총소리에도 반응 없는 부대 안에서 오로지 내 몸만 식은땀으로 반응하고 있었다. 오 병장의 총질을 옆구리의 찰과상과 식은땀만으로 감당하기는 너무 벅찼다. 나는 머리를 굴렸다. 그래서 겨우 얻은 것이 찰과상이 관통상으로 바뀌기 전에 창밖으로 뛰어내리자는 것이었다. 내 기도와 무관하게 기적이 일어나지 않는 한, 엄 중사는 곧 문을 열고 들어올 것이다. 그는 인내심이 적어 변비임에도 불구하고 변소에 오래 앉아 있지 못할 것이고, 밥도 숟가락질 다섯 번으로 오 분 안에 끝낼 것이고, 미스 정하고는 어젯밤에 두 번씩이나 했다니 기대할 바가 없었다. 엄 중사가 완전무장에 대테러 진압훈련을 하듯 사위를 경계하며 들어올 리도 없었다. 홱, 하고 자발맞은 동작으로 순식간에 문을 열 것이고, 타다다다당, 하며 순식간에 총알이 그의 몸을 열어 창자를 흩어놓을 것이다. 그러면, 그렇게 되면…… 엄 중사의 피와 살점이 튀고…… 거기에 내 피와 살점도 섞일 터였다. 이렇듯 나의 상상은 명료했으나 현실은 무기력했다. 창밖으로 뛰어내리는 방법은 결행할 수 없었다. 창턱이 가슴팍까지 차올라 높았고, 방충망이 든든하게 쳐져 있었기 때문이었다. 가슴팍 위로 몸을 날려도 방충망이 쉽게 뚫릴 것 같지는 않았다. 자칫 거미줄에 걸린 파리 꼴이 될 수도 있었다. 결국 나는 누구든 엄 중사보다 먼저 들어와주길 바랐다. 엄 중사가 내 교대자로 다른 사람을 보낼 수는 있었다. 나는 이것이 한 가닥 희망이었다. 또 다른 희망은 동시에 빨리빨리 많이많이 행정병들이 떼 지어 들어와 주는 것이었다.

시침이 6을, 분침이 22를 각각 가리켰다. 쟁반같이 둥근 벽시계가 문틀 두 뼘 위에 붙어 있었다. 십이 분이 흘렀다. 허튼 총알이 발사되고 십이 분이 흘렀는데 아직껏 아무런 반응도 변화도 없었다. 부대 밖에 적이 쳐들어와도 오 분 안에 출동한다는 오분대기조도 있는데…… 이 오분대기조가 지금으로서는 훈련용이나 전시용이지 싶었다. 나는 오 병장의 사적 증오와 사적 총질에 조처는커녕 반응조차 없는 부대가 허깨비처럼 느껴졌다. 부대 인근에 총성을 헷갈리게 할 만한 사격장이 있는 것도 아니었다. 또 있다 해도 이미 일과가 끝난 시간이었다. 그렇다고 행정반에 방음장치가 되어 있는 것도 아니고, 행정반이 들어 있는 건물 또한 홑겹 콘크리트 건물에 불과했다. 총소리를 되빨아 키워 울리면 울렸지, 흡수할 구조물이 아니었다. 나는 점점 시간이 흘러 머리를 굴릴수록 더더욱 믿을 수 없고 이해할 수도 없는 상황에 절망했다. 부대가 총소리에 놀라 기절이라도 한 듯싶었다. 옆구리가 뜨끔거렸다. 손바닥에 땀이 차 흥건히 고였고 등과 엉덩이가 축축하게 젖어 들고 있었다.

"무슨 소리 못 들었나?"

이때가 18시 22분이었다. 벽 하나 간격을 두고 이웃한 본부중대 김 중사가 슬며시 문을 열고 들어오며 바람이 새는 듯한 소리로 물었다. 아마도 그는 뭔 낌새를 챈 듯싶었다.

"……."

나는 뭐라 대답할 여건이 아니었다.

"총소리 같은데…… 아닌가? 분명히…….".

뒷짐을 진 김 중사가 마실 온 영감처럼 중얼댔다. 말을 할 때마다 두 개의 앞니가 빠진 사이로 받침이 두어 개씩 빠져 달아났다.

"오 병장. 너 거기 앉아 뭐하나?"

어느새 이사종계 자리로 냉큼 옮겨 앉은 오 병상이 덤덤한 표정을 지어 보이며 답을 얼버무렸다.

"아, 예…… 뭐 그냥."

"왜 밥 먹으러 안 가고…… 둘씩이나 앉아 있어?"

김 중사는 이쑤시개를 입으로 가져가며 행정반 안을 왔다 갔다 했다. 앞니 빠진 김 중사와 이쑤시개는 너무 코믹했다. 하마터면 나는 웃음을 터트릴 뻔했다. 그가 오 병장을 등지고 내 쪽으로 돌아섰을 때, 잠시 콧잔등에 주름을 잡고 숨을 깊이 들여 마셨는데, 순간 나는 그가 술 냄새 속에 뒤섞인 화약 냄새를 맡았다고 확신했다.

"왜 오뉴월에 문을 닫고 있나?"

그러나 김 중사는 나의 기대와 달리 문만 활짝 열어놓은 채 행정반을 나갔다. 영락없이 마실 왔다 놀 동무가 없어 되돌아가는 영감이었다. 나는 김 중사가 멍청하고 야속하고…… 반문이 같았다. 코를 찡그릴 때만 해도 뭔가를 눈치챘구나 했다. 그런데 받침 빠진 헛소리만 지껄이다 그냥 나가버린 것이다.

"문 닫아."

김 중사가 나가자, 오 병장이 나지막이 명령했다. 문을 닫는 척하다 그대로 될까 생각했으나, 문의 구조가 나의 생각을 받아주지 않았다. 문은 행정반 바깥쪽이 아닌 행정반 안쪽으로 열고 닫게 되어 있었다.

나는 그가 왜 쓸모없는 인질을 잡고 있을까 궁금했으나 물을 용기가 없었다. 그의 한껏 달아오른 술기운과 무릎에 올려 책상 밑에 숨긴 K1 소총 때문이었다. 나는 그가 정신보다 취기로 방아쇠를 당길 것이라는 두려움에 떨었다. 이럴 때 영화에서는 이런저런 말을 붙여보던데, 나는 도무지 요령부득이었다. 괜히 잘못 말을 걸었다가 기다렸다는 듯이 "아가리 닥쳐, 씹새야!" 하며, 총알이 날아올 것만 같았기 때문이다. 내가 쓸모없는 인질인지 쓸모있는 인질인지도 확실치 않았다. 쓸모 있고 없고의 판단은 내 몫의 판단이 아니었다. 나는 점점 더 초조해시고 불안해졌다. 시간이 흐를수록 엄 중사가 나타날 시간은 가까워지고 있었다. 아마도 엄 중사가 나타나는 순간, 나는 내 안의 불안과 공포로 부푼 가슴이 터져 죽을 것만 같았다.

"분명히 냄새가 나는데……."

18시 36분. 십사 분 만에 다시 나타난 김 중사가 뒷짐 진 자세로 행정반에 들어와 어슬렁댔다. 이번에는 아예 군용견 모양 코를 킁킁거리고 고개를 까딱까딱하며 두리번거리기도 했다.

"야, 이거 술 냄새 맞지?"

김 중사는 어슬렁어슬렁 오 병장 쪽으로 다가가다 고개를 홱 돌리고 내게 물었다. 알아듣기 힘든 발음만큼 생뚱맞은 물음이었다. 이미 술에 절어 벌겋게 달아오른 눈알에 초점마저 잃은 오 병장을 보고도 저런 말이 나올까 싶었다.

"글쎄요…… 저는……."

"글쎄온 뭐가 글쎄요야…… 이렇게 냄새가……."

어느새 오 병장에게 바싹 다가간 김 중사가 설레발을 치며 코를 벌름거리고 킁킁댔다. 그러고는 다음 순간, 김 중사의 손이 책상 밑으로 잽싸게 파고들었다. 그 손은 곧 책상 밑에서 K1과 함께 나왔다. 마치 미늘을 문 고기를 낚아채듯 순식간에 일어난 일이었다. 느닷없이 총을 빼앗긴 오 병장은 어처구니없다는 표정을 지었다. 어처구니없기로는 나도 마찬가지였다. 문을 박차고 들어와 총질을 해댔을 때나, 어슬렁어슬렁 들어와 총질한 총을 낚아챘을 때나 모두 어처구니없는 일이 아닐 수 없었다. 너무 어처구니없어 개그의 한 장면 같았다. 무장해제된 오 병장은 CP에서 내려와 행정반 문 앞에 대기하고 있던 당직부관에게 넘겨졌다.

김 중사는 처음 행정반에 머릴 디밀 때 이미 눈치를 챘었던 것 같았다. 그래서 일단 만일의 사태에 대비해 CP의 당직사령에게 보고하는 등 규정대로 조처를 취한 뒤 다시 들어왔던 것이다.
 "문을 닫아놓으면 화약 냄새가 빠지냐? 에라, 이 둔한 놈아."
 김 중사가 앞세운 오 병장의 뒤통수를 쥐어박으며 말했다. 그 모습이 마치 숙제 안 해온 학생을 쥐어박는 선생 같았다. 하지만 나는 무엇보다 술 냄새를 맡고도 술로 시비 걸지 않은 김 중사의 깜냥이 그저 놀랍고 고마울 뿐이었다.

2

 인사계 입장에서 볼 때 오 병장 신병(身柄)이 CP로 넘어간 것은 문제 수습이 여의치 않음을 뜻했다. 당직사령이 윗선에 보고를 안 했다면 천만다행이고, 했다면 어느 선까지 보고를 했는지도 문제였다. 혈혈단신 총을 들고 CP로 쳐들어갔던 인사계는 20시 05분에 중대 행정반으로 돌아왔다. 그의 뒤로 역한 술 냄새와 함께 오 병장이 업힌 듯 딸려 들어왔다.
 "얼른 씨피 가서 내 총 가져와."
 빈손으로 돌아온 인사계가 흥분이 채 가시지 않은 말투로 이사종계에게 지시했다.
 "옛!"
 이미 조인트가 날아간 이사종계가 잽싸게 명을 받아 사라졌다.

"물 한 잔 줘봐."

인사계가 갈라진 목소리로 말했다. CP에서 고함을 많이 지른 것 같았다. 나는 옆구리를 감싸쥔 채 잽싸게 물을 대령했다. 물을 대령하며, 그의 놀라운 수단과 배짱에 감탄하지 않을 수 없었다. 이건 영화나 만화가 아니었다. 저런 땅딸막한 체구에서 당직사령인 대위를 총으로 위협해 총기 사고자 신병을 구출해 오는 힘이 어디서 나온 것인지 알 수 없었다. 절대로 사고를 키우지 않는다는 군의 속성을 아무리 잘 알고 있다 해도 위관장교인 일직사령을 총으로 조지는 하사관은 흔치 않을 것이다. 그래서 오 병장 구출에 중대원 모두 혀를 내둘렀다.

나는 분명 인사계가 인사고과에 따라붙는 불이익 때문에 오 병장을 구해 온 것만은 아닐 것이라고 믿었다. 무언가 또 다른 이유가 있을 것이라는 생각이 들었다. 그러나 중대원들은 의구심에 수군거리면서도 한편으로 부하 챙기는 인사계의 '무대뽀'에 감동하는 기색이 역력했다.

"이새끼도 물 줘라."

나는 '새끼'라는 말이 애칭처럼 들렸다.

인사계는 오 병장에게 물을 챙겨 먹인 뒤, 일층 중대장실로 내려가 술 깰 때까지 한숨 잘 것을 명령했다.

"이봐. 뭐가 어떻게 된 일이야?"

오 병장이 나간 뒤, 인사계가 엄 중사를 불러 물었다. 엄 중사는 어처구니없다는 표정으로 방위병과 오 병장, 그리고 자신이 함께 얽혀 벌어졌던 소란을 육하원칙에 따라 설명했다. 엄 중사의 설명이 끝날 때쯤 인사계는 지그시 감았던 눈을 뜨며 혀를 찼다. 어처구니없다는 표정이었다.

"너도 어지간하다. 외박 못 나가 잔뜩 독 오른 놈을 왜 건드리냐, 건드리길. 완장 이리 주고, 식당으로 내려가라."

인사계가 엄 중사의 신중하지 못한 행동을 지적한 뒤, 식당 점검을 지시했다. 장교식당에서는 취사병들이 여단장 진급을 대비한 잔치 준비를 하고 있었다.

"넷! 알겠습니다."

엄 중사가 부동자세로 경례를 올려붙였다.

"잠깐. 식당보다 약국에 먼저 다녀와라."

인사계는 엄 중사를 불러세워 소독약과 안티푸라민, 그리고 마이신을 사오라고 시켰다.

"의무실에서 가져오면……."

"새끼. 아직도 정신 못 차렸구만."

엄 중사가 뒤늦게 인사계의 뜻을 짐작했다. 인사계는 내 부상을 알리지 않을 작정이었다.

인사계의 말에 하 중사와 최 중사가 비로소 나를 바라보며 안쓰러운 표정을 지었다. 인사계는 내게 들러붙어 사고의 의구심을 풀려는 하 중사와 최 중사를 발길질 시늉으로 각각 귀가조처하였다. 조용한 사고 수습에 도움이 안 된다고 판단한 듯싶었다.

"거 좆같이…… 다들 가라면, 가!"

모두들 우르르 휩쓸려 행정반을 나갈 때, 문밖 층계참에서 머뭇대던 엄 중사가 인사계를 눈짓으로 불러냈다. 키 높이를 맞추느라 허리를 잔뜩 숙인 엄 중사가 인사계의 귀에 대고 내시처럼 소곤소곤거리며 손가락으로 사각형 모양을 두어 번 그렸다. 이마를 찡그린 인사계가 난간에 기댄 채 고개를 주억거려 엄 중사의 말에 반응했다.

티리릭 티리리릭, 하며 전화벨이 쉰 목소리로 울었다. 예민해진 인사계가 급히 사무실로 들어오고, 나는 송수화기를 들었다.

"통신보안 42번 상병 구창수임다."

"나, 중대장인데……."

"옛, 책임!"

"중대에 무슨 일이야?"

"아, 예……."

내가 더듬거리자, 눈치 빠른 인사계가 잽싸게 송수화기를 낚아챘다.

"중대장님, 접니다. 별일 아니니까 걱정 마세요. 제가 알아서 잘 처리……."

중대장이 인사계의 말을 자른 모양이었다. 인사계가 침묵했다.

"총기사고는 무슨……. 총기사고가 아니라, 오발로 생긴……."

또 말이 끊어졌다. 인사계가 송신기를 손바닥으로 틀어막고 씨발, 하며 욕설을 내뱉었다.

"인질은…… 누가 누굴 인질…… 아니, 도대체 어떤 개새끼가……."

또 잠시 침묵.

"글쎄 여긴 걱정하지 마시고 작업장이나 조심해서 둘러보고 오세요. 내일 몇 시쯤 출발예정입니까?"

수습시간을 역산할 속셈이었다. 하지만 인사계는 질문과 동시에 송수화기를 전화통 쪽으로 냅다 집어던졌다. 답 없이 중대장이 전화를 끊은 것이다. 먼젓번 중대장과는 달리, 부임한 지 석 달밖에 안 된 신임 중대장과 인사계는 관계가 편치 못했다. 그 이유는 중대장 부임 초 기선잡기에서 샅바싸움이 심했고, 거기에다 장비유지비와 부대운영비 사용문제에 대한 의문과 이견이 덮씌워진 때문인 것 같았다. 공병여단 내 직할 경장비중대인만큼 보유 건설장비가 웬만한 규모의 건설회사보다 컸다. 무한궤도가 달린 불도저와 굴삭기가 각각 다섯 대, 바퀴 달린 굴삭기가 두 대, 구레이다가 세 대, 페이로다가 다섯 대, 콤프레샤가 열두 대였다. 여기다 장비 이동을 위한 트레일러 두 대, 카고 트럭 두 대, 지프가 두 대였다. 지프가 두 대인 이유는 한 대는 지휘관인 중대장용이고, 다른 한 대는 파견 작업장 순시용도였다.

우리 중대는 이 엄청난 장비와 임무 때문에 중대 정원이 125명이었고, 중대장도 대위가 아닌 소령이었다. 지금 이 중대장이 중대의 오랜 관례를 깨고 파견 나가 있는 작업장들을 직접 순시하고 있었다. 순시는, 작업장이 산간오지에도 있어 한번 나가면 최소 사흘은 잡아야 했는데, 이 일은 지금껏 인사계가 도맡아 해왔다. 중대장은 가끔 의례적으로 교통 편한 몇 곳을 골라 위문차 들러보는 수준이었다. 그런데 이번 중대장은 전작업장을 대상으로, 그것도 순서 없이 불시에 직접 순시를 나간 것이다. 풀코스 사흘 일정으로. 그러니 인사계 입장에서 볼 때 이건 순시가 아니라 감시이자 감사였고, 불순한 압력이었다. 게다가 이 순시는 그냥 이루어진 것이 아니라, 서명 위조사건이 터진 일주일 만에 이루어졌다.

일주일 전, 중대장이 인터폰으로 나를 찾았다. 나는 일종계로부터 휴가 순번을 앞당겨 달라는 청탁과 함께 아이스크림을 얻어먹다 중대장실로 달려갔다. 중대장이 인사계를 통하지 않고 직접 서무계를 찾는 일은 드문 경우였다. 그러나 나는 별일 아니지 싶어 가벼운 마음으로 중대장실 문을 노크했다. 문을 열어 몸을 디밀고 닫는 순간, 느닷없이 흑표지로 묶인 서류뭉치가 내 얼굴을 향해 날아들었다. 나는 피한다고 피했지만 퍽, 하고 이미 서류철 모서리에 눈두덩을 맞은 뒤였다. 나는 너무 아프고 당황스러워 손바닥으로 눈두덩을 감싸쥔 채 주저앉고 말았다.

"어디서 엄살을 부리나. 차렷, 차려어엇!"

나는 통증 때문에 중대장의 다급한 명령을 곧바로 따를 수 없었다.

"이새끼 봐라. 중대장 알기를 우습게 아네. 그러니까 이 지랄을 하지."

나는 내 눈두덩을 모질게 갈긴 '이 지랄'이 뭔 지랄인지 몰랐다.

"야 이새끼야. 너 이게 무슨 짓이야?"

이번에는 '무슨 짓'이냐고 물었지만, 무슨 짓을 두고 '무슨 짓'이라고 하는지 알지 못했다. 내가 계속 뜬금없는 반응을 보이자, 중대장이

'이 지랄'과 '무슨 짓'에 대해 설명했다. 그것은 내가 중대장 서명을 위조해 '장비부속품 구입대장' 결재란에 '가라' 사인한 짓을 말하는 것이었다.

　장비의 종류와 수가 많다보니 고장수리도 잦았고, 그만큼 들어가는 장비유지비도 만만치 않았다. 물론 자주 수리하는 웬만한 부속품은 군수지원단에서 보급을 받아 사용했다. 그러나 응급을 요하거나, 보급창에서 구할 수 없는 부속은 시중에서 구입하도록 되어 있었고, 이를 위해 장비유지비가 별도 배정됐다. 이 장비유지비의 사용유무, 사용방식, 사용내역 등이 중대장 입장에서 볼 때 문제가 된 것이다. 당연히 모든 서류에는 중대장의 서명 또는 날인란이 있었다. 장비유지 관련서류도 마찬가지였다. 그런데 부대운영비와 장비유지비 관련 서류는 중대장에게 결재가 올라가지 않았고, 인사계의 '특명'에 따라 내가 대신 결재를 했다. 부대운영비는 서무계인 나 → 인사계 → 나였고, 장비유지비는 장비계 → 장비담당관 → 인사계 → 나였다. 그러니까 이 두 서류의 최종 결재자는 나였다. 자대 배치를 받고 서무계 조수로 보직을 받던 날, 나의 사수는 타자기를 내게 밀쳐놓으며 내일 아침까지 자판을 모두 외워 타자 칠 것을 명령했고, 인사계는 중대장 사인 샘플을 내게 주며 "네 사수처럼만 해라." 하고 명령했다.

　그날, 중대장이 인사계를 불러 내렸다. 그러고는 인사계를 향해 명령했다.

　"어이, 인사계."

신임 중대장은 세 살 위인 인사계를 "어이, 인사계"라고 불렀다. 인사계의 양미간에 주름이 잡혔다. 그러나 중대장의 다음 말에 인사계의 얼굴은 아예 일그러지고 말았다.

"지휘관 서명 위조한 이새끼, 공문서 위조로 당장 영창 보내."

나는 눈두덩이 시퍼렇게 멍든 그날, 정말 꼼짝없이 영창 가는 줄 알았다. 군대에서 영창은 그리 멀리 있는 것이 아니었다. 일상의 실수 속에 있었고, 때로는 지휘관의 기분 속에 있었고, 간부들의 이해관계 속에 있었다. 그리고 헌병대 영창은 십 분 거리에 있었다.

나는 그날 의무실에 가 눈두덩을 다섯 바늘 꿰매고, 영창을 '노가다'로 대신했다. 일과가 끝난 퇴근 무렵, 사모님으로부터 전화를 받은 인사계가 느닷없이 창고에 가서 삽을 들고 오라고 명했다. 인사계는 퇴근 인사차 행정반으로 올라온 중대장이 들으라는 듯 부러 큰소리로 덧붙였다.

"당장 가서 깨끗하게 치우고 보고해라."

나는 판초를 걸치고 영내 교회로 갔다. 소낙비에 무너진 둔덕에서 토사가 흘러 목사관 옆 도랑을 덮고 있었다. 나는 삽질로 토사를 걷어내어 막힌 도랑을 뚫었다. 물길이 뚫리고 얼굴의 땀을 손으로 쓸어내릴 때, 등 뒤에서 낯익은 목소리가 들렸다.

"시원하게 잘 뚫네."

사모님이었다. 수건을 건네주는 그녀는, 숏 슬립의 끝단이 보이는 분홍원피스 차림이었다. 성전(聖殿)을 등지고 허튼소리를 뱉은 그녀에게 나는 가벼운 목례를 보냈다. 수요예배 참석차 교회에 왔던 그녀가 인사계에게 도랑 치울 사역병을 부탁한 것 같았다.

"얼굴이 왜 그래?"

눈두덩에 붙어 있던 붕대가 빗물에 떨어져 시선을 가렸다.

"……."

"그런데 왜 구 병장이 왔어? 더구나 그런 얼굴로?"

그녀가 풀풀 가루처럼 날리는 비를 손차양으로 막으며 물었다. 말끝에 붙은 끈끈한 비음이 내 얼굴에 들러붙었다.

"그건……."

나는 대답하지 못했다. 그녀의 비음에 얼굴이 후끈 달아오른 데다 눌러놓았던 화까지 치솟자, 숨이 찰 만큼 가슴이 답답해졌다. 인사계의 지시를 따르다 발생한 잘못을 인사계가 벌주는 형국인데, 이 벌이 사모님 뒤치다꺼리였다.

"시원하게 잘 뚫었다고 전해줘요."

붕대를 갈아붙이고, 온 길에 예배도 보고 가라며 잡는 그녀의 손길을 뿌리치며 말했다. 삽을 메고 빗길을 걸어 교회를 벗어날 때, 그녀의 손가락이 찬송가의 음을 따라 피아노 건반 위를 더듬는 소리가 들렸다. 내 몸을 건반처럼 더듬던 그녀의 손길이 떠올라 빗속을 달렸다.

"애들 모두 재워라."

20시 50분이었다. 일석점호 시간까지 삼십 분 남짓 남아 있었다. 취침을 명하기 전 인사계는 이사종계를 불러 한차례 닦아세웠다. 장부의 실탄과 실제의 실탄이 맞느냐고 물었고, 맞는다고 대답하자 그렇다면 오 병장이 쏜 실탄은 산타클로스가 줬냐며 조인트를 깠다. 이사종계는 또 다시 책상 모서리에 부딪히고 행정반 바닥에 나뒹굴었다. 그러나 산타로부터 받지 않아도 실탄을 구할 수 있는 현실을 잘 알고 있는 인사계는 더 이상 이사종계를 닦달하지 않았다. 그러나 혹시 모른다며 감사에 대비한 재고 실탄 파악을 지시했다.

"서무계만 남고, 모두 들어가라."

인사계의 명령에 따라 할 일 없이 책상에 코 박고 있던 행정병들이 모두 내무반으로 휩쓸려 들어갔다. 그들은 점호를 빠지려고 하릴없이 행정반에서 비비적거리던 참이었다.

나와 인사계만 남았다. 고개를 올렸다 내렸다 하며 천장과 벽을 번갈아 주시하던 인사계가 담배를 빼물며 물었다.

"세 방 쐈다며 총탄자국은 왜 하나뿐이냐?"

"……."

나는 당황했다. 인사계가 부대에 복귀하기 전 CP에 사건을 보고할 때, 정확히 세 발이라고 일러준 사람은 나였다. 인사계의 말을 듣는 순간, 비로소 나는 세 발과 한 발의 엄청난 차이를 가늠할 수 있었다. 한 발은 수습이 용이한 오발사고일 수 있지만, 세 발은 그럴 수 없음을 뜻했다. 나는 인질로 잡혔던 공포감에서 벗어나기도 전에 사려 깊지 못한 보고를 해 인사계로부터 질타를 당할 처지가 되고 말았다. 다행히 인사계는 더 이상 추궁 없이 오 병장과 엄 중사의 다툼에 관해 물었다.

"아까 엄 중사 보고가 다야?"

"예?"

"다 맞아?"

"예. 그런 거 같습니다."

"둘 사이에 내가 모르는 감정 있지?"

"글쎄요……."

나는 '몽당비'와 '세마포'에 대해 말하지 않았다. 엄 중사와 오 병장의 사생활까지 일러바치고 싶지 않았다. 인사계와 서무계는 '애비'와 '자식' 관계라고 하지만, 애비도 애비 나름이었다. 연평천 자갈밭에 앉아 하루 두 차례씩 세마포로 좆을 연마한 오 병장이 엄 중사의 몽당비에 만족 못한 파견지의 밥집 청상과부를 접수했다는 사실, 그래서 엄 중사가 오 병장의 뒤통수를 호시탐탐 노려왔다는 사실을 일러주지 않았다.

"도대체 아는 게 뭐냐?"

인사계는 내 미적지근한 답변을 무책임하게 여겼다. 하사관과 병 사이의 갈등도 서무계 소관인 양 들렸다. 결국 엄 중사의 보고내용만을 재확인한 인사계가 실망한 모습으로 행정반을 나갔다. 오 병장이 있는 중대장실로 가는 것 같았다. 그는 나가면서 말했다.

"라면 하나 끓여와."

나는 즉각 장교식당에 있는 일종계에게 전달했다. 일종계가 취사병을 끌고 라면을 끓이고 있을 동안, 나는 실용한자가 박힌 깔판 밑에서 '가라 쫑'을 꺼내 문서함 바닥 깊숙이 짱박아놓았다. 중대에 어지러운 일이 생겨 꼬이면 곧 관물조사를 하는 법이었다. 이번 경우, 나돌고 있는 실탄을 찾기 위한 조사가 반드시 있을 것이었다. 미리 대비하지 않으면 엉뚱한 화를 입을 수 있었다. 더욱이 저승 초입에서 가까스로 살아난 엄 중사는 저승사자의 출현을 알고도 알리지 않은 내게 노골적인 불만과 서운함을 표했다. 본래 군대에서는 가치판단을 상급자가 하는 법이었다. 고참이 하느님과 동기동창인 이유였다.

"김 중사님 아니었으면 저는 지금 십종 아닙니까, 씹쫑."

군에서 10종은 사체(死體)였다. 엄 중사는 머리 숙여 김 중사에게 고마운 말을 전하며 나를 빤히 바라봤다. 그 과장된 말에 담긴 의미는, 내 목숨 지키느라 자기 목숨 돌보지 않았다는 것이었다.

'쫑'을 짱박은 나는, 아직껏 파악과 수정을 못한 파견 현황판을 정리했다. 폴리에스테르 필름(아스테이지) 위에 색색의 숫자가 적혀 있었다. 숫자 위에 에프킬라를 뿌리고 휴지를 말아 닦아냈다. 정원은 장교 3, 하사관 5, 사병 125명이었다. 중대장이 대위가 아닌 소령인 것은 보유 건설장비도 장비지만 이를 다루는 사병의 숫자도 여느 중대에 비해 월등히 많은 때문이었다. 하지만 총원이 정원을 채우지 못했고, 현재원은 늘 총원의 삼분의 일 수준에도 못 미쳤다. 세상이 그렇듯 군대도 정원을 채워 운영할 수는 없었다. 장교 2, 하사관 4, 사병 102명이 총원이었다. 이 102명 중 69명이 각자의 중장비를 몰고 각각의 작업지원지로 파견 나가 있었고, 나는 이 파견자와 파견지를 매일같이 전화 확인하여 '일일파견현황판'에 기록해야 했다. 이게 내 임무였으나 확인 작업은 쉽지 않았다. 파견자가 이 작업장에서 저 작업장으로 옮길 때 이동지 보고 의무를 제대로 이행하지 않았고, 파견자가 나가 있는 장소 중 오지는 전화 연락 자체가 불가했다. 산속이나 강가에서 군용텐트 하나로 버티는, 그래서 풍찬노숙하는 경우, 통신축선상의 대기는 불가했다. 심지어 파견 중 동거생활을 하다 애를 낳아도 중대는 알지 못했다. 또한 우리 군단뿐만 아니라 상급 예하 타 부대에 가서 더부살이를 하며 작업지원을 할 경우, 소속부대가 번거롭고 귀찮다는 이유로 확인 전화를 따돌리기 일쑤였다. 야외 작업장까지 찾아가기 싫은 때문이었다. 이뿐만 아니라 파견자가 나보다 계급이 높을 경우, 아예 보고는 바랄 수도 없었다. 파견자는 작업을 따라 이동했지, 발령에 따라 이동하지 않았다. 그래서 파견현황을 정확히 파악하기는 고단하기만 했지 불가능했다. 그래도 오늘은 날이 날인지라 오랜만에 연락처가 적힌 쪽지를 놓고 파견지에 차례차례 전화를 넣었다. 하지만 이 전화 연락도 계속할 수 없었다. 오늘같이 비끼지 오는 날에는 감이 좋지 않아 부대별 회선과 회선 사이를 넘나드는 연결이 여의치 않았다. 직통은 군단 관할부대만 연결될 뿐, 이를 벗어난 부대와의 연락은 타 부대별 회선을 빌려 써야 했다. 예를 들어 삼 개 부대를 거쳐야 할 경우 중간에 어느 한 부대에서 이런저런 이유로 연결 잭을 뽑으면 최종 수신자와 통화가 불가했다. 통화 결과, 열두 곳의 파견지 중 단 세 곳의 파견지와 연락이 되었다. 파견수칙에 따르면 연락불가 지역의 파견병은 매일매일 빠짐없이 중대로 이상 유무를 보고해야 했다. 그러나 이 수칙은 무시되기 일쑤였다. 이들은 일과를 마치고 보고해야 할 시간에 장비를 타고 읍내로 나가 다방 레지들과 히히덕거리거나, 매운탕 혹은 돼지 삼겹살을 놓고 소주를 처먹었다. 이런 사실은 파견지 순시를 마친 인사계로부터 전해 들었다. 인사계는 이를 문제삼지 않았다.

현황 파악이 얼추 마무리될 무렵, 라면이 들어왔다. '오송약국'이라고 쓰인 약봉지도 함께 배달됐다. 소독약, 안티푸라민, 마이신이 있었고, 덤으로 우황청심환이 있었다. 엄 중사가 약을 사 취사병 편에 보낸 것이다.

"계란이 없잖아?"

약봉지를 챙긴 나는, 라면과 김치가 담긴 식판을 놓고 재빨리 나가는 취사병을 불러세웠다. 일종계는 창고에서 라면만 빼내주고 사라진 모양이었다. 아마도 일종계는 험악한 중대 내무반을 피해 잔치를 핑계로 장교식당에서 날을 샐 일거리를 만들고 있을 것이다.

"빨리 가서 다시……."

계란 없는 라면을 인사계는 먹지 않았다.

"아이, 계란 없는데……."

뚱뚱한 취사병이 짜증을 부렸다. 그는 살이 많아 이마에 짜증조차 표현할 수 없었다. 날계란은 보관용 식품이 아니라 재고가 없었다. 나는 위병소에 전화를 걸어 급히 계란 한 알을 추진하라고 명했다. 21시

20분에 다시 끓인 라면이 도착했다. 나는 식판을 받들어 일층 중대장실로 향했다. 자식이 애비인 인사계의 라면을 대령하는 것은 당연했다. 더욱이 오늘같이 예민한 날에 예외란 있을 수 없었다. 식판에서 라면국물과 김칫국물이 섞이지 않도록 조심조심 계단을 밟아 내려간 나는 중대장실 앞에서 걸음을 멈췄다. 노크를 위해 멈춘 것이 아니라, 난데없는 고함에 놀라 걸음을 멈춘 것이다.

"간다니까요! 아 씨발, 가면 될 거 아냐!"

나는 하마터면 식판을 놓칠 뻔했다. "씨발"이라니, 감히 인사계에게…… 그것도 총까지 들고 가 자신을 구출해온 인사계에게. 나는 너무도 빤한 다음 상황이 머릿속에 그려져 두 눈을 질끈 감았다. 하지만, 아무런 상황이 없었다. 중대장실의 침묵은 예상 밖으로 길게 이어졌다. 아마도 너무 기가 막힌 인사계가 무너진 억장을 추스르고 있을 것이라 짐작했다. 아마 곧 퍽, 하고 악, 할 것이다. 하지만, 내가 문밖에서 식판의 무게를 버겁게 느낄 때까지 침묵은 계속됐다. 결국 침묵에 못 견딘 내가 마른침을 삼키며 똑똑똑, 하고 절도 있게 노크했다.

"라면이 늦었습니다."

나는 물을 마시고 있는 인사계 앞에 식판을 사뿐히 내려놓았다.

"먹어."

인사계가 식판을 옆으로 밀며 야전침대에 걸터앉은 오 병장에게 말했다.

"됐습니다."

"남한산성에 가려면 잘 처먹어야지. 어서 먹어."

"거길 왜 저만 간답니까?"

"그래도 이새끼가……."

인사계가 회의용 테이블을 탁, 하고 내리치며 벌떡 일어섰다. 그 바람에 라면국물과 김칫국물이 뒤섞이며 사방으로 튀었다.

"빨리 처먹어."

인사계가 들어올렸던 군홧발을 가까스로 내리며 명령했다. 인사계의 명령을 거부할 수는 없었다. 옮겨앉은 오 병장이 젓가락으로 무성의하게 라면가닥을 집어올렸다. 담배를 빼문 인사계가 중대장실을 나갔다. 오 병장이 집어올렸던 라면가닥을 내려놓고 국물을 마셨다. 면은 안 먹고 국물만 쪽쪽 빨아 마신 뒤 식판을 밀어냈다. 식판을 챙기려던 나는 오 병장의 군화를 보고 깜짝 놀랐다. 군화 끈이 없었다. 내가 군화에서 시선을 거둘 때 오 병장의 눈과 마주쳤다. 오 병장이 씨익, 하고 웃어 보였다. 인사계에게 보고하지 않을 수 없었다.

"일종계 오라고 해."

인사계가 장교식당에서 빌빌대고 있을 덩치 큰 일종계를 불러 중대장실로 보냈다. 돌발상황에 대비해 오 병장에게 감시병을 붙인 인사계가 이번에는 행정병 전체를 집합시켰다. 일 분이 채 안 돼 흩어져 있던 행정병이 모였다. 내 옆으로 사수인 교육계, 이사종계, 장비계 세 명이 섰고, 이어서 조수 세 명이 늘어섰다. 일종계는 오 병장 감시병으로 붙었고, 조수 두 명은 경계근무를 나가 빠졌다. 중대는 잔류병력 33명 중

위병소 파견 5명을 뺀 28명이 가용 현재원이었다. 이 28명이 이인 일조가 되어 일호관사인 여단장 공관와 유류고에서 각각 야간경계근무를 서야 했고, 한 명은 불침번을 서야 했다. 근무가 많은데, 가용인원은 없었다. 그래서 하룻밤에 한 시간 삼십 분짜리 경계근무를 두 차례 서는 날이 비일비재했고, 전역 일주일 전까지도 경계근무에서 열외를 받을 수 없었다.

"둘은 경계근무 나갔습니다."

내가 대충 민간인 식으로 보고했다.

"다시 해."

키가 작아 등받이에 폭 파묻힌 인사계가 눈을 부라리며 말했다. 나는 주먹이 날아오기 전에 잽싸게 정식보고를 했다. 어느새 인사계는 슬리퍼로 갈아신고 있었다.

"입들 조심해. 그리고 서류들 꼼꼼히 챙겨놓고. 이상."

"옛, 자알 알겠슴다!"

군기가 빳빳이 든 목소리로 일제히 답했다. 허무한 집합이었다. 그러나 인사계는 모든 가능성에 대비하고 있었다.

"아, 그리고······."

막 돌아서 해산하려는 행정병들을 다시 불러세웠다. 어느 틈에 이사종계 손에 인사계의 벗어놓은 군화가 들려 있었다. 자신의 조수에게 시켰던 군화 닦는 일을 날이 날인지라 직접 할 모양이었다.

"식사 끝나고 왜 곧바로 돌아오지들 않았나?"

질문 의도는 명확했다. 누가 됐건 식사 마치고 바로 행정반으로 돌아왔다면, 본부중대 당직사관의 개입 없이 이 사건이 자체적으로 해결될 수도 있었음을 암시하는 질문이었다. 말하자면, 행정병들도 이번 사건에서 완전히 자유롭지 못하다는 뜻이었다. 이것이 인사계의 사병 통제 방식이었다. 그는 틈이 보이면 그곳에 징을 박고 올가미를 걸어 두었다. 인사계의 말은 언제 어디서나 해석하기에 따라 큰 부담이 될 수도 있었다. 이런 식으로 건수를 잡아두었다가 필요시 사사건건 조이거나 닦아세우면 당해낼 재간이 없었다.

"엄 중사님이 두발검사를 하신다고…… 억!"

주먹이 가슴팍에 꽂혔다. 뺨을 겨냥했으나 키가 작아 가슴팍에 꽂혔다.

"뭐라고?"

"죄송함닷! 엄 중사가 식당에 바리깡을 가지고 와서 머릴 밀어대며 두발검사를 한다고 해서……."

"나머지 놈들은?"

"엄 중사가 내기족구하자고 해서…… 이상입니닷."

"그 자식이 살고 싶어 아주 발버둥을 쳤구먼."

엄 중사를 두고 한 말인 듯싶었으나, 나는 엄 중사와 오 병장 둘 다, 아니 중대원 모두를 두고 한 말로 받아들였다.

"보고는 어디까지 된 것 같나?"

단둘이 남게 되자, 인사계가 물었다. 목소리가 낮고 기운이 없었다.

그러고 보니 인사계의 얼굴색도 창백해 보였다. 총 들고 여단장 집무실이 있는 CP에 가서 난동을 부렸으니, 그로서도 걱정이 없을 수 없었다.

"잘 모르겠습니다."

때맞춰 전화벨이 울렸다.

티르르륵, 티르르르르……

"통신보안……."

"야 씨발, 중대장 떴다."

"뭐?"

"뭔데 그래, 임마."

인사계가 끼어들었다.

"위병소를 통과했답니다."

나는 엄지손가락을 머리 위로 들어올리며 말했다.

"뭐?"

인사계도 놀라는 눈치였다. 연평천 막사 안에서 파견병들을 위문하고 있어야 할 중대장이 위병소를 통과했다는 데 놀라지 않을 수 없었다. 사태가 꼬이고 있었다. 위병소를 통과했다면 삼십 초 안에 나타날 것이었다. 21시 41분이었다. 나는 층계참의 창문을 통해 중대를 향해 빗속을 달려오는 1호차의 서치라이트를 확인했다. 아마도 인사계와 통화를 마치자마자 내처 달려온 듯싶었다.

"밑에 내려가 애들…… 빨리 내무반으로 들어가라고 전해."

나는 인사계의 지시보다 대여섯 발 앞서 계단을 단숨에 내려가 오 병장과 일종계를 내쫓고, 중대장 야전침대를 정리했다. 술 냄새와 라면 냄새는 정리할 수 없었다. 나는 이십 초 안에 다시 행정실로 돌아와 다음 행동에 대비했다.

"니기미 씨발!"

"중대장실에 불은 왜 켜져 있나?"

"책임!"

욕과 질문과 경례가 한데 뒤엉켜 행정반을 떠돌았다.

"내 방으로 갑시다."

곧바로 차에서 행정반으로 왔던 중대장이 인사계를 꽁무니에 달고 나갔다. 나는 중대장이 인사계의 욕을 들었을까 궁금했다. 방위 일병이 병장에게 인사 안 하고, 병장이 상사를 욕하고, 상사가 소령을 욕하고, 도대체 일체의 군기가 실종된 날이었다. 나는 내무반으로 들어가 약을 바르고 군복을 갈아입었다.

3

"아니, 보내면 될 거 아니오. 군법대로…… 아닌가?"

주문받은 커피를 타 들어갔을 때, 중대장은 상체를 등받이에 묻고 흙탕물이 튄 군홧발을 책상 위에 올려놓고 있었다. 태도도 말투만큼 엇나가 보였다. 계급을 떠나 인사계가 세 살 많았다. 그래서 이런 분위기를 인사계는 버거워하는 것 같았다. 나는 중대장의 말투에서 인사계가 그로기에 몰려 있음을 짐작할 수 있었다. 지난번 서명위조로 붙었을 때와는 딴판이었다. 그때는 명백히 나와 인사계의 위규 행위였음에도 불구하고 인사계는 당당하게 맞섰다. 아마도 처음 붙은 시비라 그랬는지 몰라도 인사계는 "관행입니다. 의례적인 회계라 제 책임하에 이상 없이 처리해왔습니다. 못 믿으시겠다면 앞으로는 결재를 올리지요." 라고 당차게 대거리를 했다. 인사계다운 배짱과 기지가 묻어나는 맞대응이었다. 그 말속에는 '못 믿겠으면, 당신이 직접 하라'는 뜻이 포함되어 있었다. 하지만, 지금은 불안해 보였다. 이번 일이 지난번 일보다 더 커 보이지 않았다. 지난 일이 인사계가 직접 서명위조를 사주 내지는 방조한 명백한 잘못이었다면, 이번 일은 중대원 하나가 술 먹고 난동을 부린 일이었다. 물론 이 난동이 여느 난동과는 달리 총기난동이기는 했다. 그래도 이 총기난동을 인사계가 사주 또는 방조하지는 않았다. 그럼에도 불구하고 인사계는 저자세, 중대장은 고자세였다. 그들은 분명 내가 모르는 경지에서 싸우고 있었다. 인사계의 자세가 상체를 앞으로 수그려 손가락으로 턱을 괸 자세였다. 이 자세는 인사계의 수세적 자세였다.

"어떻게 보냅니까?"

"그럼 어쩔 생각이오? 인질까지 잡고 총질한 놈을……."

"인질이라니요? 도대체 어떤 놈이 그따위 소릴 지껄이는 겁니까?"

"내 말이 틀렸소? 어이 구창수. 내 말 틀렸나?"

빈 쟁반을 챙겨 막 돌아서 나가려는 내 뒷덜미를 중대장이 낚아챘다.
"아아……."
나는 옆구리가 쑤시는 통에 하마터면 뒤로 엉덩방아를 찧을 뻔했다.
"……."
"임마. 내 말이 틀렸냐구?"
순간, 나는 기분이 더러워졌다. 안 그래도 나를 인사계 하수인 다루듯이 하는 중대장이 아닌가. 서명위조로 야단을 부린 뒤부터는 중대장이 나를 부를 때, '한통속' 또는 '꼬붕'이라고 불렀다. 지휘관으로서 사려 깊지 못한 호칭이었다. 커피 심부름은 나를 불러 내리려는 구실이었던 것 같았다. 나는 분노를 참느라, 얼굴이 벌겋게 달아올랐다. 붕대로 가려진 눈두덩이 욱신거렸다. 아무튼 중대장과 인사계의 경지를 알지 못했기에 내가 알고 있는 답을 할 수 없었다.
"잘 모르겠슴다."
중대장이 잡아늘인 전투복 깃을 추스르며 답했다.
"어허, 이자식. 네가 인질이었다며? 오 병장 불러 물어볼까?"
중대장이 쓸데없이 가벼워지고 있다고 느꼈다. 중대장이야말로 나를 인질삼아 인사계와 겨뤄보겠다는 속셈이 엿보였다. 나는 중대장이 가벼워진 만큼만 무거워질 수 있었다.
"저는 인질이 아니라, 당직사관을 대신한 상황병으로 그 자리에 있었던 겁니다."
"뭐라고? 너, 지금 나한테……."

중대장이 의자를 박차며 일어섰고, 인사계가 따라 일어서며 중대장의 올라간 팔을 잡아 내렸다.
"그만 참으시죠. 너 당장 못 나가, 임마!"
행정반으로 돌아온 나는 담배를 찾아 물었다. 습한 공기 탓에 담배 연기가 꼬아 올린 똬리를 풀 때 한참을 머뭇거렸다. 군대는 내게 담배 연기같이 가볍고 곧 사라질 것들이었다. 군대가 중대장과 인사계에게는 삶 전체가 될지 몰라도 내게는 삶 전체를 얻기 위해 버려야 할 의무의 시간만 있는 곳이었다. 그들은 국가에 바친 내 의무의 시간이 자신들에게 바쳐진 의무의 시간인 양 경우 없이 대했다. 나는 이 의무의 시간을 농락당하는 속에서 자칫 내 삶의 전체를 잃을 수도 있음을 알고 있었다. 때문에 나는 몸만 조심하는 게 아니라, 마음과 펜도 더불어 조심하지 않을 수 없었다. 그러나 저들은 나의 몸, 나의 마음, 나의 펜 속에 들어와 불량스레 배회했다. 나는 까라면 까야 되는 삶이 싫고 두려웠다. 군은 명령에 살고 죽으므로, 책임은 까라는 사람이 진다고 했지만, 그게 군이라고 하지만, 현실은 꼭 그런 것만이 아니었다. 지금 오 병장이 바로 이런 경우이다.

그는 굴삭기 운전병이다. 입대 전 공고를 중퇴하고 굴삭기 운전기술을 익혔다. 몸으로 기술은 익혔으나 글을 싫어해 자격증을 따지 못했다. 글로 기술을 입증해야 하고 기술보다 글이 우선인 세상이라 정당한 대우를 받지 못했다. 무자격 중장비 운전기술도 기술병 지원자격이 되었다. 군에는 쫑은 있으나 작업이 안 되는 기술병이 많았다. 그는 입대해 '6'으로 시작되는 지원군번을 달고 인사계의 보살핌과 사랑 속에 자격증을 땄다. 군에서의 자격증도 글을 통해야만 딸 수 있었다. 인사계의 보살핌과 사랑보다 불가능을 가능하게 만드는 구타가 그의 자격증 취득을 도왔다. 그는 좆으로 밤을 까듯 공부해 자격증을 땄다. 내친김에 불도저, 페이로다, 구레이다, 심지어 지게차 운전자격증까지 다섯 가지를 땄다. 인사계는 주요 작업장에 '오관왕'으로 불리는 오 병장을 선임자로 파견했다.

  중장비는 비싼 만큼 제값을 했다. 중장비는 닳아 없어지는 소모품이 아니어서 연료만 있으면 작업량에 구애받지 않았고, 움직이는 기계여서 작업장에 구속받지 않았다. 이것이 아르바이트를 가능하게 해주는 요인이었다. 이 아르바이트는 관행처럼 사수에서 조수로 눈치껏 전수되고 있었다. 중장비는 군이 정한 작업장을 벗어나면 돈벌이 천지였다. 야간에 또는 토요일 오후나 일요일에 잠시 논밭을 갈아엎어주고, 잠시 농장을 밀어주고, 잠시 물길을 넓혀주고, 잠시 둔덕을 깎아주면 모두가 돈이 되었다. 이런 일은 민간인이 작업장으로 찾아와 제안했다. 그들은 제안할 때 '대민 지원'이라는 용어를 사용했다. 중장비업체를 이용하는 값의 절반에서 십분의 일로 가능했기 때문에 '대민 지원'을 요청하는 민간인의 제안도 집요했다. 가끔은 간부들을 통해 지원명령이 하달되는 일도 있었다.

  아르바이트로 번 돈이 오 병장과 파견병들의 몫은 아니었다. 중대

하사관 몫이 포함되어 있었고, 가끔 소대장의 몫도 남겨둬야 했다. 그러나 대부분 받은 금액의 절반 이상을 인사계의 몫으로 차곡차곡 쌓아놓아야 했다. 인사계는 장비병을 어디로건 옮길 수 있는 권한이 있었고, 아예 중대로 불러들일 수 있는 권한도 있었다. 첩첩산중 작전도로를 닦거나 중대로 돌아와 야간경계근무만 선다는 것은 장비병에게 최악의 징계였다. 인사계는 작업장 순시 때 돈을 수금했다. 오 병장의 아르바이트 능력은 탁월했다. 인사계는 이를 높이 평가했다. '삥' 뜯는 수준에서 '수금' 수준으로 격상된 것도 오 병장의 공로였다. 인사계는 수금 뒤 값싼 막걸리와 여자로 오 병장을 대접했다. 오 병장은 따로 돈을 꿍칠 필요가 없었다.

이래서 작업장 순시는 인사계의 외식이었고 별미였다. 그런데 이 별미에 중대장이 수저를 들고 달려들었다. 장마철을 대비해 파견병사들의 안전사고 예방교육차 순시를 한다고 했지만, 이 말을 곧이들을 바보는 없었다. 말하자면 냄새를 맡고 현장감사를 나간 것이다. 이를 입증해주듯 중대장은 작업장 순시를 나서기 닷새 전부터 장비사무실에서 하루 한 시간 이상씩을 얼쩡대며 보냈다. 그는 이 시간에 서류를 보거나, 관련 행정병들에게 질문을 하거나 하지 않았다. 서류는 어차피 '가라'고 행정병은 인사계 편이라는 것을 잘 알고 있기 때문이었다. 그는 포대 출신인지라 '가라' 장부에 숨겨진 진실을 볼 수 있는 눈이 없었고, 인사계보다 강력히 행정병을 장악할 주변머리도 없었다. 다만, 이런 한계를 느낄 때마다 그는 "영창 보내."라는 실체 없는 명령만 남발할 뿐이었다. 그는 오로지 막연하게 돌아가는 분위기 속에서 홀로 온몸을 더듬이 삼아 냄새와 낌새를 찾아다녔다. 중대장은 이러다 임기를 다 채우고 전출명령을 받을 것이다.

아무튼 오 병장은 인사계의 충복이었다. 같은 기수끼리는 그를 인사계의 집사라고 불렀다. 그가 결정적으로 인사계의 신임을 받은 것은 지난겨울 엄동설한 때였다. 시베리아 부근의 찬 대륙고기압에 북극에서 내려온 찬 공기까지 덮쳐 이들이 한파를 몰고 우리나라 쪽으로 밀려내려와 기온이 큰 폭으로 곤두박질친다는 날이었다. 대부분 혹한기가 되면 파견장비들을 거둬들여 정비 점검을 하고, 장비병들은 군인으로서 그동안 못다 한 훈련을 받았다. 하지만 어쩐 일인지 오 병장은 파견장에서 복귀하지 않았다. 그는 겨울 내내 굴삭기 한 대와 불도저 두 대를 거느리고 작업장에 남았다. 그리고 그는 굴삭기와 불도저를 번갈아 몰며 아르바이트를 했다.

"일감은 쌓였는데 몸은 하나고…… 미치겠더구만."

그가 민간 전화로 인사계를 바꿔달라며 한 말이었다. 그래서 미치지 않으려고 한 짓이 화를 불렀다. 국도 제설작업 지원기간에 굴삭기를 몰고나가 마을 끝에서 기도원에 이르는 진입로 보수공사를 하다 보안대에 걸린 것이다. 보안대가 공병의 작업을 감시해서 생긴 일이 아니라, 기도원과 편치 않은 관계에 있던 마을 주민들이 신고를 하는 바람에 들킨 것이라고 했다. 결국 이 아르바이트로 그는 영창 십오 일을 다녀왔다. 이 십오 일 속에는 간부들이 져야 할 관리감독의 책임도 포함되어 있었다. 내가 자판을 더듬어 징계서류에 '상병 오길복'을 찍고 물었다. 그때 그는 상병이었다.

"돈독이 오른 겁니까?"

"내 돈 아니다."

그는 동상 걸린 손가락으로 지장을 찍으며 답했다. 그가 영창까지 가면서 번 돈은 모두 인사계의 몫이었다. 인사계는 이 돈을 노름빚 탕감에 썼다. 지난해 가을, 인사계가 한 달 남짓 하사관 보수교육을 다녀온 뒤부터 노름빚이 생겼다는 소문이 꼬리를 물며 돌았는데, 오 병장이 영창에서 풀려날 즈음 이런 소문이 꼬리를 감췄다.

영창에서 돌아온 그는 인사계의 배려로 편하고 따뜻한 부대 내에서 겨울을 보낼 수 있었다. 하지만, 이 배려가 그에게 뜻밖의 사고를 안겨주었다. 그는 자신의 편함은 문제가 안 됐으나, 졸병들의 편함은 군기가 빠진 것이라 규정했다. 자신은 작업장에 나가 고생을 했으므로 편함을 누릴 자격이 있으나, 중대 잔류 졸병들의 편함은 이해되지 않는다고 했다. 사고의 직접적인 발단은 그의 이런 이해되지 않는 사고 속에서 비롯됐다.

그날 오 병장은 연평천 작업장에서 있었던 천렵 기술을 자랑하고 있었다. 장비병의 천렵은 장비로 이루어졌다. 두 대의 불도저가 양쪽으로 나뉘어 삽날을 물길 속에 처박고 거슬러올라오면 물 골이 가운데로 몰리는데, 여기에 굴삭기 바가지를 담갔다 올리면 물고기가 '바께스'로 하나 가득 잡힌다는 것이었다. 이렇게 해서 잡은 물고기로 매운탕을 끓여 먹는다는 얘기였는데, 듣고 있던 졸병 하나가 그만 무심결에 오버를 하고 말았다.
"그건 하천 생태를 무시한 엄청 잔인한 방법인데요."
졸병은 바로 이 말을 수습하려고 애썼으나 소용없는 일이었다. 호시탐탐 군기 잡을 빌미를 찾던 오 병장은 장비병답게 얼차려에 장비를 이용했다. 그는 물고기를 퍼 올렸다는 굴삭기 바가지를 이용했다. 졸병은 징징 울며 바가지 날에 발목을 걸고 깍지 낀 주먹을 눈 덮인 땅에 꽂았다.
"힘들지."
십 분쯤 지나자, 오 병장이 굴삭기에 올라가 시동을 걸고 바가지를 들어올렸다. 이미 여러 차례 '인체적용실험'을 거쳐 사용 가능하다는 결과를 얻어낸 얼차려였으나, 홀어미 밑에 외아들로 자란 졸병은 이를 감당할 체력과 정신력이 없었다. 감히 졸병이 고참의 행동을 두고 '잔인한 방법'이라는 말을 썼을 때 알아봤어야 했으나, 오 병장 역시 사고가 넓은 편은 못됐기에 일이 커진 것이다. 바가지 날에 발목이 걸린 졸병의 몸이 거꾸로 들린 채 허공에서 흔들렸다. 물고기가 아닌 졸병은 징징대며 울다 바가지에 담기지 못하고 땅바닥에 떨어졌다. 다행히 떨어지며 몸을 틀어 목뼈 아닌 어깨뼈를 다쳤다. 하마터면 10종이 생길 뻔한 사고였다.
졸병은 후송됐고, 뒤늦게 사고소식을 들은 졸병의 가족들이 찾아와 난데없이 보상금을 요구했다. 가족은 이해할 수 없는 사고라며, 이해할 수 없는 만큼의 보상을 요구했다. 그때 나는 보상을 부대가 아닌 오 병장에게 요구하는 그 가족이 이해되지 않았다. 또한 나는 그 가족이 이해 못한다는 부분을 알고 있었다. 오 병장이 졸병을 얼차려 준 진짜 원인은 따로 있었다. 교육계 조수였던 졸병은 오 병장을 야간경계근무에 올린 사수를 대신해 보복을 당한 것이었다. 경계근무명령서 작성은 교육계의 업무였는데, 영창에서 복귀한 그날 밤부터 당장 오 병장을 경계근무자 명단에 집어넣었던 것이다. 그것도 이미 작성된 명단에서 자신을 빼고 오 병장으로 대체한 것이었다. 이 일로 그날 저녁 동기들이 준비한 축하주 한잔 못 마시게 된 오 병장은 명단을 짠 교육계 사수에게 감정이 쌓여 있었다. 그러나 지금은 전역하고 없는, 당시 교육계 사수는 오 병장보다 계급이 높았다. 그래서 대신 졸병이 당한 것이었다. 하지만 교육계 조수를 윽박질러 이를 사주한 우두머리는 엄 중사였다.

오 병장은 인사계에게 보상금에 대한 도움을 요청했으나, 보상금 대신 영창 십오 일로 처리했다. 인사계는 영창으로 가는 지프 앞에서 말했다.

"군에서 벌어진 일은 군의 방식에 따라 해결하는 게 옳다. 군인이 민간인과 부당한 뒷거래를 할 필요는 없다."

그리고 지프가 떠나자, 인사계는 머리를 좌우로 흔들며 말했다.

"자식, 간뎅이 많이 부었군…… 짜웅도 알고."

이날 인사계는 무슨 냄새라도 맡은 양 행정병들을 집합시켜 '모럴 헤저드'가 어쩌고 하며 군기를 잡았다. 아마도 이때부터 인사계는 오 병장을 경계한 것 같다.

  영창은 군복무 기간에서 제외였다. 그래서 오 병장의 군복무가 삼십일 늘어났다.

  그런데 내가 정작 알 수 없었던 것은 오 병장에 대한 인사계의 태도 변화였다. 오 병장이 아무리 이용가치가 떨어진 말년이라고는 하지만, 그래서 용도 폐기할 때가 됐다고는 하지만, 그렇다고 관행처럼 행해오던 외박까지 허락하지 않은 것은 선뜻 이해가 되지 않는 조처였다. 더욱이 인사계의 직권으로 이루어져 오던 일인데, 오 병장에게만 예외를 둔 이유를 알 수 없었다. 엄 중사와 오 병장의 사이가 어그러진 것은 대충 들어 알고 있었다. 여자 좋아하는 엄 중사가 파견지 감독을 나가 있던 기간에 사귄 밥집 과부가 오 병장과 붙어먹은 것과 전방지역 다방 레지를 꼬드기느라 요구한 연애 비용을 제때 상납하지 않아 틀어졌다고 들었다. 이것이 화근이 되어 굴삭기 바가지 사고 때, 중대 간부회의에 참석한 엄 중사가 입에 게거품을 물며 오 병장의 '남한산성행'을 강력히 주장했다.

4

  "여단장이 별을 다느냐 못 다느냐로 부대가 쏠아 있는 판에 사고중대로 찍히면 저도 소령으로 옷 벗어야 한다는 생각을 못 하나."

22시 50분에 인사계가 행정반으로 들어오며 투덜거렸다. 인사계는 오 병장 죽일 생각에 자기 죽는 걸 모르던 중대장을 설득하는데 성공한 눈치였다. 하지만 내가 아는 한 진급시한이 모가지까지 찬 중대장은 오 병장을 죽이려 하는 게 아니라, 오 병장을 물고 늘어져 인사계를 압박하는 게 목적이었던 듯싶었다. 말하자면 중대장은 나와 오 병장을 이용해 무언가 협상의 메시지를 날리고 있는 것이다.

내 옆에 붙어앉아 꾸벅꾸벅 졸던 1호차 운전병이 인터폰을 받고 쏜살같이 튀어나갔다. 그리고 지프의 엔진음이 들렸고, 잠시 뒤 위병소로부터 연락이 왔다.

"중대장님 나가셨습니다."

"중대장님 나가셨답니다."

나는 인사계를 향해 복창했다. 중대장은 오 병장도 만나보지 않고 나갔다.

"너도 알 만큼 알았다, 이거냐? 아무리 못난 지휘관도 부하 하나쯤은 얼마든지 죽일 수 있다. 그러니, 너도 정도껏 해라."

왜 그랬을까. 나는 이 말이 애비로서 새끼를 포기할 수도 있다는 뜻으로 들렸다. 인사계는 말끝에 웃음을 물었다.

그는 노련함과 배짱, 그리고 잔머리를 총동원해 이 위기상황을 하나하나 돌파해 나가고 있었다. 이런 처세술 때문에 그의 노름판에는 헌병대와 보안대의 간부급 하사관들이 기꺼이 끼어들었다. 설령 중대장이 뭔가 낌새를 넘어 꼬리를 잡았다 해도 어쩌지 못할 것이다. 오히려 인사계가 중대장의 빈틈을 확보하고 있을 수도 있었다. 중대장이 인사계를 제압하기는 어려워 보였다. 인사계는 군의 허와 실을 알고, 그 허와 실을 둘이 아닌 하나로 만들 줄도 아는 사람이었다. 그는 "극과 극은 서로 통하여 공생하는 것이므로 도둑과 형사가 함께 먹고사는 이치다."라고 말했다. 일주일 전에도 부식수령 차량인솔을 가던 길에 인사계는 규정을 빌미로 실을 챙겼다. 군대에서는 모자라도 안 되지만, 남아도 안 된다. 그런데 일종인 쌀이 남아돌았다. 사병들의 입이 짧아 식사량이 줄어든 때문이었다. 모자란 식사량은 PX에서 입맛에 따라 사병들 각자가 알아서 보충했다. 인사계는 이 쌀을 동두천 단골식당에 내다 팔았다. 중대장이 일종계 장부를 점검한 날이 그저께였는데, 내다 판 쌀을 찾아내지는 못했다. 중대장은 군에서 장부와 실제 사이를 넘나드는 암문(暗門)을 알지 못했다. 실탄의 소모 결과는 탄피로 확인할 수 있어도 쌀의 소모 결과는 알지 못했다. 화장실에 가 먹은 쌀의 양과 똥의 양을 가늠할 수는 없었다.

"한 달만 있으면 전역할 앤데, 앞뒤 생각 없이 무작정 찔러박으면 어쩌자는 거야."

인사계의 목소리가 옆 본부중대 행정반에서 들려왔다. 내가 있는 행정반과는 벽 하나 사이였다.

"……."

"누가 다치거나 죽은 것도 아닌데 어쩌자고 고자질이야."

"상황이…… 상황이, 보통 상황이……."

"어이 김 중사. 그렇게 상황 판단이 안 되면 군대생활 힘들지."

"사무실에 대고 총질하는 게 어디 보통 상황입니까?"

"군에서 총질하는 일이 보통 상황이지. 민간에서 총질이 별난 상황이고. 안 그래? 철책에 가봐. 총질은 다반사야. 밥 처먹다가도 총질한다구. 김 중사 식이면 벌써 전쟁 났지. 공연히 어깃장 놓지 말고 도와줘. 젊은 애 신세 망칠 거야?"

인사계의 말은 유행가를 닮았다. 앞뒤 상황 빼면, 하는 말마다 지당했다.

"아니, 대형사고를 막아드렸으면 제게 고맙다고 해야 하지 않나요?"

김 중사의 속이 뒤틀린 것 같았다. 그러나 빠진 앞니 탓에 받침이 줄줄 새나가 말로써 화를 풀지도 못하는 것 같았다.

"물론, 고맙지. 그런데, 조용히 해결할 문제를 윗선에까지 보고한 건 유감이야. 그 바람에 볼썽사납게 나까지 애들처럼 총 들고 설치고······."

"예?"

"그리고 일종 말인데, 내가 빼앗아갔다고 생각하면 오해야. 난 명령에 따라 업무를 인수받았을 뿐이야. 나도 좆같다고. 잠깐만 맡으라고 해서 그런 줄 알았는데, 그게 아니잖아······."

인사계가 김 중사를 찾아간 이유를 알 것 같았다. 인사계는 김 중사가 과잉 조처했다는 판단이었다. 올해 초, 김 중사가 맡아보던 일종 업무가 우리 중대로 넘어왔다. 김 중사가 인솔한 부식차량이 투 와이 고개를 넘다 눈길에 뒤집혀 앞니 두 개를 잃은 뒤, 후유증으로 고생하는 사이에 벌어진 일이었다. 우리 중대는 여단의 직할중대였다. 그것도 경장비중대였다. 부대 내의 쌀과 부식을 다루는 일종 업무에 식당 운영까지 맡을 이유가 부족한 중대였다. 나는 김 중사가 부러진 앞니를 오 개월이 지나도록 해 넣지 않는 이유가 어쩌면 인사계에 대한 불만의 표시일는지도 모른다는 생각이 들었다.

다시 자리로 돌아온 인사계가 담배를 피워 물며 내무반장을 찾았다. 내무반장이 어기적거리며 들어와 인사계 앞에 어설프게 부동자세를 취했다. 이때가 23시 13분이었다.

"오 분 내로 전병력을 중대사전(中隊舍前)에 집합시켜라. 복장은 빤스차림. 열외 일 명 없다. 이상."

인사계는 오 병장이 버팅기는 배짱의 근원을 찾고자 했다. '씨발'은 결코 믿는 구석 없이 함부로 내뱉을 말이 아니었다. 예상 밖으로 인사계가 서둘렀다. 하지만 내무반장의 행동은 굼떴다. 포경수술이 늦어진 탓에 걸음걸이도 제대로 가누지 못했다. 잠시 후 내무반장이 집합 완료 보고를 하자, 인사계가 나를 매달고 내무반으로 들어갔다. 내무반장의 모자와 어깨가 빗물에 젖어 있었다. 장마가 보낸 척후병처럼 요 며칠 비는 두서없이 찔끔찔끔 쏟아져내렸다.

"샅샅이 뒤져서 관물(官物)과 사물(私物)을 가려내고, 이상하다 싶은 것은 모조리 찾아내라."

빈 내무반에 들어선 인사계가 명령했다.

양옆으로 침상을 지른 통로에는 채 페인트가 마르지 않은 현수막이 길게 누워 있었다.

"하늘에서 별을 따다 여단장님 두 손에 담아드려요."

우리 중대의 아이디어 갹출에서 일등 먹은 표어였다. 이밖에도 통로에는 각종 축하 구호와 여단장의 캐릭터가 담긴 손 팻말, 콘돔을 불어 만든 풍선, 색종이를 오려 붙인 오색 테이프가 어지럽게 널려 있었다. 이 모든 것이 내일 청와대 결재 소식과 함께 CP 앞에서 벌일 축하 퍼레이드 소품들이었다.

접히고 구겨지고 찢긴 '썬데이 서울' '명랑' '야담' '플레이보이'가 줄줄이사탕모양 나오고, 사제 삼각팬티에 팬티스타킹, 초코파이 그리고 먹다 숨겨둔 소주와 마른오징어, 새우깡, 집에서 달여 팩으로 보내준 보약, 콘돔 등이 제1내무반에서 나왔다. 관물대가 마술상자 같았다. 침상 위에는 잡화상을 헤집어놓은 듯 온갖 잡동사니들이 쌓였다. 인사계는 이 잡동사니를 등지고 관물대에 정리정돈되어 있는 군복과 여름 겨울용 속옷들을 모두 끄집어 내렸다. 그는 군복 안에서 각을 잡는 데 쓰인 빳빳한 종이쪽을 찾아내 흔들며 명령했다.

"이런 종이도 모두 수거해라."

인사계는 제2내무반으로 건너갔다. 오 병장의 관물대는 이미 인사계가 까뒤집어놓았기에 다시 볼 필요가 없었다. 나는 인사계가 오 병

공존의 공식 137

장 관물을 뒤지는 모습을 보며, 그가 찾는 것을 짐작할 수 있었다. 엄 중사가 계단 난간에서 손가락으로 그리던 사각형과 무관하지 않았다. 나는 곧바로 오 병장 '아들'의 관물대로 갔다. 지난주 배속받은 안 이병 후견인이 오 병장이었다. 인사계는 파견 나가 없는 오 병장 조수의 관물대를 뒤졌고, 나는 그의 아들 관물대를 뒤졌다. 신병의 첫 관물 정리는 아버지 격인 후견인이 직접 해주는 게 관례였다. 때문에 무언가 종이에 적어 숨겨둘 것이 있다면 안 이병의 관물대가 제격일 터였다. 나의 예상은 적중했다. 나는 잽싸게 깨알 같은 숫자가 적힌 종이쪽지 몇 장을 바지주머니에 찔러넣고 다음 관물대로 이동했다. 그때 전화가 울었다. 23시 53분이었다.

"나야, 구 병장."

송수화기를 드는 순간, 상대방의 감기는 목소리에 나는 긴장했다.

"저는 상병입니다, 사모님!"

나는 잽싸게 바짓주머니에서 종이쪽지를 꺼내 타자기 밑에 숨기며 말했다.

"어머, 병장 달 때 되지 않았나?"

목소리가 스멀스멀 귓속을 간질였다. 촉수가 달린 목소리였다.

"인사계님 바꾸겠습니다."

"거기 계서?"

"예, 내무반에 계십니다."

"왜?"

"당직을 바꾸셨습니다."

"무슨 소리야? 오늘 인사계님 당직 맞잖아?"

별걸 다 묻는다 싶어 생각 없이 한 답변이 부주의였다. 인사계가 갑자기 내기 당구를 하겠다며 당직을 바꿨던 것을 그만 깜박 잊었다. 아마도 이 사실을 인사계가 집에 알리지 않은 모양이었다. 사모님은 그 이유를 알고 싶어 했다.

"아, 예. 그게……."

나는 또 말을 더듬었다.

"또 또, 누가 인사계 새끼 아니랄까봐 머리 굴린다."

"그게…… 저…… 중대에 작은 문제가 있어서……."

나는 진땀이 흘렀다. 시골 다방 마담 출신이라는 이 여자를 편히 다룰 수 있는 재주가 내겐 없었다.

"문제? 내 말은 그걸 묻는 게 아니라, 오늘 당직을 왜 바꿨냐고 묻는 거잖아."

"기다리세요. 전화 바꿔드리겠습니다."

"아니 됐어. 오 병장은 잘 있나?"

"예? 아…… 그런 것 같습니다."

"놀라긴…… 오늘 오 병장 외박 아닌가?"

더 이상의 통화는 무리다 싶었다. 나는 인사계가 찾는다며 전화를 끊었다. 송수화기를 내려놓고 제2내무반으로 갔다. 사모님의 전화는 농무(濃霧)처럼 모호했다. 남편 당직을 확인하려는 전화인지, 오 병장의 안부를 물으려는 전화인지, 아니면 나를 자극해 보려는 수작인지 알 수 없었다. 아마도 셋 다가 아닐까 싶었다.

"댁에서 전화 왔었습니다."

나는 쑥대밭이 된 내무반을 들개처럼 헤집고 다니는 인사계의 땀 찬 등에 대고 보고했다.

"왜?"

"안부전화였습니다."

나는 의례적인 질문 같아 짧게 답했다. 인사계는 예전과 달리 요즘 들어 틈만 나면 집에 전화를 걸었다. 자식이 없어서인지 그들의 대화는 짧고 내용이 없었다. 인사계는 연결이 되면 그때서야 "뭐해?" 하며, 할 말을 찾으려 애쓰는 눈치였다. 나는 저런 통화를 왜 할까 싶었다.

나는 1내무반에서처럼 잡동사니더미에서 관물과 사물을 따로 분리했다. 내무반장이, 중대사전에서 영문도 모르는 채 팬티차림으로 비를 맞고 있는 중대원 중 네 명을 불러올려 여단장 관사와 유류고 경계근무를 교대시켰다. 근무를 마치고 돌아온 네 명은 소지품 검사를 받은 뒤 팬티차림이 되어 중대사전으로 내몰렸다. 교대병의 소지품 검사까지 끝났을 때 인사계가 따로 분리된 사물을 닥치는 대로 집어서는 창밖으로 내던졌다. 그 모습이 마치 무의미한 개의 뒷발질 같았다.

"날이 밝는 대로 다 소각해라."

땀 범벅이 된 인사계는 01시 07분에 조사종료를 명했다. 오 병장의 관물대에서 나온 콘돔상자와 내가 모아 건넨 종이뭉치를 받아들고 힘없이 내무반을 나서던 인사계가 갑자기 몸을 돌렸다.

"소지품 다 꺼내봐."

"예? 아이, 인사계님도······."

이미 특명을 받아 전역날짜가 열흘밖에 안 남은 내무반장이 몸을 꼬며 말했다. 내무반장은 민간인이나 마찬가지였다. 다만, 중대 잔류병력이 턱없이 모자라는 바람에 별도리 없어 내무반장을 하고 있을 뿐이었다.

"이자식이······."

인사계의 손이 내무반장의 싸대기를 날렸다. 예상 밖의 손찌검이었다. 바닥에 쓰러졌던 내무반장이 곧바로 몸을 일으키며 주섬주섬 주머니 속의 소지품을 꺼내 침상 위에 올렸다. 그는 공매를 맞지 않으려고 서둘러 움직였다. 지갑과 탄약함 열쇠 옆에 소염진통제 대여섯 알과 고이 접은 A4용지가 나왔다. 지갑을 먼저 뒤진 인사계가 A4용지를 집어들어 펼쳤다. 군이 접수한 청춘 삼십 개월의 만료를 알리는 제대 특명지를 복사한 것이었다.

인사계는 내 주머니도 뒤졌다.

"이게 다야?"

인사계가 내 주머니에서 나온 껌 한 통을 내려다보며 말했다.

"예."

나는 내 책상서랍과 개인사물함이 따로 있었기에 주머니를 채워 다닐 일이 없었다. 인사계는 내무반장과 내 몸을 더듬고 주머니 속을 일

일이 까뒤집었다.

　01시 15분. 중대사전에 있는 중대원을 내무반으로 불러들여 관물 정리를 명했다. 비에 젖은 중대원이 팬티를 갈아입고, 아닌 밤중에 새로운 종이를 찾아내 관물의 각을 잡느라 씨름하는 동안, 인사계는 콘돔 상자를 자신의 책상 위에 올려놓고 장비계와 함께 뒷마당 가에 있는 장비사무실로 갔다. 행정반은 안 뒤질 셈인지, 아니면 나중에 뒤질 셈인지 알 수 없었다. 나는 장비사무실에 불이 켜지는 것을 보고, '쫑'과 타자기 밑에 숨겼던 메모쪽지를 챙겨 중대장실로 달려갔다. 그러고는 책꽂이에서 교본을 빼 그 속에 꽂아 두었다. 숨기기 전에 살펴본 메모쪽지는 모두 석 장이었다. 날짜, 시간, 전달 장소, 금액 순으로 상납내역이 적혀 있었다. 전달 장소로는 주로 술집, 식당, 다방 등이 이용됐다. 두 번째 장에는 상납금의 출처를 입증해줄 수 있는 아르바이트 내역이 수금액과 함께 상세히 적혀 있었다. 무슨 생각에 그랬는지 일을 준 사람과 전화번호까지 꼼꼼히 기록해 두었다. 마지막 장은 오 병장 개인의 가계부였다. 매일매일 쓴 돈이 적혀 있었는데, 아이스크림 값도 빼먹지 않았다. 석 장의 쪽지를 놓고 아귀를 맞추면 각각의 사실성을 입증하기에 충분해 보였다. 나는 이 석 장의 쪽지와 '쫑'을 『무기체계획득비용 분포에 관한 연구』라는 논문 속에 찔러 넣었다.

　인사계의 조사는 이를 잡듯 집요하고도 치밀하게 밤새 계속됐다. 장비계사무실뿐만 아니라 부품 창고, 2·4종 창고, 1종 창고, 지하에 있는 배터리 충전실까지 더듬었고, 부대 내에 잔류 중인 장비의 운전석까지 샅샅이 훑었다. 이 더듬고 훑는 작업은 화장실을 끝으로 05시 30분에 끝났다.

5

"술은 깼나?"

인사계가 회의용 테이블 맞은편에 앉은 오 병장에게 물었다. 인사계도 오 병장도 모두 눈알이 발갛게 충혈되어 있었다. 둘의 대치는 충혈된 눈알만큼 삼엄하고 비장했으나, 인사계의 껌 씹는 소리가 이런 분위기를 가볍게 만들었다.

"……."

오 병장은 등을 돌려 반쯤 열린 창으로 연병장을 뚫어져라 바라보고 있었다. 연병장은 비가 몰고 온 새벽 농무로 뒤덮여 있었다. 나는 희뿌연 농무에 슬립을 떠올리다 급히 고개를 털었다. 책상에 엎어져 졸다가도 몽정을 할 수 있다는 사실이 놀라웠다.

나는 의자에 앉아 꾸벅꾸벅 졸다가 인사계의 부름을 받고 합석했다. 사건 관련자로서의 합석인지, 서무계 자격으로의 합석인지, 아니면 다른 의미의 합석인지 알 수 없었다. 테이블 가에는 주전자와 물컵이, 중앙에는 콘돔상자가 덩그러니 올려져 있었다. 나는 콘돔이 올려진 이유를 헤아리느라 머릿속이 엉켰다. 관물대에서 콘돔상자를 챙길 때 켕

공존의 공식 143

기긴 했지만, 관물이 아닌 사적 물건이라 수거한 것쯤으로 생각했다. 그런데 수거한 사적 물건이 공적 테이블 위에 올라앉아 있다는 것은 무언가 다른 의미를 암시해주는 것만 같아 불안했다.

"야 인마. 꿈꿔?"

오 병장은 여전히 꿈꾸듯 농무 속에 시선을 꽂고 있었다. 오 병장의 시선이 머문 곳에서 비에 젖은 개가 뜻 모를 뒷발질을 해대며 무언가를 물어뜯고 있었다. 개는 여단장 공관에서 기르는 잡종견이었다. 보신탕 좋아하는 여단장을 위해 당번병이 기르는 그 개는, 여단장의 장성 진급 문제로 복날을 넘겨 생명을 부지하고 있었다. 그 개가 어젯밤 인사계가 내던진 오징어다리를 뜯고 있었는데, 아무래도 진급할 조짐이 커 조만간에 생을 마감할 듯싶었다.

"어이, 오길복이. 한 달 남았다. 서운한 게 있으면 다 풀자."

인사계의 갑작스런 너스레도 헤아리기 힘들었다.

"서운한 건 인사계님 아닌가요."

오 병장이 개에게서 시선을 거둬 인사계를 쏘아보았다.

"무슨 소리냐?"

"아닌가요?"

"외박 안 보내줬다고 이렇게까지 해야겠냐?"

"왜 외박 때문이라고 생각하세요?"

"도대체 무슨 불만이냐?"

"몰라서 이러세요, 정말. 다 까볼까요?"

오 병장이 내 쪽을 힐끔거리며 말했다.

"괜찮아, 말해."

인사계가 답했다. 인사계는 나를 이 자리에 합석시킴으로써 자신과 오 병장 사이에 특별한 비밀 같은 것이 없음을 일깨워주려는 것 같았다. 오 병장은 인사계의 불만이 뭐냐는 반문에 한참 동안 어처구니없다는 표정을 지었다.

"제 앞길을 왜 막나요?"

"무슨 뜻이냐? 어깨뼈 부러트린 놈을 영창 십오 일로 처리한 게 앞길을 막은 거냐?"

인사계가 억지를 부렸다. 불리한 상황일 때 주로 쓰는 화법이었다. 오 병장이 바로 말려들었다.

"작업장에 수금 오셔서 뭐라 하셨습니까?"

수금이라는 말에 일순간 인사계의 표정이 일그러졌다.

"'애들이 빠져서 개판인데 중대에 군기 잡는 놈이 없다'라고 하지 않으셨나요?"

"너 지금 나 때문에 영창 갔다는 주장을 하는 거냐? 이 자식이…….."

하는 말마다 인사계가 억지를 부려 받아치자, 오 병장이 말의 갈피를 못 잡아 애썼다. 그는 흥분 때문에 말머리를 다스리지 못했다.

"그, 그게 아니잖아요."

오 병장이 머리를 긁으며 말을 더듬었다. 나는 비듬이 흩어져 떨어지는 모습을 보며 인사계가 빼어 문 담배에 불을 붙였다. 담배연기가 비듬과 뒤섞였다. 잠시 침묵이 흘렀고, 인사계는 침묵 속에서 담배연기처럼 모호한 표정을 지었다.

"저는 인사계님을 믿었습니다."

오 병장이 갑자기 신파극의 여주인공처럼 흐느끼며 말했다. 고등학교 중퇴의 학력으로는 사회는 물론이요 군에서도 미래가 없다. 그래서 검정고시를 준비했던 것이고, 인사계는 각종 장비 운전자격증을 준비할 때처럼 도와주었다. 그런데 시험 전날 느닷없이 팀스피리트 훈련장으로 파견했다. 그것도 토요일 일과를 마친 오후에.

"야, 임마. 그건 어쩔 수 없는 상황이라…… 팀 훈련이 어디 애들 장난이냐? 지휘본부 터 닦으러 훈련장에 나간 놈이 장비 퍼졌다고 난린데, 그럼 누굴 내보내 임마. 중대에 장비 볼 줄 아는 놈이 그때 너 말고 누가 있었냐? ……아니, 내가 지금 왜 해명을 하는 거야. 너 군인 아냐? 군인이 훈련에 참가하는데 무슨 이유가 있나?"

"왜 그런 변명을 하십니까? 고장수리는 정비병 일이 아닙니까? 방법은 얼마든지 있었습니다. 엄 중사도 있었고요. 그렇게까지 제 앞길을 망치지 않고도 해결할 방법은 얼마든지 있었다고요."

오 병장의 주장은 옳았다. 장비정비는 엄 중사의 보직이었다. 하지만 당시 인사계는 엄 중사를 팀 훈련장에 보내지 않았다. 토요일 당직인 인사계가 저녁 스케줄을 위해 엄 중사와 당직을 바꾼 때문이었다. 인사계의 노름은 훈련보다 중요했고, 오 병장의 검정고시보다 우선했다.

"판단은 내가 하는 거다."

"그 판단이 제 충성에 대한 값인가요?"

"그게 왜 충성이냐? 임무지."

"임무라고요?"

"그래 임마. 임무!"

오 병장의 고함에 인사계가 쐐기를 박듯 맞고함으로 답했다.

"그럼 지금부터 탁 까고, 무엇이 임무고 무엇이 충성인가를 가려볼까요?"

"무슨 뜻이냐?"

순간, 인사계의 목소리에 긴장이 묻어났다. 나 역시 오 병장의 끈질긴 저항에 당황했다. 상납내역이 적힌 메모쪽지가 없어진 것을 모를 리 없는 그가 무얼 믿고 세게 나오는지 알 수 없었다.

"벽 먼저 깝시다."

오 병장이 의자에서 벌떡 일어섰다. 당장 인사계를 끌고 나갈 태세였다. 나는 귀를 의심했다. 궁지에 몰린 쥐가 고양이를 무는 격이었다. 나는 오 병장을 올려다보며 머리를 절레절레 흔들었다. 그 벽은 오 병장이 알고 있는, 그래서 오 병장의 보복이 실현될 만한 비밀 벽이 아니었다. 장부와 실제 사이의 차이를 숨겨둔 가벽(假壁)이었다. 또한 이 가벽은 중대원들이 알고 있듯이 비리와 비밀의 공간이 아닌, 중대장을 포함한 모든 간부들이 공공연히 알고 있는 공간이었다. 여하한 경우에도 남거나 모자라면 안 되는 군의 모순 때문에 생긴 가벽이었다. 장비사무실에 만들어놓은 이중벽 안에는 부속품 가운데 소모품으로 분류

되어 일정기간이 지나면 사용치 않았어도 장부에서 털어버려야 할 남는 부속품들이 가득 들어차 있었다. 부속품은 쌀과 달라 그때 그때 처분처를 찾을 수 없어 비밀공간이 필요했던 것이다. 물론 부속품들도 빼다 팔았다. 그러나 이렇게 해서 생긴 돈은 쌀과 달리 인사계의 몫이 아니라, 간부회식비나 명절 떡값 등으로 쓰이는 비자금이었다.

"정말 남한산성에 뼈를 묻을 생각이냐?"

인사계가 최후통첩을 날렸다.

"예, 어차피 제 인생은 무너졌습니다."

"넌 이미 군에서 많은 것을 얻었다. 그걸로 새 삶을 시작할 수 있다. 네 욕심이 도를 넘으니까 내가 감당하기에 벅차다, 이새끼야. 이제 그만 하자. 피곤하다."

"저만 도를 넘었나요?"

"이자식이……."

인사계가 오 병장의 멱살을 낚아챘다. 멱살이 잡힌 오 병장은 무릎을 꿇어 인사계와 눈높이를 맞췄다. 인사계가 씹던 껌이 오 병장 이마에 떨어졌다.

"그래 나도 넘었다, 임마. 대한민국 육군상사가 저 죽는 줄 모르고 날뛰는 병장 새끼 하나 구하려고 총 들고 설쳐댔으니, 도를 넘어도 한참을 넘었다, 이새끼야!"

인사계가 멱살을 놓고 피곤하다는 듯 손바닥으로 얼굴을 비볐다. 오 병장이 내민 두 번째 패는 무력했다. 이로써 인사계가 나를 불러 앉힌 또 다른 이유도 알 것 같았다. 인사계와 오 병장 사이에는 별다른 비밀이 없다는 것을 증언할 사람이 필요했고, 인사계가 내게 이 임무를 맡긴 것이었다. 하지만 이 두 가지 이유가 전부인가는 확신이 없었다. 인사계가 자리를 뜨며 주머니에서 무언가를 꺼내 콘돔상자 옆에 던졌는데, 그것은 씹다 뱉은 껌 모양을 한 콘돔이었다. 나는 비로소 콘돔상자가 테이블 위에 놓인 이유를 알 것도 같았다.

07시 00분에 오 병장이 나를 통해 인사계를 찾았다. 인사계는 부대 진입로에 나가 있었다. 밤새 내린 비로 도랑이 넘쳐 진입로 일부가 물에 잠긴 때문이었다. 여단장이나 참모장 출근 전에 응급조처를 마쳐야 했다.

분노와 흥분이 가신 오 병장의 얼굴에서 두려움과 비굴함이 엿보였다. 복수의 무기로 기대했던 메모쪽지는 사라졌고 가벽 또한 헛것으로 밝혀지자, 그는 더 이상 저항할 힘을 잃었다. 인사계가 감정을 부풀려 대화를 끊고 자리를 뜬 것은, 오 병장에게 이를 확인하고 판단할 시간을 주기 위함 같았다.

"너는 알지?"

내가 위병소에 전화를 걸어 인사계를 찾을 때 오 병장이 물었다.

"……"

나는 대답하지 않았다. 오 병장에게서 콘돔을 얻은 것이 지난주 월요일이었다. 그날 인사계의 사택에 생닭 배달 심부름이 있었다. 중대가 1종을 맡은 뒤, 부식이 특별하면 인사계가 나를 배달부로 불렀다.

"알잖아?"

그가 재우쳐 물었으나, 나는 슬그머니 자리에서 일어나 양식함을 열었다. 영창을 보내려면 작성할 양식이 필요했고, 보고 베낄 예전 징계 서류가 필요했다. 오 병장은 내가 등을 돌린 채 양식함과 문서함을 뒤지는 사이 행정반을 나갔다.

나는 다시 '쫑' 작업을 계속했다. 엄지손톱 끝으로 직인이 복사된 파라핀지의 뒷면을 긁었다. 반투명 파라핀지와 폴리에스테르 숏 슬립은 생김새와 촉감이 닮았다. 파라핀지가 직인을 비추듯 슬립도 속살을 비췄다. 직인과 속살이 주는 긴장감은 같았다. 파라핀지 위를 긁는 손길과 슬립 밑을 더듬는 손길의 차이를 알 수 없었고, 찬송가를 따라 피아노 건반을 짚는 손가락과 내 몸에 콘돔을 끼우던 손가락 놀림의 차이를 구별할 수 없었다.

"오 병장은 잘 있나?"

"……."

"너는 알지?"

파라핀지를 긁는 손톱이 닳아 화끈거렸다. 나의 손놀림은 부산스러워 그녀의 손놀림을 흉내 낼 수 없었다.

인사계와 오 병장의 개별면담은 채 오 분이 안 돼 끝났다. 오 병장이 영창을 선택할 수밖에 없는 마당에 긴말이 필요할 리 없었다. 그런데, 면담을 끝내고 행정반으로 들어온 오 병장이 다짜고짜 내 손을 잡아끌어 내무반으로 들어갔다.

"야이 씨발아. 총알을 쐈으면 탄피를 회수해야지……."

"뭐요?"

오 병장이 쪼그라 붙은 콘돔을 내둘렀다. 내 뺨이 달아오르고 등골이 서늘해졌다.

"이게 왜 인사계네 개집에서 나왔냐?"

인사계 집을 나오며 대문 옆 쓰레기통에 버린 콘돔이었다.

"……그래서?"

"뭐가 그래서야. 레떼루에 해바라기 모양까지 같잖아, 씹새야."

오 병장은 내게 준 그 콘돔이 인사계가 지난겨울 작업장 방문 때 선물로 사다준 것이라고 했다.

"다시는 성병에 걸리지 말고, 일 열심히 하라는 뜻이었겠지."

"그래서?"

나는 그래서 사실을 말했냐고 묻고 싶었다.

"콘돔 쓴 놈 말하면 내 영창이 취소되냐?"

나는 하마터면 오 병장을 안을 뻔했다. 그는 이틀 동안 나의 지옥과 천국을 좌우했다.

면담이 끝나자, 곧바로 중대 간부회의가 열렸다. 간부회의 역시 십 분도 안 돼 끝났다. 인사계는 자칫 어렵고 길게 끌려갈 수 있는 사고 뒷수습을 열세 시간 만에 매듭지었다.

"이게 어디 영창으로 해결될 문젭니까?"

행정반으로 들어서며 엄 중사가 볼멘소리를 했다.

"어떻게 해결해야 하는데?"

"아니, 그럼…… 없어요?"

엄 중사는 목소리를 낮추며, 손가락으로 다시 사각형을 그렸다.

"없어. 너도 군대생활 계속하려면 사적인 원한을 공적으로 풀지 마라."

인사계가 역시 은밀한 소리로 "없어" 하며 고개를 흔들 때, 나는 엄 중사가 그린 사각형이 메모쪽지임을 확신했다. 어쨌든 인사계의 말은 엄 중사의 불만을 잠재웠다. 인사계는 자리에 앉으며 비로소 후우, 하고 깊이 들이마신 숨을 내뿜었다. 그의 깊은 심호흡이 중대의 안녕을 알렸다. 중대는 다시 인사계의 손안에서 편안해졌다. 그에게 있어 어제가 오늘과 다를 수 없었고, 다가올 내일 또한 오늘과 다를 수 없었다. 중대는 언제나 인사계의 오늘 속에 있어야 편안하고 자유로웠다.

타탁 틱, 탁탁탁, 다닥탁 티딕…….

나는 독수리 타법으로 오 병장의 군번과 계급, 이름을 쳤다. 마음이 편치 않은 때문인지 타자기 소리가 고르지 못했다.

상기명 본인은 지난 6월 5일(금) 17시 50분경 외출에서 소주 이홉들이 두 병에 상당하는 음주를 하고 돌아와, 일과를 마치고 내무반에서 휴식 중이던 구창수 상병에게 M16 약실에 녹이 발견되는 등 총기관리상태가 불량하다는 이유를 들어 18시부터 18시 10분 사이에 주먹으로 가슴팍을 다섯 차례 가격하고 정강이를 군홧발로 두 차례 차는 등 구타행위를 자행한 바……
　……이에 본 징계위원회에서는 만장일치로 상기명 본인을 군인사법 57조 5호에 의거하여 영창 (　)일에 처함.

현역 병장에게 인사를 하지 않아 발생한 방위 구타는 영창의 구실로 약했다. 그리고 현역의 문제를 방위와 엮는 것도 격에 맞지 않았다. 괄호 안은 중대장이 자필로 '15'라고 쓰면 됐다.
"읽어보고 지장 찍어요."
인주통과 휴지를 오 병장 앞으로 디밀었다. 내용을 대충 훑은 오 병장이 한숨을 내쉬며 말했다.
"만화 같네."
맞는 말이었다. 하지만 중요한 것은 내용이 아니라, 괄호 안에 기입될 기간이었다. 어차피 총기난동으로도 쓸 수 없었다. 그게 남한산성과 영창을 가르는 차이였다.
"빨리 찍어요. 시간 없으니까."
서명날인해야 할 장교는 모두 여섯 명이었다. 이 여섯 명이 징계위원회 위원이었다. 서류는 징계위원회에서 조사와 검증을 거쳐 토의되고 결정된 사항을 담고 있었다. 나는 타자기 앞에서 홀로 징계위원회를 열었고, 그 결과를 서류로 작성했다. 이 서류는 우리 중대장과 위관급 장교 두 명, 영관급 장교 두 명, 그리고 최종 결재란에 참모장의 서명 날인을 받아야 했다. 이들 중 한 사람이라도 일과가 시작되어 부대 밖으로 나가면 사고수습은 하루가 더 지연된다. 언제나 서류에 서명 날인 받는 것은 어렵지 않았고, 다만 징계위원들을 모두 만나는 일이 어려웠다. 서명하고 도장을 누를 때 아무도 서류를 읽지 않았고, 묻지도 않았다. 참모장의 결재는 부관을 통해 맡았는데, 부관도 징계서류만큼은 즉각 그 자리에서 결재를 득(得)해주었다. 군대는 안 좋은 일을 길게 끌지 않았다.

"오늘 중에는 도착할 거야. 응…… 내가 동행하지. 그놈도 억울하게 당한 놈이야. 애들 시켜서 잘 좀 봐주라구."

결재를 받으러 중대장실로 갔을 때, 인사계가 중대장 앞에서 통화를 하고 있었다. 아마도 헌병대와의 통화인 듯싶었다. 나는 이 통화가 오 병장을 위한 배려인지, 중대장 앞에서 헌병대와의 친분을 뽐내려는 허세인지 알지 못했다. 중대장과 인사계는 마주보고 앉아 커피를 나누고 있었다. 그 둘을 싸고 담배연기가 정처없이 흘렀다. 나는 인사계의 눈을 피해 곧장 중대장에게 다가가 서류를 디밀었다.

"참, 작업장을 돌아보니 중대원들 고생이 이만저만이 아니더군. 옷이며 군화며 거지가 따로 없더라구. 오죽하면 내가 다 창피하더라니까. 그래서 말인데, 인사계가 조만간에 좀 챙겨서 다녀와요."

중대장이 서류에 도장을 찍으며 말했다. '다녀와요'라고 말할 때, 정이 넘쳤다.

"알겠습니다. 헌병대 들러 곧장 작업장을 다녀오겠습니다. 구 상병,

작업장에 전화 돌려라."

인사계가 중대장의 말에 화답하고, 내게 명했다. 나는 등 뒤로 그 명령을 받았다.

"옛, 책임!"

나는 결재판을 챙겨 인사계 반대쪽으로 몸을 틀어 잽싸게 중대장실을 빠져나왔다.

어제 중대장의 지프가 급작스레 작업장을 순시하러 나갈 때, 나는 인사계의 지시를 받아 각 작업장에 급전(急電)을 돌렸다. 중대장이 떴다는 연락은 워낙 중요해 통신축선상을 떠나 있는 파견자에게는 이들과 가장 가까운 거리에서 연락을 받은 파견자가 직접 찾아가 전달해야 했다. 가는 데 한나절이 걸리건 하루가 걸리건 중요치 않았다. 급전은 작업에 우선했다. 이것이 인사계의 작업장 관리 규범이었다. 이 연락을 받으면 두 가지 행동지침을 따라야 했다. 그 하나가 작업장을 반드시 지키는 것이고, 다른 하나는 파견병다운 복장상태를 유지하는 것이었다. 이 파견병다운 복장이 중대장의 마음을 아프게 한 것이다. 거지 같은 복장을 보고 누가 이르비이트를 생각할 수 있겠는가.

결재는 08시 55분에 모두 끝났다. 여단장 진급 발표 이후로 미룰까 했으나, 어차피 대결(代決)할 부관이 어젯밤 일직사령인지라 일과 전에 결재를 맡았다.

"이새끼가 예수야?"

부관은 잘못을 오 병장에게만 묻고 끝내는 것에 대한 불만을 이렇게 말했다.

"……."

내가 답할 질문이 아니었다.

"인사계, 조심하라고 그래. 나한테 제대로 걸리기만 하면……."

나는 이 말을 전하지 않았다. 이미 제대로 걸린 인사계를 어쩌지 못하는 무력한 패배자의 넋두리를 전해줄 필요는 없었다.

인사계는 이사종계와 함께 빗속에서 2·4종 창고 문을 활짝 열어젖히고 A급 작업복과 군화, 추리닝 등을 카고 트럭에 싣고 있었다. 결재 결과를 보고하러 들어갔을 때, 중대장은 창문 너머로 2·4종 창고에서 자신의 명령이 수행되는 모습을 뿌듯한 표정으로 바라보고 있었다.

나는 휴가 순번 조정과 관련되어 뇌물로 받아 보관 중이던 '솔' 한 보루를 들고 내무반을 향했다.

"잘 다녀오십시오."

군화 끈을 꿰는 오 병장에게 담배를 건네며 말했다.

"이게 뭐냐?"

담배를 받아든 오 병장이 물었다.

"영창에 아는 헌병 많다며, 오랜만에 가는데 빈손으로 갈 수는 없잖아요."

"짜식, 고맙다. 상처는 괜찮냐?"

나는 하마터면 오 병장을 덥석 안을 뻔했다. 솔직히 나는 그가 왜 자꾸 혼자만 영창을 가는지 그 이유를 알지 못했다.

"개조심해라."

내가 돌아섰을 때, 오 병장의 말이 등 뒤에서 울렸다.

"……."

오 병장이 말한 개가 인사계의 개인지, 인사계인지 알 수 없어 바로 답을 하지 못했다. 다만 나는 내무반을 나오면서 "미안합니다."라고 말했는데, 이 말 역시 오 병장도 알아듣지 못하는 것 같았다.

행정반으로 온 나는 창문턱에 머릴 내밀었다. 그러고는 손나팔을 만들어 인사계를 향해 크게 외쳤다.

"결재 끝났습니다."

내 외침을 들은 인사계가 짚에 올랐고, 2·4종 창고 문이 닫혔다. 중대사전에 멈춘 지프에 오 병장이 오를 때, 헌병대로 갈 징계서류 사본 한 장을 전달했다. 짚이 물웅덩이를 피해 갈지자로 연병장을 돌아나갈 때쯤 나는 쓰레기소각장으로 갔다. 소각장에는 간밤에 인사계의 뒷발질에 차인 사물들이 작은 무덤처럼 쌓여 비에 젖고 있었다. 나는 주머니에서 꺼낸 오 병장의 메모쪽지에 불을 붙였다. 성긴 빗방울이 쪽지 위로 떨어졌으나, 불길은 아랑곳 않고 타올랐다. 쪽지는 순식간에 재가 되어 바람에 날렸다. 나는 재가 바람에 흩어지는 모습을 보며 '쫑'을 꺼내 불을 붙였다. 여섯 장의 '쫑'이 모두 탈 때까지 오 병장의 메모쪽지와 내 쫑에도 도(度)가 있을까 생각했으나 알 수 없었다. 나는 쓰레기소각장에 흩어진 재를 등지고 돌아섰다.

"인사계님, 위병소 통과."

행정반으로 돌아왔을 때, 위병소로부터 연락이 왔다. 맞은편의 이사종계가 안도의 숨을 내쉬며 가슴을 쓸어내렸다.

나는 각 작업장에 인사계의 수금을 알리는 전화를 넣기 시작했다.

"아아, 전진? 전진…… 굿, 베리 굿. 승리, 승리…… 감이 멀다. 짹 뽑지 말고…… 작업장을 연결해 달라. ……끼지 말고. 어어, 너 누구냐? 통일?"

"전통(電通)입니다. 열 시 십오 분, 열 시 십오 분부로 대통령 각하의 결재가……."

"빨리 부르십시오. 아, 씨발 급한데……."

"여단장님 진급하셨다고…… 그런데 너 누구냐? 관등성명을 대라……."

나는 받아 적으려던 볼펜을 던지고, 송수화기를 든 채 내무반을 향해 소리쳤다.

"별 땄다아!"

중대장을 뒤쫓아 내무반을 뛰쳐나가는 중대원들의 뜀박질에 행정반이 흔들렸다.

나는 전화기를 든 채 일어서서 층계참의 창을 통해 CP쪽을 바라보며 소리를 질렀다.

"전진, 전진……."

"너 누구냐? 지금 통신 상황 파악이 안 되냐?"

수화기에서 통신병의 불평이 쏟아져나왔다.

CP 현관 앞에서 여단장의 몸이 함성 속에서 아침 햇살을 받으며 하늘로 치솟아올랐다. 색색의 손 팻말과 오색 종이도 여단장을 뒤쫓아 솟아올랐다.

 나는 승리에서 한 발짝도 전진하지 못했다. 10시 35분에 나는 송수화기를 내동댕이쳤다.

조광조, 너 그럴 줄 알았지

1

개굴개굴개굴……

 모진 바람에 빗줄기가 헝클어진 실타래처럼 꼬였다. 개구리의 그악스런 울음소리는 그 틈바구니를 헤집고 밀려들었다. 개구리들이 울음 없는 조문객들의 울음을 대신했다.

 조광조가 죽었다. 모두들 혀를 차며 그가 조만간 재임용에서 탈락되어 쫓겨나는 수모를 당할지 모른다는 예상들을 했었다. 그러나 그는, 일이 꼬였다고 봐야 할지 쫓겨나는 험한 꼴을 당하지 않아 다행이라고 봐야 할지 모르겠으나, 어쨌든 쫓겨나기 전에 죽고 말았다. 그는 죽음으로써 학교에서 쫓겨났을 뿐만 아니라, 아예 세간의 관심으로부터도 쫓겨났다. 미우나 고우나 한 생명의 죽음인지라, 죽음 앞에서는 어떤 허물이건 가볍고 쓸모없어지는지라, 평소 적대적이었던 동료 교수들까지 그의 주검 앞에 기꺼이 모여들어 머리를 조아렸다.

영정을 엇지른 검은 띠는 그가 이 세상 사람이 아님을 깨우쳐주고 있었고, 그의 영혼은 향연(香煙)과 함께 흩어졌다. 그리고 그 앞에는 정체 모를, 제본된 프린트물 한 권이 얌전히 놓여 있었다. 양쪽 촛대 사이에 있는, 제목도 없이 가제본된 프린트물을 누가 언제, 무슨 이유로 가져다 놓았는지 또 내용이 무엇인지 아는 조문객은 없었다. 다만 일반적으로 영안실에서는 좀처럼 보기 드문 물건인지라, 망자가 세상에 남긴 귀중한 유품쯤으로 짐작할 뿐이었다. 아무튼 이 정체불명의 프린트물은 쌍을 이룬 촛대 사이에 엄숙히 놓여 예수의 성배와 같은 성물(聖物)인 양 보였다.

죽은 자는 더 이상 말이 없는 법이다. 동료 교수들의 일성은 그가 이름 탓으로 죽었다고 했다. 사람이 어찌 이름 탓으로 죽기야 하겠는가. 그 말은 그의 이름이 가진, 조선 역사를 공부한 사람이라면 누구나 감지 가능한 예정성과 위험성을 들어 한 말에 불과할 것이다. 하기야 이 이름만으로도 그동안 동료 교수들에게 얼마나 큰 스트레스를 안겨줬는가. 아무튼 그는 죽어서도 화제였다. 조문객들은 그의 죽음을 애도하는 것이 아니라, 저마다 그가 사는 동안 주장하고 피력했던 말들을 두고 해석들이 분분했다. 영안실 안팎은 마치 그의 생전 개혁관과 교육부의 정책을 토론하는 성토장으로 바뀐 듯했다. 말이 호곡(號哭)이자 안주였기에, 준비한 음식은 남아 과방(果房)과 상 위에서 쉬어가고 있었다. 쉬어가고 있는 음식은 파리떼 차지였다. 많아진 말들은 장마철의 개구리울음 같았다.

정작 그가 왜, 어떻게 갑자기 비명횡사했는지에 대해서는 관심들이 없었다. 생전에 그의 주장에 일리가 있었다는 사람, 일리는 있지만 현실과는 어긋나 무용했다는 사람, 현실을 무시한 억지 논리를 펼쳤다는 사람, 주장 자체가 아예 얼토당토않았다고 폄하하는 사람, 폐일언하고 저만 잘났다며 세상물정 모르고 설쳐대기만 했다는 사람 등등 시간이 흐를수록 모두들 그의 주장과 그의 사람됨을 한데 버무려 평가하는 분위기였다. 조광조가 워낙 많은 주장과 문제를 불러일으켰던 사람인지라 호사가 기질이 있는 축들은 그가 죽음으로써 학교가 너무 조용해질 것을 염려하기도 했고, 그나마 문제의식을 떠벌일 사람이 없어졌다는 점에 아쉬움을 표하기도 했다. 조광조가 말썽을 일으키기는 했으나, 또 그 말썽이 때로는 구성원의 상처를 후비기도 했으나, 가려운 곳을 긁어주기도 했고, 복지부동에 젖은 대다수의 교수들에게 불편한 자극과 심심풀이를 제공하기도 했었던 것이다.

조광조의 주장은 논리적 모순이 없어 문제가 되지 않았으나, 세상은 논리로 움직이는 것이 아닌데다가 그 주장을 실행으로 옮기면 여러 문제들이 뒤따랐다. 그도 주장과 실행 사이의 괴리를 효과적으로 처리하지 못했고, 파생되는 문제, 이른바 구조적인 모순을 해결할 절대권력이 없었다. 때문에 그의 주장을 실천한 행동은 아주 짧은 오 개월, 다시 말해 한 학기마저 채우지 못하고 끝났다. 다수결의 힘에 의해 비난받아 차단당한 때문이었다.

그래서 조광조는 평소 주장대로 '행동하는 지식인'이 못 되고 벽 보고 좌선하는 수도승처럼 벽만 보고 떠들다 죽은 꼴이 되었다. 이런 이유로 그의 사망 원인을 두고, 분에 못 이겨 혹은 동료들을 지나치게 탓하다가 과부하 걸린 스트레스로 죽었다고 단언하는 축들도 있었다. 업무상 재해로 해석될 수도 있는 이 말이 나름대로 설득력을 갖는 것은, 그가 죽기 직전 교육부장관의 국무총리 지명이 있었고, 또 조광조가 생사를 걸다시피 추진한 '누리사업'이 탈락했기 때문이었다. 그는 생전 그의 주장을 폄에 있어 모든 문제의 원인과 본질을 틈만 나면 교육부장관에게서 찾았다. 조광조는 이름에 걸맞게 초지일관 개혁과 변화를 주장하던 자인지라, 이 전직 장관의 개혁 드라이브에 높은 관심을 보였다. 그러나 그는 얼마 지나지 않아 장관에게 반감을 보였다. 그래서 장관 퇴출 서명 운동이 벌어지자, 기다렸다는 듯이 앞장서서 서명을 하기도 했다. 사람들은 개혁을 주장하던 그가, 개혁을 펼친 장관을 적개심으로 대하는 것에 강한 의구심을 감추지 못했다. 일부에서는 그 원인을 시기심 때문이라고까지 했다. 코드가 너무 잘 맞으면 시기심이 생기는 법이라고 했다. 그러나 조광조가 밝힌 원인은 따로 있었다. 평소 그는 윷판에서 도나 개나 똑같다는 말과 도토리 키 재기라는 말을 아주 싫어했다. 이 말이 엄연히 다른 도와 개의 본질을 흐리고, 도토리면 다 똑같은 크기와 맛의 도토리라는 판단의 오류를 정당화시킨다며 기겁을 했다. 그는 이런 지론하에 경쟁력과 효율성을 내세워 교육을 시장바닥으로 내몬 이 전직 장관을 격렬히 성토했다. 자본 신봉자라고 했고, 교육을 경제에 종속시킨 야바위꾼이라고 몰아쳤다. 그래서 조광조는 장관의 개혁을 개혁이란 이름만 빌린 사기행위라고 했다. 이런 그의 주장은 얼핏 방법론을 문제 삼은 듯 보였지만, 차차 인식의 차이임이 드러났다.

　조광조의 교육 정책 성토 논리는 이러했다. 해방 이후 오늘에 이르기까지 제 머리도 못 깎는 정치가 백 년 앞을 내다봐야 하는 교육을 능멸한 결과, 공교육 위기가 발생했다. 이렇게 정치 논리가 망친 교육을 살려보겠다며 개혁이라는 이름을 빌려 내놓은 정책이 약육강식의 경제 논리에 입각한 개혁안이라는 주장이다. 그는 이것이 말이 안 되는 경우라고 말했다. 정치는 당달봉사여서 한 치 앞도 내다보지 못하는 문제가 있는 데 비해 경제는 천리안으로 천리 밖의 이(利)까지 미리 내다보고 실리에 따라 조변석개(朝變夕改)하는 것이 흠이라고 했다. 교육은 경쟁 논리로 눈앞의 이해득실에 따라 변화무쌍하면 안된다는 것이다. 등소평도 교육을 경제 앞에 뒀다. 교육이 경제의 원동력임을 안 때문이다. 하지만 그 전직 장관은 교육 철학의 출발점부터 오류가 생겼다고 주장했다. 이른바 부정 출발이라는 것이다. 정치 논리가 망친 교육은 정치 논리를 뜯어고쳐 바로잡아야 마땅한데, 그건 묻어두고 경제 논리로 슬그머니 도망을 쳤다는 것이다. 경제 논리도 그냥 경제 논리가 아닌, 자유시장 경제 논리로 도망을 침으로써 향후 발생할 모든 문제를 시장의 책임으로 돌리려 한다는 것이었다. 조광조는 이를 꼼수라고 말했다. 이렇게 되면 교육 정책 입안자들과 관리자들은 따로 책임질 일이 없어진다는 것이다. 이것이야말로 무책임을 넘어 권력의 횡포요, 교활한 수작이라는 것이었다. 그리고 교육에서 일등지상주의가 낳은 문제를 아예 공인하는 짓거리라고 비판했다. 똘똘한 한 놈이 얼치기 만 명을 벌어 먹인다는 어느 재벌 총수의 독단적 주장에 근거한 정책이라는 것이다.

이런 주장에 사고와 판단이라면 빠꼼한 동료 교수들이 이구동성으로 물었다. 정치 논리면 어떻고 경제 논리면 어떠냐, 어차피 다수의 생존이 소수의 능력에 종속되어 돌아가는 세상에 신입생이 많이 오고 우리 자리가 안전하게 보전되면 그만이지, 왜 이데올로기를 가지고 트집이냐. 당신이야말로 보라는 달은 안 보고 손가락만 바라보는 우인(愚人)이 아니냐. 덧붙여 동료 교수들은 대뜸, 세계의 화두가 변화와 개혁이라며, 급변하는 세계 질서 속에서 경쟁 논리로부터 자유로울 수 있는 분야가 무엇이냐고 되물었다. 법칙과 질서는 다수가 아닌 힘 있는 소수가 만드는 것이다. 있는 집에서 귀하게 자라 세상 물정을 모른다는 것이다. 그리고 덧붙이기를 아직도 교육이 성역으로 남아 있어야 옳다고 보느냐고 다그쳤다. 조광조는 졸지에 특권의식을 가진 반개혁자가 되었다.

하지만 이날 조광조의 주장은 장맛비처럼 힘차고 질겼다. 연수회에 참가한 동료 교수들도 때가 때인지라 쉽게 그의 말을 등지고 자리를 떠날 수 없었다. 지역에 있는 이웃 대학들의 평균 학생 충원율이 40퍼센트 대에서 턱걸이를 하고 있었기 때문이다. 조광조의 대학은 65퍼센트 안팎이었으나, 이웃 대학의 40퍼센트는 곧 닥칠 조광조가 소속한 대학의 미래였다. 더욱이 대학은 학과 중심이라, 이른바 비인기 학과인 물리학과와 화학과는 스무 명 정원에 각각 두 명과 다섯 명이 왔다. 학생 충원율은 학과의 교수들이 빠진 늪이었다. 상황이 이 지경인데 누가 조광조의 주장을 무시할 수 있다는 말인가. 등록금에 의존하는 사학으로서 65퍼센트 충원율이라는 것은 35퍼센트의 미래가 사라졌음을 의미했다.

조광조의 말은 계속됐다. 이 말들은 한 달 뒤 신학기 시작과 함께 조광조에게 새로운 기회를 주었고, 그로부터 한 학기도 못 채운 다섯 달 뒤, 패배의 아픔을 안겨준 단초가 되었다.

최고의 품질, 최저의 가격이 시장 논리다. 그렇다면 교육도 그러하냐. 만약 그러하다면, 우리나라 교육기관들은 죄다 문 닫고, 학생들은 외국으로 떠야 한다. 그리고 시장 논리도, 계획시장 논리와 자유시장 논리는 다른 법이다. 최고의 품질, 최저의 가격이 좌우한다는 경제에 있어서도 정부가 외국의 대주주와 붙은 경영권 다툼에 끼어들어 슬그머니 SK 편을 들어준 이유가 뭐냐. 우리 기업을 보호하겠다는 거 아니냐. 부실기업은 감싸고돌며 보호하고, 죽을 둥 살 둥 애쓰고 있는 교육기관은 내놓은 자식 취급하겠다는 것이 경쟁이고 교육개방이냐.

조광조는 열을 다스리려는 듯 이쯤에서 잠시 말문을 닫았다. 그는 정치와 경제 논리에 길들여져 살아온 사람들이라 떨떠름한 반응은 당연한 것이라고 생각했다. 지식을 파는 교수들도 자본주의가 낳은 꽃 중의 하나가 아닌가. 동료 교수들은 조광조의 침묵을 틈타 잠시 술렁였다. 그가 자신들을 무시하고 깔본다고 생각했다. 정말 조광조같이 한쪽만 보는 놈이라며 과거 역사적 패배 사실을 들어 매도하는 축들도 있었다. 올해가 갑신년이라 조광조가 더 날뛰는 것이 아니냐는 발언도 서슴지 않았다. 이런 반응을 보인 서너 명의 반 조광조 교수들이 자리를 떴다. 그들은 돌아서 쑥덕거리길, 이론 속에서는 환상이나 현실 속에서는 망상인 것이 조광조의 말이라고 했다.

  갑자기 반응이 탐탁치 않자, 조광조는 서둘러 교육에 있어서의 경제 논리에 대한 논박으로 직행했다. 교육은 최고가 아닌 최선을 으뜸 덕목으로 삼는 것이다. 그게 아니라면, 우등생이 아닌 열등생들은 모두 학교를 떠나야 하는 것이 아니냐. 학교 또한 상대적 열등생을 많이 확보한 학교는 퇴출되어 없어져야 마땅하고……. 이 우열을 판단하는 기준이 뭐냐? 획일화된 성적평가이다. 그렇다면 교육이라는 게 열성인자와 우성인자를 가려내는 거냐. 학군(學群)이니 학벌(學閥)이니 이런 문제는 모두 이 자본에 기댄 불공정한 경쟁 논리로부터 나온 것이다. 이런 구조 속에 형성된 것이 교육시장이다. 이걸 모두 인정하자는 얘기냐. 그리고 자유시장 경제 논리에 맡기려면, 공교육이건 사교육이건 모두 풀어놓고 교육부도 해체하면 될 일 아니냐. 공교육 문제를 개선한다며 결국 따라잡는 것이 사교육의 경쟁 논리가 아니냐. 그렇다면 공교육과 사교육의 경계가 뭐냐.

　교육을 정치와 경제 논리로만 보고, 그릇된 사회구조와 의식의 문제로는 접근조차 하지 않으려는 것도 심각한 문제다. 일류 대학에 목숨을 걸고, 수도권 대학을 찾아 헤매다니고, 또 교육에 있어 일류와 최고만을 추구하는 우리 사회의 구조와 이를 외면할 수 없는 인식의 편향과 오류는 어떻게 해결할 거냐. 이걸 고치려 하지 않고 경쟁만 강조한다면 이건 불공정한 경쟁이요 모순이 아니냐. 게다가 경영 논리를 인정한다 쳐도, 기업의 경영과 교육기관의 경영이 같을 수 없는데, 아무런 변용 없이 기업의 경영 논리를 교육기관에 도입하려는 것은 무슨 경우냐.

　수요와 공급, 다시 말해 경제 논리의 기본에 따라 대학의 신설을 관장하던 부서로부터 권한을 몽땅 뺏어온 교육부가 미래는 미래에 맡기고 눈앞의 실익만 챙기다 자초한 것이 오늘날의 위기다. 더욱이 2003년이 되면 교육의 수요와 공급 원칙이 무너진다는 사실을 익히 알고 있었던 교육부는 대학에 대한 산아 제한은커녕 시장 경쟁이라는 논리로 그동안 왕성한 출산장려정책을 펼쳤다. 저 먹을 것은 타고난다는 한국적 낙관주의 내지는 운명주의에 기대 교육 정책을 펼친 때문일까. 부모가 제 이해득실만을 따져 자식을 낳았다는 얘기는 들어본 적이 없다. 어쨌든 이리하여 잘나가는 일류 대학, 걱정 없는 명문 대학들과 지방 대학들이 경쟁을 시작한 것이다. 똑같은 출발선상이 아닌 각기 다른 출발선상에서 뜀박질이 시작된 것이다. 그리고 지금 죽을 둥 살 둥 열심히 뛰고 있는 것이다. 그래도 뛰거나 걷는 학교는 다행이다. 무릎과 팔꿈치로 기는 학교는 어느 만큼에 있는지 알 수가 없다. 곁에서 지켜보는 바에 의하면, 거꾸러지기도 하고, 우유 값이 모자라 아사 직전이다. 우리는 모두 자본주의적 민주주의를 민주주의적 자본주의로 오인하고 있는 착한 개혁론자들로 인해 늪에 빠진 것이다.

그날 조광조의 교육 정책에 대한 성토는 소득 없는 비분강개로 끝났다. 교육부도 대학도 조광조의 비분강개에 반응하지 않았다. 그는 보직 없는 야인이었고, 대학은 그와 뜻이 달랐다. 세상은 시대를 막론하고 문제 속에서 돌아간다. 대학과 교육부는 태생적으로 모든 모순과 비리의 정교한 조합이 만들어낸 공생 관계에 있음을 간과할 수 없을 것이다. 세상을 움직이는 질서가 반드시 합법적이거나 합리적이거나 또 공정할 필요는 없는 것이다. 대학은 아직 존립을 위해 교육부의 은혜를 입어야 할 일들이 많았고, 또한 경쟁력 확보를 위해 받아 챙겨야 할 혜택도 많은 때문이다. 이 점을 간과한 조광조는 대학과 동료 교수들로부터 현실감각이 없는 시대착오적 인물이라며 협공을 받았다. 하지만 정작 더 큰 문제는 조광조 역시 이런 관행적, 구조적 모순으로부터 자유로울 수 없다는 점이었다. 실력(학위)·빽·돈·운 네 박자 중 실력과 운 두 박자로 교수가 되는 은총 입은 축들이 있는 반면, 이 두 박자에 빽과 돈이 가세하여 네 박자로 교수가 되는 축들이 있었는데, 조광조는 자본의 축복을 흠뻑 받은 후자 쪽이었다. 조광조가 개혁을 지껄일 때마다 동료들이 멀어졌고, 투명하고 합리적인 경영을 지껄일 때마다 빽들이 등을 돌렸다. 그래서 동료 교수들은 교수들대로, 학교 법인에서는 법인대로 조광조의 정체성을 의심했다. 그래서 조광조는 더욱 늪 속에서 허우적거렸다.

2

"너는 몸을 팔지만, 나는 정신을 팔지."
꼰대들은 시답잖은 말을 폼나게 하는 재주가 있어요. 세상 사람들이 꼰대들을 우러러보는 이유이기도 하지요. 그러나 세상을 몸으로 살아온 나는 머리가 하는 말을 바로 알아듣질 못해요.
"네 몸은 언제나 사람을 즐겁게 해주지만, 내 정신은 그렇지 못하다."
그 즐거움이 병이 되기도 하고, 몸과 마음을 쇠하게도 한다는 건 모르나 봐요. 하기야 꼰대들은 전공만 알지요. 전공만 비껴서면 세상 물정 보는 수준이 몸 파는 우리들보다 못해요. 가끔 오는, 정년이 얼마 안 남아 외로워서 온다는 노친네 꼰대는 자기네들은 자폐증 환자래요. 나는 인터넷 검색을 통해 그 말의 뜻을 알고는 너무 멋져서 현란한 사치라고 생각했어요. 그러자 조광조님은 이런 걸 자기연민이라고 한다고 했어.
아무튼 그날 조광조님은 어떤 정신을 팔아 가욋돈을 벌었는지 매상을 엄청 올려주고 갔어요. 나는 몸보다 말로써 인연을 맺은 뒤로부터 쭈욱 수업받는 학생처럼 다소곳이 조광조님의 말씀과 술주정을 받아 냈어요. 몸은 안 받았냐구요? 거기에 대한 답은, 조광조님의 말로 갈음할게요.

"몸은 커뮤니케이션의 수단이다."

그걸 밀어넣으며 말했어요. 나의 직업적 행위에 약간의 보상을 준 이 근사한 말은, 바람둥이 리즈 테일러의 말이래요. 꼰대들의 학습욕과 변명 개발 능력은 정말 대단해요. 하지만 그의 몸은 그의 말의 십분의 일 수준도 안 됐어요.

조광조님이 느닷없이 죽은 건 아마 내가 제일 먼저 알았을 거예요. 월요일 아침이라 손님이 적기는 했지만, 그렇다고 해서 공치는 일까지는 없었는데, 그날은 '지명'이라는 내 이름이 무색할 정도로 새벽 한시를 넘어서까지 룸에 들어가지를 못했죠. 대기실에서 늘 치던 고스톱에 짜증스러워진 나는, 밖으로 나와 밤하늘에 알알이 박힌 별을 보며 고객관리 차원의 전화질을 했는데, 그때 난데없이 조광조님의 휴대전화에서 자발 맞은 여자 목소리가 튀어나온 거예요. 그새 사모님이 귀국했나 싶었죠. 화들짝 놀라 잽싸게 폴더를 닫으려는 순간, 자발 맞은 여자가 숨넘어가는 목소리로 "누구세여? 가족 되시나여?" 하고 묻는 거예요. 나는 상대가 가족이 아니기에 안심하고 통화를 계속했죠. 그래서 자발 맞은 간호사를 통해 알게 된 거죠. 사인(死因)을 아냐구요?

3

조광조의 근심이 날로 깊어졌다. 그는 자꾸 고립감을 느꼈다. 연구실에서도 방문을 열어둬야 했고, 강의실에서도 마찬가지였다. 집에서는 현관문조차 닫아놓을 수 없어 증세가 더욱 심했다. 집에서는 혼자였기에 고립감이 무서움증으로 심화됐다. 알 수 없는 악몽도 잦아졌다. 이게 벌써 세계화가 시작되고 오 년째였다. 병원에서는 당신의 병이 소통 부재의 죄의식에서 비롯됐으므로 약으로 다스려질 병이 아니라며, 사람들과 소통하라고 했다. 그래서 조광조는 책을 덮고, 병이 깊어진 몸으로 캠퍼스를 쏘다녔다. 조광조는 지난 오 년 동안 시도 때도 없이 소통했다. 그가 소통을 시작했을 때, 그의 말이 바이러스처럼 캠퍼스 곳곳에 퍼졌다. 그의 말이 학과 통폐합을 반대하는 학생들의 징, 꽹과리, 북, 장고와 어우러져 화음을 이루었다. 이후 그의 말은 사물놀이의 추임새였다. 이사장은 조광조의 말보다 조광조의 말에 반응하는 학생들에게 반응했다. 말이 현란한 총장과 보직교수들도 어설픈 사물놀이 앞에서는 주눅이 들었다. 사물놀이가 생각보다 길어지고 잦아지자 드디어 이사장은 총장 편에 조광조의 등용을 지시했다.

모두가 조광조의 깃발을 궁금해했다. 그는 처음 참석한 학무회의에서 자신의 깃발을 펼쳐 보였다.

'知行合一'

이 구호로 인해 조광조는 개혁주의자에서 계몽주의자로 불려졌다.

이때부터 그는 새로운 고립을 겪게 되었다. 사람들은 조광조의 울음소리가 달라졌다고 했다. 그는 관계 속에서의 고립을 겪었다. 그를 아끼는 동료 교수들, 다시 말해 명문 G고교 출신 교수들이 말했다. 정년이 이십 년쯤 남기는 했지만, 그때까지 어찌어찌하다 보면 밥그릇 엎어질 일도 빼앗길 일도 일어나지 않을 것이니, 괜한 선동으로 평지풍파 일으키지 말고 국으로 참고 견뎌서 명예로운 정년을 맞으라고 충고했다. 이는 일찍이 조광조와 동명이인인 선조께서 겪은 바 있는 일이며, 또한 현실인지라 갈등하지 않을 수 없었다. 그렇다고 해서 다시 야인으로 돌아가 아무 대책 없이 병만 깊어질 수는 없었다. 또한 '행동하는 지식인'의 시대에 깨인 지식인의 책무가 방관은 아니라는 판단이 들었다. 게다가 이사장이 내건 혁신 로드맵도 탄력을 받고 있었다. 발을 빼는 것은 도리가 아니었고 배신이나 다름없었다. 그는 평소 정치 따위에는 관심이 없었으나, 대신 행동하지 않는 지식인은 지식인이 아니라는 소신을 가지고 있었다. 그는 우회로 도달할 수 없는 목표라면 정면 돌파를 하는 게 현명한 처사라고 판단했다. 패배주의자, 기회주의자, 관망주의자 등은 그 자신이 경멸하는 존재들이었다. 자신은 결코 이들과 한 무리일 수가 없었다.

 그러나 조광조는 주춤주춤하지 않을 수가 없었다. 자고로 금융기관과 학교는 설립 이래 망한 역사가 없었다. 이게 IMF라는 것을 맞으면서 금융기관의 퇴출로 나타났는데, 조광조는 이 과정을 눈 시퍼렇게 뜨고 지켜본 경험이 있었다. 그리고 이 과정에서 느낀 한계와 절망은 학교도 예외일 것 같지 않다는 교훈으로 이어졌다.

  대학이 필요해서 사회를 만든 것이 아니라, 사회가 필요해서 대학을 만든 것이다. 그러나 이 대학이 교육적·사회적 책무를 다하지 못해 거꾸로 사회로부터 정치로부터 경제로부터 개혁을 강요받고 있는 것이다. 조광조는 이 거꾸로 된 현실에 대해 자괴감을 느끼지 않을 수 없었다. 참으로 기가 막힐 노릇이었다. 이렇게 욕먹는 일이 어제오늘 일은 아니었다. 대학에 숱하게 많은 경제학자가 있었으나 IMF 위기 상황 하나 제대로 진단 못했다는 비판을 받기도 했다. 하지만 이런 지적에 즉각 자존심 강한 몇몇 교수들이, 진단을 못한 것이 아니라 진단을 해 일러줬지만 정부가 듣지 않았고, 국민에게 알려주려 했으나 그 파장이 안 알리는 것만 못해 그만둔 것이었다고 항변했다. 이 때문에 비겁한 지식인이 국민 앞에서 말장난을 친다며 야단을 맞은 적도 있었다. 우리 사회의 지식인에게 문제가 좀 있기는 하다. 지식도 권력인지라, 특히 대학에서 안정적 지위를 확보한, 다시 말해 더 이상 철밥통을 두드려 강하게 할 필요가 없는 교수들은 그 도가 좀 심했다. 학교 문제에는 요리조리 빠지고 재고하면서도, 선거에 즈음하여 정치권에서 밑밥을 던지면 물불 안 가리고 덥석 물었다. 이렇게 해서 정치인과 교수들은 서로 협업을 하며 공생·번영했다. 교수들은 정치인들의 온갖 불법과 탈법 더 나아가 비양심적인 행위까지도 모두 진리의 탐구자로서 인정하고 받아들였다. 교수의 정계 진출은 '되면 좋고, 안 돼도 그만이고' 식이었기에 부담이 없었다. 그런데 동료인 조광조도 이해 못하는 것이 학교 일, 교육 일 하나 제대로 못하는 사람들이 나랏일을 한다며 우르르 몰려나가는 작태였다. 그리고 정치권과 사회도 이해 안 되기는 매일반이었다.

　솔직히 교수 버르장머리를 잘못 들인 것은 우리 사회의 책임이 컸다. 교수 하면, 학자이자 교육자가 아닌가. 이 교수가 '절대 인격'을 가지고 있는 사람들도 아니고, 다방면에 걸쳐 유능한 엔터테이너들도 아니다. 단지 한 분야에 걸쳐 많은 연구를 한 전문가에 불과한 사람들이다. 그런데 이런 사람들이 받는 대우를 보면 놀랍기까지 하다. 마치 인격의 완성자인 양, 또는 살아 움직이는 백과사전인 양, 다양한 재주를 가진 탤런트인 양, 그도 아니면 이 시대의 모범적 지도계층인 양 대접을 해준다. 어찌 보면 우리 사회가 계급구조에 잘 길들여져 있음을 새삼 깨닫게 하는 일면이기도 하다. 더욱 재미있는 것은 사회가 그렇게 취급하니까 그런 척하는 교수들이다. 교수는 학문적 지식이나 학위만 가지고 되는 직업이 아니었다. 그야말로 하늘이 점지하고, 땅이 도와야만 비로소 될 수 있는 직업이 교수였다. 그래서 한번 되면 거머리 빨판이 생겨 절대 떨어지지 않는다. 그래서 사람들은 무한 축복을 받은, 선택받은 사람들로 인정할 수밖에 없었다.

　이 빨판은 조광조가 만든 구조개혁안에도 눌어붙어 있었다. 신입생 충원을 미달한 개별 학과는 일제히 구조조정에 들어갔다. 제품 등급을 매기듯 정원 감축, 유사 학과와 통합, 폐과 등으로 구분했다. 그리고 각각 유예기간을 줬다. 이의나 대안 있는 학과는 납득 가능한 자구안 제출을 요구했다. '21세기개혁본부장' 명의로 공문이 하달됐으나, 자구안을 내는 과는 없었다. 해당과의 교수들은 공식 라인이 아닌 정실 관계를 통한 개별적인 소통을 원했다. 그들은 공문보다 조광조를 붙들고 늘어졌다. 한밤중에 뜬금없이 전화를 걸어 술을 마시자는 여교수도 있었고, 치명적 약점을 공개하겠다며 공갈을 때리는 교수도 있었다. 그들은 달을 가리키는 조광조의 손가락을 아예 부러뜨릴 속셈이었다.

조광조는 잠시 정신이 아뜩해졌다. 내부 문제를 푼다는 것은, 결국 답이 없는 벽을 보고 떠드는 것을 뜻했다. 이 자폐증 환자들과의 싸움에서 과연 승리할 수 있을까. 내가 하면 로맨스, 남이 하면 스캔들. 이 상황논리가 곧 진리였다. 자기주장은 옳고 타당성이 있으며, 남의 주장은 일고의 가치가 없는 것이었다. 그러니 조광조의 주장이 동료들에게 먹힐 리가 없었다. 동료들은 오히려 조광조가 이번 17대 총선에서 비례대표로 지명을 받지 못해 그 쇼크로 이상해졌다고까지 험담을 늘어놓았다. 그러나 그는 아직 정치판을 기웃거려본 적이 없었다.

금융기관이 사전에 위기를 몰랐던 것은 아니다. 장마가 오기 전 개미가 집 떠나 이동하듯, 금융 위기도 그 징후가 보였다. 징후 없는 경우는 없다. 문제는 징후를 읽고 처방을 내놓아도 이걸 실행할 수 없다는 데 있었다. 나를 자를 수도, 너를 자를 수도 없는 상황이니, 끝까지 가보고 벼랑 끝에서 운명을 만나자는 것이다. 그래서 일단 모두가 저승 문턱까지 가지 않았는가. 자본주의사회에서 돈을 다루는 금융기관이 이랬는데 대학은 어떨 것인가.

황제와 수십의 제후들로 구성된 나라가 바로 대학이다. 또 개혁의 주체이자 대상이 이들 제후이다. 교수·학생·직원 가운데 그 중심에 선 교수가 먼저 변해야 대학이 변할 수 있다. 그런데 이 교수들이 좀처럼 변할 것 같지가 않다. 시간강사 때 마련한 강의노트 한 권으로 정년까지 버티는 사람들, 일단 전임이 되면 이 제자 저 제자들의 글을 긁어모아 자신의 연구 실적으로 둔갑시키는 사람들, 또 이나마도 어려우면 여기에 발표했던 글을 조각조각 나누거나 토씨를 바꿔 저기에 발표하는 사람들, 얼굴 알리기 위해 전공과 무관한 오락 방송 출연에 열을 올리는 사람들, 또 보직이라면 자다가도 벌떡 일어나 좇는 사람들. 이런 사람들을 대상으로 개혁을 말한다는 것은 개가 웃을 일이 아닌가. 또 이런 사람들이 충성심과 아부가 뛰어난 법이다. 대학도 권력의 힘으로 움직이기에 이들이 권력자를 중심으로 둘러친 인의 장막도 무시할 수 없는 장애요인이다. 문제의식도 이들이 심어주었고, 해결책도 이들이 제시했다. 이들은 현안 문제가 곧 자신들의 문제이기에 늘 문제를 축소하고, 우리만 못한 대상을 찾아 비교했다. 지식이 곧 자본이고 자본이 곧 권력인 구조이다 보니, 이 학벌 중심으로 구성된 인의장막이 곧 세상의 실체이자 경계였다. 교수 채용에서는 자기 출신 대학 후배를 찾아 앉혔고, 각종 정책을 도맡아 처리했다. 그들은 경험으로 정책을 세웠고, 실책에 대한 책임은 세력으로 회복했다. 권력자는 원만한 지배와 장악을 위해 충성심과 성실을 최대 덕목으로 삼았기 때문에 이들이 인의 장막 속에서 구축한 질서를 별 수 없이 인정했다.

그러나 더욱 큰 문제는 근자에 들어 교수들이 학생들을 아예 무시하는 경향이 발생했다는 것이다. 입학생의 성적이 곤두박질칠수록 교수와 학생과의 거리는 천길만길 낭떠러지로 바뀌었다. 이 결과 학생들을 무식하고 한심한 놈들이라며 깔보는 분위기가 생겼다. 이것은 심각한 문제였다. 스승이 제자를 깔보면, 제자인들 역시 스승을 깔보지 말라는 법이 없었다. 시장경제 논리로 교육을 보는 시절이라고는 하지만, 이 때문에 '우수 고객'과 '서민 고객'이 차별을 받는 경우와 같은 현상이 생긴 것이다. 서비스의 질과 서비스정신 자체에 차등화가 생긴 것이다. 제자를 업신여기는 스승 또한 별볼일 없는 스승이 될 수밖에 없었다. 그런데 이런 스승과 제자도 구조조정 앞에서는 하나로 단단히 뭉쳤다. 소리는 학생이 지르고, 구호는 뒤에서 교수가 제공했다.

조광조는 모든 걸 때려치우고 대학을 떠나고만 싶었다. 문제가 한두 가지가 아니었고, 이것보다 더 큰 문제는 교육 개혁을 한다는 교육부가 과제 제출을 통하여 줄창 잘나가는 대학만 편들어 퍼주고 있다는 점이었다. 과제를 풀 능력과 여건이 못 되는 대학은 로비를 해야 했다. 이런 상황에서 내부의 문제를 푸는 것이 외적 문제와 뒤엉켜 몇십 배는 어렵게 느껴졌다. 교육부 과제를 풀지 못한 책임이 21세기개혁본부에 귀결됐다. 말하자면 내부 문제를 해결하는 데 있어 교육 정책이 오히려 개구멍 역할을 하게 된 것이다. 그래서 내부 문제로 몰리면 모두이 개구멍을 통해 달아나고 말았다. 조광조가 속한 대학도 다른 지방 대학들처럼 교육의 질을 논할 계제가 아니었다. 학생수 35퍼센트를 못

채운 상태에서 뭔 놈의 교육의 질을 논한다는 말인가. 사학이 등록금 말고 딴 주머니가 있을 턱이 없지 않은가. 재단 전입금 같은 것은 그냥 재단에게 권한을 주기 위한 명분용으로 생긴 말이지, 그게 언 발의 오줌 이상을 하는 사학이 어디 있단 말인가. 죄다 등록금으로 살아가는 것이지.

400점 만점에 80점짜리가 입학을 하고, 아예 수능을 보지 않아 이를 0점 처리하고도 입학을 한다. 수학 능력은 말도 꺼낼 수가 없다. 공부하려고 왔다기보다 놀려고 왔다는 표현이 맞는 말이다. 그런데 이런 학생들보다 더욱 기가 막힌 것은 대학이다. 400점, 300점짜리 가르치는 커리큘럼이나 80점 200점짜리 가르치는 커리큘럼이 같고 교수법 또한 다르지 않다는 사실이다. 교수도 사람인 이상 배운 대로 가르친다. 그러나 명문대를 우수한 성적으로 나와 교수가 된 사람들에게 80점 200점짜리는 솔직히 자기들이 대학 다닐 때조차 거들떠보지 않던 놈들이다. 아마 교수 치고 이런 성적대의 친구와 교유한 사례도 성격 특이한 사람 말고는 없을 것이다. 그러니 과부 아닌 사람이 과부 사정 모르는 격이다. 바로 이 대목에서 조광조가 제시한 대안이 다양성과 차별화였다. 그래서 그는 자신의 대안을 설명했다. 세상에는 IQ · EQ · SQ 등이 있다. IQ 딸리면 EQ로 살고, EQ 딸리면 SQ로 사는 게 세상 이치다. 그리고 세상은 다양화 · 전문화 · 세분화되지 않았느냐. 소목장, 대목장이 대학 강단에 서고, 철쟁이가 예술가의 반열에 오르고, 금속세공 하나만으로도 장인이 되어 존경과 부를 누리는 세상에 왜 굳이 공부에 자질도 취미도 없는 놈들을 앉혀놓고 서울대 커리큘럼 받아 끙끙대는 거냐. 이순신은 지는 싸움은 안 했다. 이는 전지전능해서가 아니라, 이길 수 없는 싸움은 아예 하지 않은 때문이다. 학생들을 지는 싸움터로 내모는 교육은 하지 말자. 우리 학생들에게 유리한 시장을 개척하고, 이 시장을 지배할 새로운 질서를 찾자.

그러자 동료 교수는 교육에 새로운 시장과 질서가 따로 존재할 수 없으니, 그런 교언(巧言)은 교육을 하지 말자는 얘기라며 즉각 반박했다. 또 다른 동료 교수가 물었다. 그럼 우린 학생들에게 뭘 가르쳐야 되냐? 아니 우리가 가르칠 수 있는 게 뭐냐? 조광조는 말문이 막혔다. 이 동료 교수는 얼마 전, 이제 공급자 중심의 교육시대는 갔고 수요자 중심의 시대, 다시 말해 학생 중심 교육을 해야 한다고 부르짖은 장본인이었다. 학생 중심 교육을 하려면 마땅히 학생들을 위한 자기변신이 필요한 것이 아닌가. 교수는 가만히 있고, 학생들이 좇아오는 것이 학생 중심 교육인가. 그러나 동료 교수는 이렇게 생각하지 않았다. 그는 교육의 본질과 기능에 대해 역설을 한 뒤 쐐기를 박았다. 대학은 학문을 닦는 곳이지 취업 연수를 하는 곳이 아니다. 따라서 난 기능인을 양성할 뜻이 없다. 있으면 당신이나 해라.

대학을 오는 이유가 무엇인가. 조광조는 우리 사회에 대학의 정체성이나 개념조차 아직 제대로 정립되지 못했다는 사실을 깨달았다. 사회는 대학의 지적 경쟁력이 떨어진다고 질타했고, 기업은 대학이 학생들을 쓸모있게 가르치지 못한다고 탓했다. 그리고 대학은 이 말에 아무런 이의도 제기하지 못했다. 선별적 정치논리로 교육을 좌지우지할 때처럼 지금은 차별적 경제논리로 좌지우지당하고 있지만, 이번에도 무반응인 것이 대학이었다. 'BK21'이라거나 각종 프로젝트에 참여하여 이것을 따오는 일은 열심이었다. 대학은 선택의 여지가 없는 만큼 덤으로 재원을 확보할 수 있는 유일한 길인 이 배급 행사에서 빠질 수가 없었다. 지금은 '누리사업'이라 이름 붙인 배급 행사에 목을 매달고 있는 실정이었다. 이 누리사업은 말 그대로 목을 매달기에 충분한 배급 행사였다. 이 사업에서 떨어지는 날, 대학은 교육인적자원부로부터 향후 오년 동안 한푼의 국고 지원도 받을 수 없게 되는 것이다. 교육부의 결단은 더 이상 찔끔찔끔 찢어 나누는 지원으로는 대학의 경쟁력 상실은 전체가 침몰할 수도 있다는 판단하에 이른바 몰아주기를 선택한 것이다. 그러니 이 동아줄을 잡든지, 아니면 목을 매든지 양단간의 결정을 해야 하는 것이 대학이었다. 이른바 사생결단의 시기가 도래한 것이다.

4

 단골이 된 조광조님을 받을 때, 나는 황진이처럼 할 수가 없었어요. 황진이가 될 수 없었기에 조광조님은 내게 있어 '진상'에 속하는 손님이었지요. 우리는 서로 쓰는 언어가 달랐어요. 조광조님은 교수가 교수를 바꿀 수 있다는 식으로 중이 제 머리를 깎을 수 있다고 주장하는 분이었어요. 딱한 일이었지요.

　내 몸의 언어는 조광조님의 머리에서 나오는 고급 언어를 알아들을 수 없었고, 조광조님도 마찬가지였어요. 그럼에도 불구하고 조광조님은 올 때마다 나를 지명했어요. 아마 '지명'이라 지명하기 편한 때문이었겠죠.

　내가 조광조님의 수준을 따라 올라갈 수 없기에, 조광조님이 점차 내 수준에 맞춰 내려왔어요. 거의 추락 수준이죠. 그분은 각종 기구들을 이용해 내 몸을 탐구하며 갑자기 몸으로 사는 세상에 대해 깊은 관심을 보였어요. 몸으로 사는 세상의 이야기를 모조리 머리로 이해하려는 그분의 욕심이 가련했는데, 이제는 도구를 이용해 이해하려 했어요. 섹스는 전쟁과 달라 무기가 필요치 않았으나 그분은 무기로 섹스를 했어요. 저는 강력 거부하려 했지만 손님이기에 실험정신을 존중해주기로 했어요.

　언제였던가, 기억에서 먼 이야기인데 교회를 나간 적이 있었어요. 너무 갑갑해서 하나님 뼈 좀 빌려볼까 싶어 나갔는데, 목사님 설교 중에 "성경에 쓰인 주님의 말씀을 인간의 뜻으로 해석하지 말라."는 말씀이 있었어요. 그 인간의 말씀이 성경에 쓰인 하나님의 말씀보다 더 어려웠어요. 아, 정말 머리에서 쥐나는 줄 알았어요. 그런데 조광조님은 몸의 삶을 오직 머리의 삶으로 이해하고 해석하려 드는 거예요. 그러니까 몸으로 안 되는 섹스를 도구로 해결하려 드는 거죠. 나는 그때부터 솔직히 조광조님이 힘든 삶을 살고 계신 줄 눈치 챘어요. 지식을 신념삼아 사시는 분이로구나, 싶었던 거죠.
 그분은 틈만 나면 남을 씹으면서도 되레 자기가 씹히고 있다며 괴로워했어요. 나는 "다 같이 살기 위해 우선 죽인다"는 말을 누가 이해하겠느냐고 일러주고 싶었어요. 오로지 살리고 죽이는 생각만 하는 사람을 누가 좋아하겠어요.
 이즈음에 그분은 가게가 아니라 내 집으로 오는 날이 잦아졌어요. 외롭고 무섭다고 했어요. 사귀는 남자나 기둥서방이 없는 나야 환영이었죠. 그분의 속옷도 빨아 널고, 세탁소 아저씨를 불러 와이셔츠 다림질도 맡겼어요. 그동안 외롭고 무서웠던 나는 내 집에 남자가 있다는 걸 알리려고 나발을 불고 다녔죠. 조광조님은 그즈음 나 같은 여자만 노리던 발바리로부터 나를 보호하는 엄폐물이 되었어요. 뿐만 아니라, 나는 그분 덕에 포기했던 학문을 닦을 수 있게 되었어요. 나는 막춤도 학문이라는 걸 그분을 통해 알았어요. 어디 막춤뿐인가요. 미용도, 요리도, 경호도, 바둑도, 부동산도 죄 학문이었어요. 그래서 나는 춤으로 학문을 닦고 있어요. 조광조님이 내 대학 입학을 도와준 것은 아니에요. 술김에 지나가는 말로 "잘 춘다. 그 실력이면 장학생으로 대학 가겠다."라며 비아냥거린 말을 통해 자아를 발견했고, 내친김에 더 알아본 거지요. 춤도 서울 춤과 지방 춤이 다르지 않지만, 서울에서 배우는 춤과 지방에서 배우는 춤이 다르대요. 그래서 서울 춤은 흥하고 지방 춤은 망한지라, 학과 생존을 위하여, 아니 정확히는 해당 교수 생존을 위하여 무용이 아닌 막춤을 가르치기로 했다는 거예요. 백댄스,

사교댄스, 스포츠댄스를 섞어 가르친다는 거죠. 우리 엄만 젊어서 사교댄스를 추다 이혼당했는데, 이게 학문이었던 거예요. 그러니까 엄마는 공부를 너무 열심히 하다가 이혼을 당한 거죠. 세월의 힘인가 봐요. 조광조님은 이런 걸 아실까요. 그래서 엄만 내가 대학에서 사교댄스를 배운다고 하자, "미친년……" 하며 전화를 끊고 말았어요. 그런데 조광조님의 학교에 성악과가 있었다면 나는 무용과가 아닌 성악과를 선택했을 거예요. 가게에서 춤추기보다 노래를 더 많이 불렀거든요.

조광조님은 이런 현상을 두고 사회가 대학을 먹여 살리는 세상이라고 했어요. 지금까지 그래왔는데, 당연한 말 아닌가요. 그런데 그분 주장에 따르면, 대학은 사회를 올바로 잘 먹여 살리는 방편을 제시하고자 탄생한 거라며 내 무식을 질책했어요. 나는 잠자리에서 그의 무식한 체위를 질책하지 않는데, 그분은 술자리에서 내 무식을 꼭 질책하고는 했어요. 아무튼 그날 조광조님은 대학과 사회의 근친상간이 기형적 학문을 낳는다며 개탄했어요. 멋진 표현이죠. 나는 이런 말을 들을 때마다 오르가슴을 느껴요.

5

조광조는 초조하고 다급했다. 이사장은 눈에 보이고 손에 집히는 것이 없다고 짜증을 냈고, 총장은 학무위원들과 함께 말의 유희를 즐겼다. 조광조는 이 보이지도 집히지도 않는 말의 유회 속에서 단기필마로 헤매다녔다. 개혁본부장 조광조는 급기야 총장과 학무위원들을 상대로 한판 붙었다. 이 사건은 조광조가 왕따가 되는 전주곡이었다. 총장은 기력의 대부분을 개혁 거부 세력들의 불만 달래기에 쏟았다. 개혁은 언제나 소외된 자와 반대자들에 의해 실패하기 때문에 이들을 잘 붙들어 달래야 한다는 것이 그 이유였다. 총장은 이게 시대적 사명이자 자신의 역할이라고 했다. 그날도 학과장들을 위로한다는 빌미로 종강에 맞춰 저녁을 산 것인데, 조광조가 이 자리에 날벼락을 떨어뜨린 것이다. 개혁본부장에게 건배 제의를 부탁한 총장은 건배를 위해 든 술잔을 내려놓지도, 그렇다고 건배 제의를 취소하지도 못한 채, 마치 벌을 서듯 들고만 있었다. 다른 교수들도 마찬가지였다. 왜 조광조가 하필 이 순간을 선택해 일장 연설을 했는지는 의문이었다. 여기에 대해서는 충격요법이었을 거라는 축과 시건방지게 타고난 버르장머리 탓이라는 두 가지 설이 있었다.

도대체 개혁과 경쟁력 강화에 대한 이야기가 정책적으로 나온 게 언젭니까? 오 년이 넘었습니다. 그런데 오 년 동안 무슨 개혁과 경쟁력을 확보했습니까. 지난 오 년 동안 말과 계획만 쌓였습니다. 오 년 전에 비해 달라진 게 무엇입니까? 교육부가 하라는 대로 하던 시절이나 알아서 하라는 시절과 도대체 무엇이 달라졌냐는 말입니다.

대학에 감시와 통제가 만연한다며 항의하는 학과장을 향해 내지른 말이었다. 매년 평균 15퍼센트씩 오 년 동안 신입생 충원율을 곤두박질시킨 학과의 장으로서 무분별한 휴강 관행을 감시·통제한 일을 트집 잡는다는 것이 비위를 상하게 했다. 그래서 돌려 친 것이다.

이 말에 술병을 들고 총장을 보좌하던 기획처장이 발끈했다. 아마도 유탄을 맞았다고 생각한 듯싶었다.

뭘 알려면 똑바로 아슈. 달라진 건 없소. 하라는 대로 하는 것도 없고, 알아서 하는 것도 없다는 말이오. 당신은 교수나 돼가지고, 교육부가 존재하는 이유를 모르시오? 순진하기는……. 달라졌다 하니까 정말 달라진 줄 아는 모양일세. 우리도 괴롭소. 머리 굴리고, 눈치 보고, 사정하고……. 우리가 짠 계획대로 되는 것도 아니오. 검사 맞고, 지적 받아 빠꾸당하고…… 달라진 건 없단 말이오.

대리전에 나선 기획처장의 말을 조광조가 되받았다. 이번에는 돌려 칠 필요가 없었다.

그래서 오바하는 겁니까? 교육부 공문에 '권장사항' 또는 '선택사항'으로 내려오면, 우리는 왜 무조건 시행합니까? 이건 공문 해석 능력이 떨어지거나, 아예 알아서 기는 것이 아닙니까? 학부제가 실패했다는 것은 모든 대학에서 입증이 끝난 사실이고, 그래서 대다수 대학들이 이를 재검토하거나 폐기하고 있는데, 우리는 왜 오히려 강화합니까?

모두들 엉거주춤 들고 있던 잔을 슬그머니 내려놓았다.

아, 그건 말이오…….

이번에는 교무처장이 거들고 나왔다. 누군가 잔을 상 위에 탕, 하고 때려붙였다.

그렇게 안 하면 배급을 못 받아요. 우리같이 힘없는 지방 사학에서 국고보조금마저 없으면 생짜로 등록금만 가지고 운영해야 되는 게 아니오. 조 본부장도 잘 알다시피 기부문화가 전무한 상태에서 돈 나올 구멍이 있습니까. 개혁도 돈 아니오. 그러니, 본부장이 이해하시오. 사실 우리는 배신을 당한 거요. 대학이 지금의 경제대국을 이루는 초석이 되어줬는데, 지금 와서 대학의 공을 묻어버리고 과를 부각시켜 개혁 대상으로 삼는 것이 아니오. 이제 팽 당할 날만 기다리는 대학은 고립무원이오. 막말로 기업이 누구 덕으로 오늘날 떼돈을 벌게 됐습니까? 다 교육의 덕 아닙니까. 그래도 기업은 대학에 대고 도대체 뭘 가르치는지 모르겠다며 큰소리 칠 줄이나 알지, 어디 한 푼 내놓습니까.

원망과 푸념이 교육부 탓에서 기업 탓으로 넘어가고 있었다. 자체 생존 전략과 재단 전입금 문제는 젖혀둔 채 위기의 원인과 책임을 모조리 정부와 기업으로 몰아가고 있었다.

이쯤에서 총장이 끼어들었다.

자, 자…… 대학은 총체적 위기요. 이 위기는 구조적인 문제입니다. 술자리에서 언성으로 해결될 문제가 아니니 흥분들 가라앉히고 건배들이나 합시다. 흩어지면 망합니다.

조 본부장의 건배사를 총장이 채뜨렸다.

모두들 힘든 여건 속에서 열심히들 뛰고 있으니, 다들 이해하시고, 협력들 합시다. 위하여!

총장은 못마땅했다. 개혁이니 혁신이니 하며 꼴뚜기처럼 뛰는 젊은 이사장도, 그 곁에서 비전이니 가치니 하며 망둥이처럼 따라 날뛰는 조광조도 못마땅했다. 세상은 인위적으로 다스릴 수 없는 순리와 이치가 있는 법이고, 때가 있는 법이며, 또 대학과 기업은 결단코 서로 같을 수 없다는 것이 총장의 확고부동한 신념이었다. 그러나 총장은 이미 선무당이 되어버린 꼴뚜기도 망둥이도 자제시킬 권한과 기력이 없었다. 그는 남은 임기가 무사하기만을 빌었다.

총장이 노회한 언술로 건배사를 마무리 지은 뒤에도 조광조가 지른 불은 쉽게 진화되지 못했다. 서너 잔의 술이 돈 뒤 화제는 기초학문과 순수학문이 초토화되고 있는 현실로 옮겨붙었다.

우리 학과는 50명 정원에 16명만, 그것도 억지로 겨우 채웠습니다. 뭔가 특단의 조치가 필요합니다.

한 교수가 한숨을 쉬며 문제를 제기했다.

나라도 포기하고 학생도 포기한 학문을 우린들 어쩌겠습니까. 그러게 괜한 욕심 부리지 마시고 정원을 줄이시라니까…….

교무처장의 핀잔 섞인 답이었다. 경영 논리에 의하면 이런 학과들은 자동 퇴출감이었다. 미충원된 34명도 문제이지만, 입학한 16명도 문제였다. 수능 150점을 밑도는 학생들에게 무얼 가르칠 수 있냐는 것이 발언 교수의 넋두리였다. 지원자 선호도를 기준으로 특정 학과는 넘쳐 나고, 특정 학과는 턱없이 모자라는 게 지난 입시 결과였다. 그래서 넘치는 특정 학과 지원자들을 부족한 특정 학과로 어떻게든 돌려보려 안간힘을 썼으나, 씨도 안 먹혔다는 것이 입학처장의 변명이었다. 그는 기초 없이 응용만 넘쳐나는 나라가 앞으로 제대로 굴러가겠냐며 통분했다. 국가가 불공정한 경쟁을 부추겨 국가가 학문의 종속현상을 자초하는 꼴이라며, 또 다시 국가를 성토했다. 이때 구석진 자리에서 머리를 조아리고 있던 이과대학의 한 학과장이 생뚱맞게 내질렀다.

그럼, 우리 학과 교수들은 조만간 짐 싸는 겁니까?

그의 말은 취해서 더욱 직설적이고 도전적이었다. 50명 정원에 겨우 12명을 채웠다는 그는, 곧이어 교수들의 동업자 정신과 의리를 강조했다. 살아도 같이 살고, 죽어도 같이 죽자는 논리였다.

그러기에 정원을 줄이고 자구책을 찾아야 한다고 안 했습니까?

기획처장이 기다렸다는 듯이 말을 받았다. 기획처장의 말 속에는 감당하지도 못할 정원을 내놓지 않아 지원자가 몰린 인기 학과에서 더 뽑을 수 있는 신입생을 놓치게 된 것에 대한 질책과 오 년 동안 못 내놓은 자구책을 무조건 강요만 하고 있는 개혁본부장에 대한 비아냥이 섞여 있었다. 조광조는 적들의 지리멸렬한 분석과 원망 속에서 맥이 빠져 침묵했다. 그러나 이 침묵이 실수였다.

아니, 우리 학과가 의붓자식이냐? 그걸 왜 우리가 찾아야 하는 거냐. 이 대학에 우리가 학과를 만들어서 들어왔냐? 우리가 무슨 지입차주냐, 씨발!

그날 회식은 한 교수가 머리를 사타구니에 처박고 "씨발!" 하고 내뱉은 욕설로 끝났다. 참석 교수 대다수가 작금의 현실이 "씨발!"로 표현되는 것에 동의했다.

자유시장 경제 논리라는 것은 아주 명쾌하고도 편리한 논리였다. 고객중심·리콜제·원스톱서비스·팀제·연봉제·경쟁력 등이 신음하는 대학에 만병통치약처럼 처방됐다. 기업과 같은 객관적이며 보편타당한 평가기준조차 전무한 조직에서 팀제니 연봉제니 하는 따위는 뜬구름이었다. '학생=고객'이나, '학생=제품'으로 놓고 봐도 답이 안 나오기는 마찬가지였다. 그럼에도 불구하고 만병통치약에 자생력과 경쟁력을 확보할 수 있는 효험이 있는 약이 되어 무차별 복용됐다. 논문 한 편 쓰면 그것을 우려내어 여기저기 써먹던 버릇으로, 어느 대학이 팀제를 도입했다 하면 그걸 베껴와 써먹었다. 이걸 벤치마킹이라고 했는데, 우수 대학을 복제할 필요가 있다고 했다. 그래서 벤치마킹 하러 간 곳이 수도권 유명 대학들이었다. 조광조는 어처구니가 없었다. 얼굴의 균형과 조화를 무시한 채 눈 코 입을 따로따로 성형하는 격이 아닌가. 아직도 뱁새는 황새를 흉내 내고 싶어 했다. 조광조는 다시 기획처장의 이런 황새지향주의가 구습이고 개혁의 걸림돌임을 주장하며 부딪힘이 잦아지기 시작했다.

그러던 어느 날, 옆방 교수가 찾아왔다. 그는 먼저 현실에 입각한 위로의 말을 전했다. 당신이 정년퇴임할 때까지는 학교가 망하는 일은 없을 테니 찍히지 말고 잠자코 있은 것이 좋겠다는 말과 그렇지 않고 나대면 위기가 닥쳤을 때 모든 책임이 조 교수에게 돌아간다는 조언이었다. 그는 말미에 자신의 말이 기획처장의 뜻임을 밝혔다. 누구의 뜻인지 모를 말들이 누구의 뜻이라는 꼬리표를 달고 캠퍼스를 횡행하고 있어 그게 누구 말인가는 중요치 않았다. 조광조는 놀라 뒤로 나자빠질 지경이었다. 전자의 말은 그렇다고 쳐도, 후자의 말은 어떻게 받아들여야 좋을지 판단이 서질 않았다. 그러자 그는 부연설명을 해주었다. 위기를 위기로 받아들이지 않는 사람들에게 자꾸 위기, 위기 하면 입이 화를 부른다고, 정말 위기가 오는 것이고, 그 책임은 위기를 조장한 사람, 다시 말해 문제와 갈등을 입에 담아 불러온 사람의 책임이 아니겠냐는 말이었다. 그리고 옆방 교수는 덧붙였다. 조광조라는 이름에도 불만을 가지고 있는 사람들이 많다는 것과 전언 내용은 교협회장도 동의한다고 덧붙였다.

  조광조는 안팎으로 문제를 일으키는 사람으로 찍혔다. 조광조는 현실을 무시한 돈키호테 내지는 조선조 조광조였다. 대학에서 총론과 각론을 동시에 이야기하는 것은 흠이었다. 대학에서 오랜 세월 동안 총론과 각론은 따로 놀았다. 학문의 전당에서 각론은 시정잡배들이나 하는 수작과 다름없다. 언제나 총론은 잘 하자였는데, 무엇을 어떻게 잘 할 것인가를 따져들면, 총론과 각론이 충돌했다. 총론과 각론이 맞으면 문제였고, 서로 달라야 문제가 없었다. 총론과 각론이 맞을 경우, 대부분 이해관계가 어긋났기 때문이었다. 예를 들어 '학생 중심 대학'으로 가자고 하면, 여기에 이의를 다는 축은 없었다. 그러나 이렇게 하기 위해 교수와 학생이 시간을 같이 하고 눈높이에 맞는 교수법을 찾아야 한다고 주장하면, 곧바로 반발이 일어났다. 눈높이를 어느 쪽에 맞춰야 하느냐는 첨예한 문제였다. 이렇게 되면 곧 반발이 총론을 뒤

집어 놓기 일쑤였다.

　이 문제를 해결코자 조광조는 집요하게 물고 늘어졌다. 때문에 조광조에 대한 소문은 더욱 나빠졌다. 하지만 그는 이런 소문을 무시했다. 소문들이 그의 정책이나 주장과 관련된 것들이 아니라, 그의 성품과 성격에 관한 내용들이었기 때문이다. 대학에서의 대화 문화는 복덕방과 경로당, 그리고 동네 빨래터의 수다 수준이었다. 그렇다 보니 소문의 소재나 수준도 험담이 많았다. 이 입질에 한번 오르면, 토막 치고 분칠당하는 것은 예사였다. 조광조에 대한 인물평은 성격이 급하고 안하무인이며, 사교성과 배려가 떨어져 싸가지가 없다는 것, 그리고 은밀하다는 것이었다.

　옆방 교수는 말했다. 현세에 살면서 천국을 탐하지 마라. 생각하는 것을 모두 실천할 수는 없는 것이다. 조 교수는 머릿속에 든 것을 모두 실천하려는 경향이 있다. 조심해야 한다. 옆방 교수는 미묘한 웃음을 짓고는 말을 이었다. 누가 문제를 몰라서 해결하지 못하고 있다는 생각은 버려라. 문제도 알고, 해결 방법도 안다. 그러나 현실적인 이해관계가 이를 용납하지 않는다. 개혁도 또 다른 헤게모니 장악을 위한 음험한 이데올로기라는 사실을 인정해야 한다. 개혁은 실현 가능하다고 생각하는 몽상가들의 환상이다. 그걸 가지고 자꾸 리바이벌을 하니까, 조 교수가 왕따를 당하는 것이다. 방법은 늘 현실과의 적절한 타협에서 이루어지는 것이다.

6

조광조님에 대한 존경심이 내게는 없어요. 그냥 고객일 뿐이죠. 물론, 내가 학교에 가면 나는 조광조님의 고객이 되는 거죠. 우리는 서로가 서로에게 고객이 되어주는 관계인 거죠. 하지만 나는 고객을 떠받들어 즐거움을 주지만, 조광조님은 졸음과 짜증을 주죠. 그러니 대학에서의 경영 마인드 실천은 술집만 못한 거예요. 경영이라는 건 머리 좋은 분들끼리는 잘 안 되는 건가 봐요.

사실, 조광조님과 나는 고객 관계를 맺기 이전에 한 번 마주친 적이 있어요.

"잡상인과 교수님들 출입금지!"

'개조심' 수준으로 교무실에 이런 팻말이 붙어 있었는데, 어떤 분이 이 경고를 무시하고 선생님들 앞에 나타나 꾸벅 절을 하는 거예요. '잠재고객' 확보를 위해 발품을 팔던 조광조님이었어요. 그때 나는 부모의 이혼으로 인한 충격을 술과 담배로 겨우겨우 달래느라 장기 결석을 한 죄로 교무실 먼지를 털고 있었어요. 그때 고개를 외로 꼰 채 뺀질대는—나중에는 손톱깎이를 꺼냈어요—우리 담임에게 대학 홍보를 하느라 곤욕을 치르는 조광조님을 보며, 내 신세와 별반 다를 게 없다고 생각했어요. 안 그래도 놀 궁리에 빠져 있던 나는, 대학에 가서 잡상인들과 다름없는 교수들을 만나느니 곧장 사회로 진출해서 잡상인이 되는 게 낫다는 판단을 했지요.

나는 조광조님이 상한 자존심을 어쩌지 못해 쩔쩔매며 진땀 빼던 모습을 지금도 잊을 수가 없어요. 꼰대 중에 대빵인 대뼈리 꼰대가, 고삐리 꼰대에게 수모를 당한 거죠. 불경한 태도로 딴전을 부리던 담임이 수업 벨이 울리자, 자리에서 벌떡 일어나 훌쩍 나가버렸거든요. 얼굴이 벌겋게 달아오른 조광조님은 선물이 담긴 쇼핑백과 명함을 놓고 도망치듯 담임의 뒤를 따라 나갔지요.

경영학 박사 조광조 교수

우리 담임은 상업 선생이었어요. 나 같은 꼴통들이 섞여 있는 비평준화 고교의 상업 선생. 이러니 어떻게 존경심이 생기겠어요. 하지만 존경심이 다는 아니죠. 내가 그분에게 존경심을 보내거나 말거나 그분은 엄연히 교수였어요. 저는 술집 아가씨고. 사회적 신분과 지위, 이에 따른 품격과 대우가 나와는 비교가 안 된다는 얘기죠. 그래서 같은 '지명'도 차원이 달랐어요. 나의 지명은 단골과 술 마시는 일이었지만, 그분의 지명은 '찡'이 되어 미리들의 우두머리, 다시 말해 왕중왕이 되는 것이었어요. 어느 날, 그분은 '지명'을 받았다며 기쁨을 감추지 못했어요. 잘못된 관행을 뜯어고친다고 했고, 위아래를 바로 세운다고 했어요. 개기는 것도 용서치 않겠다고 했어요. 마치 내가 테이블을 세 탕 뛸 때처럼 들뜨고 정신없어했어요. 그분은 개혁의 기회가 왔다며 주먹을 불끈 쥐었는데, 상업 선생 앞에서 쩔쩔매던 그 조광조님이 아니었어요.

관행이 습관인데, 이 습관은 쉽게 뜯어고쳐질 문제가 아니잖아요. 내 짝은 룸에만 들어갔다 하면 무조건 손님에게 '공사'를 쳐요. 밖에서 따로 한 번 놀아줄 테니 오븐을 사 달라, 뭐 이런 식으로요. 걔는 발바리에게 당할 때도 돈 내고 하라며 악을 썼대요. 그래서 얼굴에 칼침을 맞았다죠, 아마. 질서요. 질서라는 건 세우는 것이 아니라, 본래 있는 거 아닌가요. 우린 언니가 까라면 까요. 까라면 까도록 되어 있는 것, 그게 질서잖아요. 아, 물론 언니가 팁이나 이차비 정산을 산수(算數)가 아닌 꼼수로 하면 질서는 없는 거죠. 하지만 마담언니 매너에는 상호이해와 화합의 정신이 있어요. 마담언니가 술 사며 생색낼 때 자기 돈으로 하지, 우리에게 줄 돈에서 술을 사지는 않지요. 그런데 대학은 줄 돈을 줄여서 술 사고 생색내는가 봐요. 이런 걸 누가 좋아하겠어요. 조삼모사. 조광조님은 이런 것도 연구 개발하는 것 같았어요. 게으름은 게으름을 부릴 만하니까 부리는 거예요. 우리 가게에서는 게으름을 벌금으로 해결해요. 게으름을 훈계나 용서로 접근하는 것은 안 좋은 감정으로 번질 위험이 크잖아요.

나는 이런 이유로 조광조님을 걱정했어요. 꼰대들이 충고는 엄청 싫어하잖아요. 그래서 걱정만 했어요. 이런 포부를 밝힌 조광조님은 출정식을 침대에서 했어요. 그날 출정식은 실험적이고 길었어요. 나는 다소 거북했지만 장도에 오를 분의 실험정신을 공유하기로 했어요.

그런데 어찌된 일인지 당분간 바빠 보기 힘들 거라는 핑계를 미리 댄 그분은 채 한 달도 안 돼 다시 나타났어요. 말이 더 많아져서 말을 다 헤아릴 수가 없었어요. 아는 게 많아지면 욕망도 느는가 봐요. 그분은 자신의 생각이 만인의 법이고, 자신의 행동이 만인의 질서라고 믿는 것 같았어요. 그분은 내부의 문제가 외부의 요인에서 발생했다고 주장했어요. 어떤 때는 제도를, 어떤 때는 사람을 맹비난했어요. 그즈음에 내가 도와줄 수 있는 일은 섹스보다 가끔 여행을 함께 해주는 것이었어요. 그분은 어떨 땐 고등학교도 제대로 못 나온 우리 아빠와 다를 바 없었어요. 아빠는 엄마가 춤바람이 났을 때 사교춤 교습소를 인정한 법을 탓했고, 화냥기를 타고난 엄마를 탓했어요. 그러다 결국은 그 욕하던 법 앞에서 이혼을 했지요. 내가 볼 때 조광조님은 의욕과잉에다 너무 조급했어요. 섹스를 할 때도 자신의 노력에 비해 내 반응이 시원치 않다며 기구를 들이댔으니까요. 나는 사람다운 섹스보다 동물다운 섹스가 좋다고 했어요.

내가 전혀 학교에 안 나가는 건 아니에요. 일주일에 하루 내지 이틀은 나가요. 춤은 안 배워도 대충 출 수가 있는데, 이론은 안 배우면 시험을 치를 수가 없어요. 가끔 춤을 위한 이론인지 이론을 위한 춤인지 헷갈릴 때도 있어요. 대학도 여기에 대해 확고한 입장 정리가 안 되는 모양이에요. 다들 취직 공부하러 대학을 다닌다지만, 난 취직이 이미 되었기 때문에 바람 쐬는 기분으로 캠퍼스를 기웃거려요.

조광조님은 일이 뜻대로 되지 않는 것 같았어요. 들리는 풍문에, 서울에 거주하며 대학을 출퇴근하는 교수들에게 강제 이주를 권고, 강의실을 돌며 휴강 결강 여부를 예전보다 강도 높게 체크하고 다녔대요. 수레 안의 개구리가 교수들이라잖아요. 조광조님이 만든 수레로 개구리를 나를 수가 없었죠. 엄청 시끄러워진 거예요. 우리 밤의 세계에서도 안 하는 짓을 지성의 전당에서 한 거예요. 아, 마담언니가 가끔 룸을 돌기는 하죠. 하지만, 이건 어디까지나 고객 관리 차원이죠.

7

조광조는 실어증에 빠졌다. 나팔을 빼앗긴 나팔수처럼 침묵했다.
살아가는 방법을 가르치는 교육이 아니라, 살아지는 방법을 가르치는 교육이 우리의 교육 아닌가. 넷 중에 하나를 고르고, 그게 정답이라고 가르치는 교육. 그래서 세상에는 오로지 넷까지만 있고, 더 이상은 없다고 생각하도록 만든 교육. 넷 중에 하나를 답이 아니라, 정답이라고 강요하는 교육. 그래서 가르치는 사람이나 배우는 사람이나 이 제시된 넷 중에 정답이 있다고 생각하는 습성은 다를 바가 없었다. 따라서 넷 말고 다른 것에서 답을 찾으려고 버둥대는 조광조는 사지선다형에 없는 아웃사이더였다. 그는 패거리 문화에 대해 생각했다. 그 패거리 문화는 주류들의 짜웅을 뜻했다. 그는 비주류였다. 이 비주류를 세력화하는 것은 정치적 행위였다.
그는 브레인 집단을 양성하고 이 브레인 집단과 실세인 재단의 이사장이 개혁정책을 놓고 원만한 조정자로서의 역할을 담당해야 한다는 주장을 펼쳤다. 그러나 이 주장은 그가 정치집단을 세력화하고, 이 집단과 더불어 이사장과 마주 앉아 영구히 대학 운영을 좌지우지하겠다는 불순한 의도가 깔린 것으로 해석됐다. 그는 점차 견제의 대상이 되었다.

사학은 이사장이 절대권력을 갖고 있기 때문에 문제를 푸는 열쇠는 이사장에게 있다는 판단에서 나온 주장이었다. 그러나 이것이 이사장을 업신여기는 발상이 아니냐는 반론도 제기됐다. 그는 분위기가 본질을 벗어나 여의치 않게 흐르고 있음을 판단하고, 충분한 검토시간을 가진 뒤 나중에 만나 재론하자며 급히 발을 뺐다. 그러나 한 달이 지나도록 재론은 없었다. 누구 하나 재론하자고 덤벼드는 사람도 없었고 조광조 또한 굳이 재론 자리를 만들 필요가 없다고 생각했다. 그는 전방위로 쏟아지는 중상모략이 두려웠다. 그러는 사이에 또 다른 소문이 그의 귀에 들렸다. 조광조는 조만간에 큰일을 낼 사람이고, 이 일에 대한 구체적인 로드맵과 매뉴얼을 확보하고 있는 사람이다. 그는 교수에게 모든 책임을 덮씌우려는 부정적인 생각을 갖고 있으며, 대학의 문제를 모두 교수의 죄로 몰고 있다. 그는 이사장의 특명을 받고 판갈이를 위한 사전 정지작업을 하고 있는 것이다. 겉으로는 학과 구조조정을 내세우지만 그것은 구실에 불과할 뿐이고 조만간에 교수들을 칠 것이다. 조 교수는 이 일을 마치면 이사장의 후원 아래 총선에 나갈 것이고 잠시 학교를 뜰 것이다. 그래서 지금 정계에 빈자리를 알아보고 있다는 소문이다. 정계에 나가서도 학교를 위해 해야 할 미션이 주어졌다고 한다. 이 모두가 조광조의 머리에서 나온 마스터플랜이다.
　이런 소문에 대해 조광조에게 진위를 묻거나, 해명을 요구하는 교수들은 없었다. 위기가 닥친 이후로 모두들 현실을 떠나 상상 속에 살고 있었으므로 충분히 그럴 만한 사람으로 생각하고 있음이 분명했다.
　조광조로서는 안타깝고 억울한 일이었다. 대학에서 문제를 자신으로부터 찾는 사람은 없었다. 자신은 온전하고 완벽하다. 그렇기 때문에 문제를 밖으로부터 찾는 경향은 이미 관행처럼 굳어진 일이었다. 문제가 밖에 없으면 그들은 가상의 적이라도 만들었다. 이를 두고 어떤 교수가 자폐증 환자들이라고 하지 않았던가. 조광조는 잘릴 위기에 처했다. 나쁜 소문과 평판 속에서 버틸 수 있는 사람은 없었다. 그는 완전히 고립됐다.
　조광조는 죽기 이틀 전 일상적으로 참석해오던 학무회의에 들어갔다. 이날 학무회의에 상정된 의제는 신입생 모집에 따른 갖가지 유인책 개발이었다. 2004학년도의 유인책은 최종 추가 모집에서 지원자들에게 20만 원짜리 복지카드를 만들어 주자는 것이었다. 그리고 지방에서 바닥난 신입생 유치를 위해 서울(수도권)과 대학 간 통학버스를 운행하자는 것이었다. 말하자면 신규 고객 확보를 위한 전략회의 같은 것이었다. MP3를 선물로 주자는 의견, 입학금을 면해주자는 의견, 지난번처럼 일정액을 현금처럼 쓸 수 있는 카드를 만들어 주자는 의견, 해외여행을 보내주자는 의견 등등 많은 유인 전략들이 쏟아져나왔다. 그러니까 재학생들을 어떻게 가르칠 것인가가 아니라, 정원을 어떻게 하면 채울 수 있는가가 논의의 초점이었다. 기존 재학생들의 문제도 심각했다. 틈만 생기면 편입학으로 떠났고, 그도 여의치 않으면 군입대 휴학이나 일반 휴학이다 해서 밑 빠진 독의 물 새듯 수월찮게 빠져나가고 있었던 것이다. 이렇게 새나가는 재학생도 20퍼센트에 이르렀다.

이번 회의에서는 학과의 명칭도 과감히 구각을 탈피해 바꿀 필요가 있다는 제안이 나왔다. 예를 들어 국어국문학과가 아닌 미디어창작학과, 의상학과가 아닌 패션디자인학과, 산업디자인학과가 아닌 커뮤니케이션아트학과 등등이었다. 포장이 세련돼야 신입생 확보에 유리하다는 논리였다. 그런데 이 정도는 문제가 아니었으나, 철학과가 비디오철학과로 바뀐다는 데는 가만히 있을 수가 없었다. 영상과 철학을 함께 하겠다는 얘기냐고 물었다. 그건 아니라고 답했다. 비디오와 철학이 무슨 관계가 있느냐고 물었다. 그러자 영상철학이라는 말이 있지 않냐고 답했다. 철학의 하위개념으로, 또는 일부분으로 영상철학이 있는데, 그럼 일반 철학을 포기하고 영상 관련 철학만 가르칠 것이냐고 따져 물었다. 이때 기획처장이 조광조의 발언을 막았다. 그는 학과에서 올라온 이름이니, 학과의 뜻을 존중해 승인하는 것이 옳지 잘 알지도 못하면서 따지는 것은 부적절하다고 했다. 이 말은 막말로 내 밥그릇 이름을 내 맘대로 바꾸겠다는데, 당신이 철학과 교수냐라는 말과 같았다. 철학과가 정원 미달이 되면 당신이 책임이라도 지겠냐는 말로 들렸다.

비디오·철학과도 아니고, 철학·비디오과도 아니고, 영상철학과라는 것이 도무지 납득되지 않았다. 요즘 영화가 뜨고 있고, 영상에 대한 관심이 많으니 과명을 이렇게 바꾸면 신입생 모집이 좀 되지 않겠냐는 주장이었다. 조광조는 남의 집 제사상에 감 놔라 대추 놔라 할 문제가 아니라는 지적에 말문을 닫았다. 그는 말문을 닫기 전에 한 가지 질문을 덧붙였다. 그러나 답은 기대 이하였다. 영상 파트 교수를 충원하는 것은 아니라는 답변이었다. 허리띠를 졸라매야 할 판에 투자할 여력이 어딨겠냐는 말이었다. 그렇다면 사기 아닌가. 비디오철학과라고 하면, 영상을 배운다는 생각으로 학생들이 지원을 하지 철학을 배운다는 생각으로 지원을 하겠는가. 이것이야말로 눈 가리고 아웅이요, 손바닥으로 하늘 가리는 격 아닌가. 그러나 이날 회의에서 조광조의 발언에 귀를 기울인 학무위원들은 없었다. 개혁위원장은 허명뿐이었다.

  회의는 최종 의결을 보았다. MP3는 가격이 너무 비싸 용돈처럼 쓸 수 있는 복지카드를 이십삼만 원 안팎으로 만들어주기로 했고, 학과명은 학과의 요청대로 모두 수용하기로 했다. 개혁위원장 조광조는 웃을 수도 화를 낼 수도 없었다. 학과명 하나가 대학의 전체 이미지를 사기꾼으로 몰아갈 수도 있다는 생각은 못한다는 말인가. 비디오철학과 입학생들의 입소문을 어떻게 감당하겠다는 말인가. 그는 이런 현실에서 개혁위원장의 주장은 꿩새 우는 소리가 될 수밖에 없다는 사실을 새삼 깨달았다. 살기 위해서는 형식과 내용이 겉돌아도 어쩔 수 없다는 이 황당한 논리가 대학에서 벌어지고 있는 것이다. 당장 설사가 쏟아지는 사람을 붙잡고 화장실을 찾아 변을 보자고 할 수는 없는 노릇이었다. 바지 끈 풀 시간도 빡빡한 것이다. 굶주린 사람에게는 남의 집 담 넘지 말라는 말보다 밥 한 공기 가져다주는 것이 옳은 법이다. 학무회의에 느닷없이 참석한 이사장이 훈시를 통해 한 말이다.

그날 학무회의를 나오면서 조광조는 교육시장의 구조적 악화를 받아들이는 기준이 개인편의주의임을 알았다. 그 자리에서 어쩌고저쩌고 하며 떠든다는 것은 결국 남의 밥그릇 뺏는 것과 다름없었다. 조광조는 화가 치솟았다. 수요와 공급의 원리에 빠져 시장으로 내몰린 대학은 더 이상 교육기관으로서의 본질을 지키기 힘들어 보였다. 또 이런 현실을 단순한 시행착오로 볼 수 없는 것이었다. 병세는 이미 악화되어 만성화 단계로 들어갔다. 경제는 숫자의 게임이다. 대학도 경제의 틀 속에 갇혔다.

8

"했다! 설마?"

학과 구조조정안을 검토하던 조광조는 휴대전화의 문자를 확인했다. 문자 밑에 섹스를 뜻하는 이모티콘이 붙어 있었다. 스팸 문자였다. 그는 스팸 문자 따위에 신경 쓸 겨를이 없어 다시 컴퓨터 모니터에 얼굴을 박았다.

조광조는 자판을 두드리며 맨땅에 헤딩하는 기분이 들었다. 해당 학과가 자구안 제출을 거부한 상황에서 최종 구조조정안을 만들어 이사장과 논의한다는 것이 왠지 동료 교수들에 대한 배신행위 같아 께름칙했다. 그가 이런 고민에 빠져 있을 때, 댓 뼘쯤 열어놓았던 연구실 문이 활짝 젖혀졌다.

"야이…… 시, 씨발! 조 교수! 뭘 어, 어쩌라고?"

욕설마저 더듬으며 내던진 A4 용지가 허공에서 춤을 추다 바닥으로 떨어졌다.

조 교수라니, 조광조는 저놈이 미쳤나 싶었다.

"채용할 때 좆 빠지게 매달리기에 도와줬더니, 이제는 날 죽이겠다고……?"

채용 과정에서 그에게 도움받은 것은 틀림없는 사실이었다. 조광조는 바닥에 떨어진 A4 용지를 보고 후배가 광분한 이유를 알 수 있었다. A4 용지는 폐과 대상 학과에 보낸 자구안 제출 독촉 공문이었다. 기한 내에 미제출 학과는 폐과에 동의하는 것으로 본다는 내용이 그를 광분하게 만들었던 것이다.

"씨발! 어떤 놈이 먼저 뒈지나 보자."

그는 욕설만 내지르고 연구실을 나갔다. 그는 항의가 아니라, 화풀이와 경고를 하러 온 듯싶었다. 조광조는 절친한 후배에게도 배신자로 찍혔다.

저녁에 이사장이 조광조를 호출했다.

"사실이오?"

"……."

조광조는 이사장으로부터 스팸 문자에 대한 부연 설명을 듣고도 침묵했다.

"했소? 아니, 맞소?"

조광조는 했소와 맞소 사이에서 어찌지 못하고 고개를 숙였다.

9

나와의 관계는 어디까지나 구실이에요.

나는 대수롭지 않아 조광조님을 위로했어요. 말로 벌어먹고 사는 집단에서 소문이 대단한 폭발력을 갖기는 하지만, 그래도 술집 아가씨와 손님이 잔 것이 무슨 대수겠어요. 하지만 조광조님은 제 말에 전혀 위로를 받지 못하는 듯했어요. 오히려 저를 한심하다는 듯 바라보고 고함을 내질렀어요.

"넌 바보냐?"

저는 고함에 놀라 새로운 사실을 깨달았어요. 술집 기준으로 볼 때 아가씨와 손님이지만 학교 기준으로 볼 때는 학생과 교수였던 거예요.

"했대? 설마…….”

이 말이 캠퍼스에 세균처럼 번졌어요. 더욱이 문재인과 강금실의 호텔 만남을 두고 전여옥이 둘이 만나 무슨 짓을 했는지 해명하라며 선정적 공박을 할 때였거든요. 더럽게 얽힌 거죠. 교수들은 서로 만나면 묻고 또 물었어요. 그때마다 소문은 번식했어요. 대학의 성 스캔들이 된 거죠.

결국 당한 거예요. 그것도 아주 추하고 지독하게. 빈대 잡는다며 초가삼간 태우려는 사람을 누가 두고 보겠어요. 더욱이 가방 끈이 길다는 사람들이 죄 모여 있는 곳에서.

G고 선배에다가 S대 선배라는 이사장이 조광조님을 버린 거죠. 이사장은 버릴 때 자기가 버려야 조 교수가 산다고 했대요. 안 그러면 언론이 죽인다면서 말이에요. 내가 볼 땐 조광조님이 이용당한 거예요. 애당초 조광조님은 바람잡이용이었던 거죠. 문제를 들춰내는 역할만 맡길 셈이었던 거예요. 역사의 반복이죠. 하지만 그분 생각은 나와 달랐어요. 우리는 마담언니가 '뒷방'을 돌리면, 눈치 하나로 그 원인을 정확하게 짚어요. 이걸 못 짚으면 화류계 생활은 땡이에요. 눈치코치 없이 어떻게 손님 시중을 들겠어요. 우리가 종종 술을 버리긴 하지만, 손님은 섬겨요. 조광조님처럼 손님을 가르치거나 지배하려고 들지 않죠. 경영 마인드라는 게 이런 거 아닌가요.

잘린 뒤에 조광조님이 두 가지 면에서 이상하게 변했어요. 하나는 지나치다 싶을 만큼 내 몸에 집착했고, 또 하나는 다시 정부를 욕하기 시작한 거예요. 섹스에 대한 몰입이야 욕구 불만에 대한 대리만족이라고 볼 수 있었죠. 하지만 정책도 아닌 정부에 대한 욕은 자신의 무능을 감추고자 하는 완전한 현실도피에 책임전가가 아닌가요. 며칠 전 대기실에 죽치고 있다 라디오 방송에서 들은 건데, 에이아이로 죽는 사람보다 독감으로 죽는 사람이 많지만 사람들은 에이아이를 독감보다 걱정하며 공포를 느낀대요. 또 에이즈보다 심장병 환자로 죽는 사람이 많은데, 사람들은 심장병이 아닌 에이즈에 벌벌 떤대요. 웃기죠. 조광조님이 이렇게 스스로 사실과 가치를 조작하게 된 거예요. 조광조님은 자신의 논리와 욕망이 현실에서 패배했다는 사실을 좀처럼 받아들이려 하지 않았어요. 이즈음에 조광조님의 요구로 우리는 인근 타 지역을 골고루 다니며 만남을 가졌어요.

  조광조님이 나를 실험대상으로 삼았어요. 그는 몸보다 기구를 자주 사용했어요. 자신의 몸보다 기구가 나를 더 즐겁게 해줄 수 있다는 것이 그 이유였어요. 처음에 나는 조광조님께서 자신의 몸에 대한 나의 시원찮은 반응 때문에 기구를 사용하는 것이라고 생각했는데 그게 아닌 것 같았어요. 그는 오르가슴에 도달하는 갖가지 방법을 터득하기 위해 온갖 노력을 기울였어요. 기구의 종류와 수도 나날이 늘었어요. 그러면서 자극과 반응, 반응과 자극의 상호관계에 대해 집착했어요. 그는 사용설명서가 안내해준 사용법 이외의 사용법도 엄청 개발했어요. 때문에 나는 실험 때마다 천국을 헤매다니는 행운을 얻었죠. 조광조님은 이 모든 걸 빠짐없이 노트에 기록했어요. 천국도 하루 이틀이 잖아요. 점점 기록도 못마땅했고, 기구도 못마땅했고, 오르가슴도 못마땅해졌어요. 몸이 축나니까요. 나는 오르가슴도 좋지만 기구가 아닌 몸을 원했어요. 하지만 조광조님은 듣지 않았어요. 결과를 만들지 못하는 과정이나 방법은 가치가 없다고 했어요.

또 조광조님은 대학에서 잃은 자존심을 정치에서 찾으려고 했어요. 그래서 그는 신문이건 방송이건 학술모임이건 어디든 두 명 이상만 모인 곳에 가면 현실 정치에 대해 욕을 해댔어요. 그의 주장도 선정적이었지만, 욕도 대단했어요. 그는 신문과 방송에서 심의를 살짝 넘기는, 하지만 법에는 약간 못 미치는 수준에서 할 수 있는 모든 욕을 다했어요. 대학 교수가 독설도 아니고 욕을 해대며 매스컴을 섭렵하고 다니니까 금방 저명인사가 되더군요.

조광조님은 노동자와 농민이 노동과 농사 문제를 정권에 맡겨야 한다고 했어요. 그리고 사회의 모든 문제는 정책의 잘못에 따른 구조적 모순이라는 거였어요. 이걸 진단 결과라고 내놓은 거예요. 그러고는 이걸 바꾸기 위해서 자기가 정치적 희생을 할 수도 있다고 떠들었어요. 우리 아빠는 댄스 교습소 문제를 가지고 정치에 입문하겠다고 하지는 않았어요. 역시 배운 사람은 뭔가 달라도 달라요. 보는 관점이 넓고 깊어요. 정치는 인기잖아요. 인기를 얻어 지명도가 치솟은 조광조님은 한 정당으로부터 러브콜을 받았어요.

그분은 가끔 말없이 앉아서 말만 듣다가 계산만 하고 가는 분들을 데리고 가게에 나타났어요. 주로 삿대질과 몸싸움을 하던 분들인데, 텔레비전에서 낯이 익은 분들이었어요. 조광조님은 이분들에게 말하는 법과 욕하는 법을 가르쳤어요. 말만 잘하는 분들도 조광조님에게 말을 사사받는 거예요. 그분들은 그렇게 많은 말을 배우고도 헤어질 때 조광조님에게 앞으로도 말 되는 말을 가르쳐 달라고 머리 숙여 부탁했어요. 그래서 그분은 새로 창당될 신당의 정책개발위원장으로 내정되었다고 했어요. 조광조님은 자신의 말이 곧 진리라고 생각하는 것 같았어요. 말이 현실과 다르면, 현실에 문제가 있는 거였어요. 말은 진리라 말에는 문제가 있을 수 없다고 했어요.

마침내 그분은 나의 삶도 자신의 말로 재단하려 들었어요. 나는 내 삶이 곧 몸이니까 말로 이렇다 저렇다 하지 말라고 했어요. 그래서 서로 싸운 거예요. 물론 싸울 이유가 이것만은 아니었죠. 그동안 쌓인 게 많았으니까요. 잦은 오르가슴에 몸도 상했고 교수를 꼬드긴 학생년이라는 소문 때문에 힘든 것도 있었고…… 하지만 더 중요한 이유는 헤어질 때가 됐다는 거였어요. 나는 확실히 정리할 생각이었어요. 그래서 조광조님에게 한국 교육이 잘못되어 배울 게 없다며, 자식을 아내 붙여 미국으로 보낸 교육자가 무슨 할 말이 있냐고 빡세게 따져 물었어요. 이게 어디 말이 되느냐는 거죠. 내가 몸 팔아 낸 등록금이 조광조님의 자식 유학비로 쓰인다는 얘기잖아요.

이렇게 해서 그날, 그러니까 그저께 밤이네요. 경주로 세미나 따라갔다 돌아오는 고속도로에서 싸움질을 벌인 거예요. 나는 김천 나들목을 좀 지나쳤을 때 갓길에 차를 세우라고 악을 쓴 뒤 곧바로 내려버렸어요. 나는 화가 끓어 넘치면, 앞뒤를 계산 못해요. 먹물 같은 어둠속에서 주룩주룩 내리는 비를 맞으며 고생 좀 했어요. 흠뻑 젖은 몸으로 갓길에 서서 지나가는 차를 잡으며 생각했어요. 내가 낸 등록금은 조광조님께서 내 몸을 살 때 돌려줬다는 사실을요.

10

조광조는 휘적휘적 자신의 연구실이 있는 인문관으로 향했다.

그가 막 현관을 지나 로비에 들어섰을 때, 난데없이 헐떡이는 교성이 그의 발목을 붙잡았다. 그는 교성의 출처를 찾아 고개를 돌렸다. 한 학생이 고의춤에 한 손을 찔러넣은 채 컴퓨터 화면 앞에 앉아 있었다. 아니 사지를 쭉 뻗은 채 누워 있었다. 화면 가득 1 대 2로 뒤엉켜 돌아가는 그림이 숨가쁘게 움직이고 있었다. 남자를 가운데 두고 두 여자가 각각 머리와 다리를 부여잡고 진저리를 쳐댔다. 그 움직임에 맞춰 사타구니 속에 처박은 학생의 손이 들썩였다. 뒷모습을 보니 한 시간 전쯤 그가 미결된 문제로 학무회의 참석을 하느라 인문관을 나설 때부터 컴퓨터 앞에 붙박인 채 앉아 있던 놈이 분명했다. '했다! 설마?'의 충격이 채 가시지 않은 조광조는 그냥 지나칠까 했으나, 교육자로서 그럴 수 없었다. 이미 회의에 들어가기 전, 지나가는 말로 주의를 준 놈이었다. 못마땅한 회의로 인해 잔뜩 예민해져 있던 조광조는 다짜고짜 달려들어 놈의 뒤통수를 빡, 하고 후려쳤다. 두툼한 회의 자료집이 조광조의 손을 벗어나 로비 바닥에 떨어졌다. 머리를 싸쥔 학생이 즉각 자리에서 일어나 조광조에게 내질렀다.

"씨발! 뭐야? 왜?"

조광조는 학생의 분간 없는 대거리에 정신이 아뜩했다. 처음에는 교수인 줄 몰라서 그랬으리라 생각했다. 그러나 그게 아니었다.

"신경 끄시고, 빨랑 가던 길이나 가셔."

조광조는 바닥에 떨어진 권위를 재빨리 챙겨 "이놈이 교수에게 욕을 해!" 하며 호되게 되받아쳤다. 그는 교수로서의 책무를 수행했다고 생각했다. 제자의 비행을 지적하는 것은 당연한 책무가 아닌가. 그래서 다시 "너 이놈! 공공장소에서 음란물을 보는 게 정상적인 행동이냐?" 하고 단단히 따져 물었다. 때마침 수업을 마친 학생들이 밖으로 몰려나가다 말고 하나둘 모여들었다. 조광조에게는 이 학생들이 응원군이었다. 금방이라도 대들 것 같던 학생의 기세가 꺾인 것을 눈치 챈 조광조가 다시 한 번 더 내질렀다.

"정상적인 행동이냐고?"

"……"

학생은 조광조를 째려보기만 할 뿐 답을 하지는 않았다. 아니 주변의 눈들 때문에 답을 할 수 없는 것 같았다.

그런데 이 학생이 그날 저녁에 그 답을 인터넷 게시판에 올렸다. 자신이 어떤 부도덕한 교수로부터 이유 없는 폭행을 당했고, 이를 항의하자 오히려 심한 인격적 모욕과 공갈·협박을 받았다는 내용이었다. 학생의 글은 거짓이었지만 거짓 속에서 펼친 그의 주장은 논리 정연했다. 끄트머리에 합당한 사과와 납득 가능한 보상이 없으면, 이 글을 포털 사이트 게시판에 옮겨 전국적인 망신을 줄 것이라고 협박했다.

　조광조는 한발 물러섰다. '부도덕한 교수'라는 학생의 표현을 감당할 길이 없었다. '했다! 설마?'를 알고 계획적으로 덤벼든 학생을, 누군가의 사주를 받았을지도 모를 학생을 이길 방도가 없었던 것이다. 이 불미스런 사건으로 조광조는 경찰로부터 피의자 조사를 받고, 피해 학생과 합의를 해야 했다. 그는 이른바 '이해찬 일세대'가 배운 신고정신을 쉽게 본 것이다. 수업 중에도 교사의 불의를 감지하면 즉각 휴대전화로 경찰에 신고하는 학생들의 정의구현정신을 얕잡아보고 우습게 여긴 것이 탈이었다.

　어쨌든 이 사건을 계기로 동료 교수들은 조광조의 급진적이며 파괴적인 성격이 드디어 폭력으로 폭발했다며 깊은 걱정과 우려의 시선을 보냈다. 조광조에 대한 응징은 곧 이사장에게 보내는 경고이기도 했다. 조광조가 채용될 때 '좆 빠지게 매달'렸다는 후배는 충분히 예상했던 일이었다며, 그의 폭력성이 교권을 앞세워 급기야 학생들에게까지 미치고 있음을 염려하지 않을 수 없게 됐다고 했다. 조광조는 정작 피해 학생보다 동료 교수들이 더욱 꼴 보기 싫었다. 당장 조광조의 폭력성에 대한 공동 선언문을 발표하지 않은 것에 감사를 해야 할 지경이었다. 동정하는 척하며 염장을 지르고, 도와주는 척하며 슬그머니 일을 키우고 있었다. 이 사건이 알려지면 폭력 교수가 있는 대학에 누가 오겠냐는 등, 학생들의 정서도 헤아리지 못하는 시대에 뒤떨어진 대학으로 인식될 것이라는 둥, 이렇게 부풀려진 소문으로 대학 이미지가 실추된다는 둥하며 떠벌였고, 때문에 이 사건은 조용히 해결지어져야 한다고 주장했다. 결국 그들은 이 문제를 거교적 차원에서 빨리 매듭을 지어야 한다며 성명서를 발표했다.

11

보직도 잘리고 나한테도 '뻰찌' 맞은 조광조님이 끓어넘치는 분풀이를 학생에게 푼 거예요. 제자가 공공장소에서 '야동' 보는 건 안 되고, 제자와 자는 건 된다고 생각하는 도덕의 이중적 잣대가 불러온 필연적인 재앙인 거죠. 정말 비판과 견제가 없는 대학에서 조광조님은 움직이는 잣대였어요. 그분은 '논리 개발' 뿐만 아니라, 패러다임, 프레임, 법칙 어쩌고 해가며 이런저런 '기준 개발'도 참 잘했어요. 편 가르거나 만들기도 좋아했고요. 나누고 쪼개는 걸 정말 좋아했어요. 이걸 슬림화를 통한 기동성 확보라고 했는데, 아니 무슨 전쟁하나요? 그리고 더 웃기는 건 그분이 더 높은 어떤 분을 매일 씹었는데, 내가 보기에는 닮은꼴이었어요. 팔십년대에 교수 된 사람들은 무사안일하고 권위주적이기 때문에 '뒷방'으로 보내고, 사십 대가 개혁의 주체가 되어야 한다고 했어요. 노인들은 투표하지 마라, 라는 말로 뒷방 신세 된 어느 정치인의 망언과 같은 말이죠. 사람은 책을 통해 배울 것이 아니라 세상사를 통해 배워야 한다니까요. 아무튼 이렇게 되면 패를 갈라 싸우자는 거잖아요. 주체와 객체를 따지면 그것이 곧 독단과 독재로 향하는 게 아닌가요. 주도권 싸움을 하자는 거죠. 이거 잘하던 김일성은 인민의 밥도 해결 못한 채 죽었잖아요.

전 쿨해요. 아니 심플해요. 어디 문제를 몰라서 문제가 생기나요. 자기는 문제에서 빠지고 남을 문제삼으니 문제인 거죠. 나는 조광조님을 곤경에서 구출하는데 한몫 했어요. 뭐냐고요? 뭐겠어요. 그 이상한 학생 놈이 대책 없이 나를 쫓아다니던 놈이었어요. 별 대책도 없이 날 벌어먹이겠다고 나대는 무모한 놈…… 그런 놈이었어요. 사랑과 밥을 같다고 생각하는 놈. 이놈이 대자보를 붙인다는 걸 내가 몸으로 막았어요. 나는 밤새 몸으로 막으면서 철학적으로 살아야 할 놈이 스승을 곤경에 빠뜨리는 건 패륜행위라고 귓구멍에 못이 박이도록 일러줬어요. 어떤 면에서 조광조님과 닮은 놈이었어요.

12

조광조는 제자 폭행 의혹사건으로 시달리는 동안 가끔씩 정신이 깜빡깜빡하는 증세에 빠졌다. 이 증세는 시도때도없이 나타났고, 깜빡깜빡할 때마다 개굴개굴 하는 울음소리가 함께 들려왔다. 강의 중에도 깜빡했고, 대화 중간에도 깜빡했으며, 밥을 먹다가도 깜빡했고, 칫솔

질을 하다 눈을 찌르기도 했다. 날이 갈수록 증상은 심해졌다. 병원을 가야겠다고 생각했으나 바빠서 짬이 나지 않았다.

　사고 당일, 그는 이른 새벽에 연구실을 나섰다. 폴리페서를 결심하고 정계 입문에 따른 발표문(출사표)을 완성한 뒤, 지명의 원룸으로 차를 몰았다. 지명이 매몰차게 이별을 통보했지만 그렇다고 해서 지명을 버릴 수는 없는 노릇이었다. 지명은 몸으로써 깨달음을 준 여자였다. 도를 쳐야 도 음이 나오고 레를 쳐야 레 음이 나온다는 사실을 몸으로 알려준 여자였다. 아니, 도를 치지 않고는 결코 도 음을 얻을 수 없다는 사실을 알려준 여자였다. 조광조는 밤마다 지명의 몸에 들러붙어 깨달은 음의 세계를 모두 열 권의 노트에 정리했다. 그는 섹스가 끝난 새벽마다 깨달음을 기록했다. 막 달아나려는 의식의 끝자락을 겨우겨우 붙들어 노트 속에 가뒀다. 코피와 범벅이 된 깨달음은 노트에 갇혔다.

　네거리 교차로에 차를 세운 조광조는 신호등을 바라보았다. 네거리는 언덕바지에 있었다. 그 때문에 신호등은 하늘에 박혀 있는 것 같았다. 조광조는 몹시 피곤했다. 피곤을 주체 못한 눈꺼풀이 힘겹게 내려앉았다. 맞은편 차선에서 머뭇거리던 승용차 한 대가 신호를 무시하고 급하게 달려 끼이익, 하는 소음과 함께 니은자로 꺾어 달아났다. 네거리에는 오직 조광조의 승용차만 남았다. 이번에는 활어를 실어 나르는 차량 한 대가 그의 승용차 옆구리를 흔들어대며 쏜살같이 달아났다. 다시 텅 빈 거리에서 빨간 등이 점멸하는 모양을 바라보던 그는, 자신의 의식이 그 등을 따라 깜빡깜빡 점멸하는 것을 느꼈다. 그는 달아나는 의식을 간신히 붙드느라 어느 틈에 바뀐 파란 신호에 아무런 대처도 못하고 있었다. 어서 가라는 신호였다. 지하철 공사장에서 조광조의 차를 바라보던 인부가 어서 가라며 다급한 손짓을 하고 있었다. 인부의 손짓이 이제 막 파랗게 물이 오르고 있는 하늘에서 힘차게 날갯짓을 하고 있었다. 파란 신호등에 겹쳐진 인부의 손짓이 하염없이 날아오르고 있었다. 하늘에는 정해진 길이 없었다. 그래서 하늘은 곧 길이었다. 조광조는 파란 날갯짓이 자신을 부른다고 느꼈다. 그래서 이제 가면 된다고 생각했다. 그는 양손을 번쩍 들어 날개를 잡았다. 그러고는 힘껏 박차 올랐다. 그때 어디선가 씨부랄…… 했어? 개굴개굴…… 설마? 빠아앙…… 하는 그악스런 경적이 들렸다. 그 소리가 너무 급히 달아나 조광조는 정신이 아득했다.

  부검 결과 조광조의 사인은 둘로 나왔다. 경추 골절과 심근경색이었다. 목숨만 겨우 건진 추돌 가해자는 파란 불임에도 차가 출발하지 않은 점을 들어 심근경색이 먼저가 아니냐고 주장했고, 유족은 강력히 반발했다. 유족은 부검의의 의도를 문제삼았다. 부검의의 말을 받은 경찰은 파란 불임에도 출발하지 않은 조광조의 운전을 문제삼았다. 법은 말이 살아 있는 산 사람 편에서 유리하게 움직였다.

  조문객들이 이구동성으로 조광조는 죽어서까지도 수수께끼를 남긴다며 내뱉었다. 오지랖 넓게 남들 일로 고민할 게 아니라 자신의 몸을 먼저 챙겨야 한다며, 조문객들은 조광조의 죽음을 통해 새삼 건강의 소중함을 깨달았다고 말했다. 이 말은 조광조의 사인을 심근경색 쪽으로 몰고 가는 말로써 유족에게 전혀 도움이 되지 않는 말이었다.

저녁나절에 젊은 이사장이 조광조를 문상 왔다. 그는 기독교인이어서 선 채로 잠시 고개만 숙여 망자에 대한 예를 갖췄다. 짧은 기도를 하고 감았던 눈을 뜬 그는 촛대 사이에 놓인 프린트물을 발견했다. 그는 영정 앞에 버려진 휴지조각처럼 웅크리고 앉은 미망인에게 프린트물의 정체를 물었다. 일반 영안실에서 좀처럼 보기 드문 물건이었기 때문이다. 그러자 미망인은 기다렸다는 듯이 대답했다.

"고인께서 남기신 유고(遺稿)입니다."

이사장은 고개를 갸우뚱한 뒤, 영정을 향해 두서너 걸음 다가갔다. 그러고는 프린트물을 집어 들고 그 자리에 조의금 봉투를 올려놨다. 순간, 이 광경을 지켜본 교수들이 또다시 이구동성으로 떠들었다. 조광조는 죽어도 문제다.

13

유고는 무슨 유고예요. 하기야 미국에서 자식 뒤치다꺼리나 하다가 느닷없이 달려온 미망인이 뭘 알겠어요. 죽은 사람이 남긴 글이면 무조건 유고인가요? 그 프린트물은 내 원룸에 두고 간 조광조님의 유품을 가져다 놓은 거예요. 내용이오?

저는 프린트물의 내용보다 조광조님의 죽음이 산재(産災)라는 걸 주장하고 싶어요. 변화와 개혁을 위한 끊임없는 탐구정신이 낳은 산업재해 말이에요. 교육부장관의 상장 하나로 마감될 조광조님의 삶이 아니잖아요. 그 산재의 물증이 프린트물에 고스란히 담겨 있어요. 이사장님께서 가져가셨으니 조광조님의 유지를 살려 유용하게 쓰시겠죠.

 그나저나 천만다행이에요. 나와 함께 있을 때 심근경색 일어나지 않은 게…… 내 조문은 그 고마움에 대한 지극한 표시예요. 명복을 빌어요, 조광조님.

 개굴개굴개굴…….
 비에 젖은 개구리들이 이사장의 차가 떠난 길 위에서 그악스레 울어 댔다.

형에게 가는 길

낯익은 신작로에 서 있다. 버스들만 듬성듬성 오가는 신작로 양켠으로 고만고만한 건물들이 들쭉날쭉 치솟아 키재기를 하며 하늘과 맞닿아 있다. 지은 지 채 오 년도 안 된 것으로 기억되는 건물들인데, 어찌된 셈인지 턱없이 낡아 후줄근한 모습들이다.

정류장에는 버스를 기다리는 한 무리의 출근길 승객들이 모여 서성대고 있다. 버스가 어기적거리며 정류장으로 들어설 때마다 승객들의 움직임이 어수선하다. 버스 주위마다 뒤엉킨 승객들이 기차놀이를 하듯 꼬리를 물고 오른다. 이런 수선거림이 한 차례 끝날 때마다 승객들은 네댓 명으로 줄어들었고, 그 줄어든 숫자만큼 엇비슷한 옷차림의 승객들이 또 다시 몰려든다.

나는 점점 초조해진다. 버스의 이마빼기에 붙은 행선지 표지판을 식별할 수가 없다. 글을 읽을 줄 몰라서인지 글씨가 뭉개진 때문인지조차도 모르겠다. 그러나 승객들은 어수선한 움직임 속에서 용케도 제각각 타고 갈 버스를 정확히 집어낸다. 하지만 나는 언제나 그랬듯이 멍한 머릿속을 추스르느라 곤욕을 치른다. 오늘 예정된 수업시간표가 전혀 떠오르지 않는다. 그리고 보니 책가방을 챙겨 들긴 했는데, 가방 속의 내용물이 오늘 배울 교과목과 맞는지를 확인한 기억이 없다. 낭패감이 든다. 그러나 어찌된 노릇인지 이 낭패감이 몸에 익다. 지금이라도 가방을 열어 교과서들을 확인하고, 문제가 있으면 집으로 되돌아가 해결하면 된다는 생각이 들었지만, 이것은 어디까지나 생각일 뿐이다. 그러면 지각을 할지도 모른다는 생각에다 몸까지 움직여주질 않으니 어쩔 도리가 없다. 왜 몸이 따라주지 않을까 생각을 해보려 하지만, 그보다는 이러다 또 지각하겠다는 불안이 섬뜩하게 앞선다. 이쯤 되면 주체할 수 없는 초조함과 두려움이 온몸을 뒤덮는다. 도대체 내가 왜 이렇게 멍청해졌는지 모를 일이다. 이런 식으로 등굣길 정류장에서 헤맨 게 하루 이틀이 아닌 듯싶다.

    초조함과 두려움이 막 공포로 바뀔 무렵, 나는 문득 새로운 사실을 깨닫는다. 그것은 내가 지금 이 버스 정류장에 서 있을 하등의 이유가 없다는 것이다. 우선, 나는 지금 고등학생이 아니다. 고등학교를 마친 것이 정확히 몇년 전인지는 모르지만, 이미 군대를 갔다 왔고 결혼을 했고 또 직장 생활도 몇년간 했으니, 절대로 고등학생일 리는 없다. 게다가 나는 지금 대전에 살고 있다. 그런데 이 정류장은 청주 시내 한복판에 있다. 또 나는 고등학교 시절 내내 시내버스가 아닌 자전거로 등하교를 했다. 드디어 나는 옥죄였던 공포감에서 벗어난다. 그리고 새로운 사실을 덤으로 깨닫는다. 학교를 가려면 건너편 정류장에서 버스를 타야 한다는 사실이다. 하지만 이제 무슨 소용인가. 건너편 정류장으로 갈 필요 없이 눈만 뜨면 그만인데. 매번 같은 일로 또 다시 속은 것이 안타깝기는 하지만, 그보다 눈을 뜨는 일이 우선이라는 사실을 깨닫는다.

1

 두 번째 꾸는 꿈이었다. 비슷한 꿈이 연이어 두 번씩이나 반복된 것은 없던 일이었다. 첫 번째 꿈으로 인해 두 번째 꿈이 낯익게 느껴진 것도 처음 있는 일이었다.
 별반 하릴없이 빈둥거리는 것만으로도 착잡하고 짜증이 치솟는 방학 중에 이런 골치 썩는 꿈으로 가위까지 눌린다는 것이 왠지 억울하고 분하다는 생각마저 들게 했다. 이번 주는 예기치 않은 스트레스를 받았거나, 시답잖은 일이 뒤엉켜 갈피를 잡을 수 없는 지경에 빠졌거나, 아니면 과음을 했거나, 그런 일이 없었다. 지도교수의 통장 입금 확인 같은 사적 심부름도 없었고, 장모로부터 돈 못 번다는 구박 전화도 받은 일이 없었다. 그런데 이런 황당한 꿈을 두 번씩 꾼 것이다. 아마도 민담 채록지가 끝내 마음 한구석을 불편하게 만든 때문이리라.
 늦잠으로 게으름을 피운 나는 아침을 먹는 둥 마는 둥 하고, 거실 한쪽에 챙겨놓은 비닐봉지와 가방을 양손에 나눠 쥐고 현관을 나섰다. 아파트 옥외 주차장은 찜통더위로 후끈 달아올라 있었다. 이미 다섯 차례의 태풍이 지나갔고, 어제 저녁 새로운 태풍이 기습적으로 들이닥칠 예정이라며 야단이었다. 그러나 일기예보의 경망스러움을 비웃기라도 하듯 태풍에 견줄 만한 바람도 비도 없었다. 기상청이 걱정해야 할 것은 정작 태풍이 아니라, 더위와 가뭄인 듯싶었다. 사람들은 예년 기온을 사오 도 가량 웃도는 더위에 혀를 내두를 만큼 지쳐 있었으나, 기상청은 닷새 걸러 한 번 꼴로 곧 닥칠 태풍의 기세와 위력을 과장하며 윽박지르곤 했다.
 늦은 아침이라 대부분의 차들이 불규칙적으로 빠진 주차장은 마치 여기저기 함부로 뜯어먹다 내던진 옥수수처럼 너저분한 모습을 하고 있었다. 주차 선을 가리지 않고 빼곡히 들어차 있던 승용차들 가운데 절반 남짓은 이미 부지런한 주인들을 태우고 각자의 일터를 찾아 떠난 것이다.
 주변에 변변한 놀이터나 공간이 없어 방학임에도 불구하고 마땅히 놀 곳을 찾지 못한 어린아이들이 뙤약볕 속에서 자전거를 타고, 차들이 빠진 아파트단지 곳곳을 무료하게 헤매고 다니는 모습이 보였다. 바람 한점 없는 탓인지 페달을 밟는 아이들의 모습이 무척 지치고 힘겨워 보였다. 현관을 나설 때 층계참에 묶어둔 자전거가 없어진 것으로 보아 아들 영준이도 저 무리 속 어딘가에 섞여 있을 것이다.

　차 문을 열자 한껏 달구어진 공기가 훅하고 얼굴에 밀어닥쳤다. 뒷좌석에 가방을 던져넣고 차 문을 모두 열어 생쌀이라도 익힐 것 같은 열기를 빼냈다. 볼펜과 잡기장, 휴대용 녹음기와 자동카메라, 그리고 땀을 닦을 수건 한 장이 들어 있는 가방 곁에 야식거리를 챙긴 비닐봉지도 던져넣었다. 가방의 내용물은 엊저녁에 직접 챙긴 것이라 따로 확인할 필요가 없었으나, 비닐봉지에 든 내용물은 확인이 필요했다. 집사람이 상할 만한 음식은 없으니 걱정하지 말라고 했지만, 그래도 직접 확인을 해야 안심할 수 있을 것 같았다. 일을 마치고 낚시터에서 하룻밤 머릴 식히고 올 생각이라는 말에 집사람은 밤에 허기지면 몸 상한다며 굳이 이것저것 먹거리를 챙겼다. 밤참 먹는 습관을 아는 집사람으로서는 당연한 뒤치다꺼리였으나, 머리 식힐 만한 일을 한 것도 없는데 괜한 부담만 준 것 같아 미안스러운 생각이 들었다. 비닐봉지 속에는 열무김치와 파절임, 멸치조림, 쇠고기 장조림, 그리고 얼린 물 두 병이 들어 있었다. 라면을 끓여 먹는데 밑반찬이 무슨 소용인가 싶었지만, 상할 만한 음식물은 아니었다.

　연일 푹푹 찌는 날씨 때문인지 거리는 비교적 한산했다. 교통 혼잡에 따른 아무런 머뭇거림 없이 시내 한복판을 가로지른 차는 생각보다 빠른 시간에 논산 쪽으로 빠지는 4번 국도로 접어들었다. 중간에 게으름 피운 동행을 태우느라 잠시 도로변 약속장소에서 지체했을 뿐이었다.

"에어컨을 틀든지, 창문을 열지 그래요."

앞선 차량 꽁무니에 붙어서서 두 번째 신호를 받고 서대전 톨게이트 앞을 지나 속도측정 카메라 밑을 지날 때, 동규가 짜증스레 입을 열었다. 나는 창문을 열고 에어컨을 껐다.

"에어컨 켰었어요?"

동규가 어처구니없다는 듯 웃었다.

"아직 팔십 킬로까지는 거뜬히 달릴 수 있다."

나는 동규의 질문을 무지르고 탈탈거리는 차를 두둔했다. 동규는 자신의 게으름은 잊은 채 차가 더딘 것만을 타박했다. 하지만 십오 년 가까이 이 사람 저 사람 손에서 52만 킬로미터를 달려오느라 만고풍상을 다 겪은 차에게 빠른 속도를 요구하는 것은 무리였다.

"얘도 나름대로 최선을 다하고 있다."

그의 짜증과 타박에도 불구하고, 우리는 시내 중심가를 벗어난 지 삼십 분이 채 안 되어 목적지로 예상되는 부근에 도착했다.

국도 변에 차를 세운 나는 사방을 두리번거렸다. 달려온 시간과 주변의 지형으로 어림잡아 셈할 때 이쯤이 아닌가 싶었지만, 어느 한 곳 옛 기억과 걸맞은 구석을 발견할 수 없었다. 차안에 앉아 고개를 뺀 채 아무리 주위를 둘러보고 또 둘러봐도 허사였다.

"논산군이…… 언제 논산시로 바뀌었지?"

나는 뒷북치듯 혼잣말을 중얼거리며 차 밖으로 나왔다.

두마면 일대에서 민담 채록을 해야 한다는 말을 듣는 순간, 나의 기억 속 깊숙이 틀어박혀 있던 과거의 일들이 불완전한 모습으로 하나둘 떠오르기 시작했다. 그 불완전한 모습들이 시간이 지나면서 빠르게 뚜렷한 형상으로 복원되고 있었으나, 나는 의식적으로 이런 복원을 애써 피했다. 사실 이번 민담 채록에는 적당한 핑계를 대고 빠질까도 생각했다. 아무래도 현장에 가면 묻어두었던 기억이 아무리 용을 쓴다 한들 틀림없이 모두 복원될 것이기 때문이었다. 하지만 그럴 수가 없었다. 뒤늦게 내가 빠진다면 이 땡볕 더위에 후배만 고생시키는 꼴이 될 것이 뻔했다. 그래서 한동안 애써 찾아낸 핑계를 포기하고 말았다. 무엇보다 한 지방지의 객원기자로서 한 달에 서너 차례 글 몇줄 쓰고 이십만 원 받는 것 외에 방학 내내 별다른 돈벌이 없이 허송세월할 판이었다. 이런 선배가 안쓰러워 혼자서도 할 수 있는 일감을 나눠준 후배의 갸륵한 마음을 훼손시킬 배짱도 용기도 없었다.

 결국 나는 마치 배속지로 끌려가는 신병처럼 두마면 행을 결정한 것이다. 그것이 일주일 전이었다. 그때부터 나는 까맣게 묻어두었던 어두운 기억들을 하나둘 들춰내기 시작했다. 아니 들춰냈다기보다 내 의지와 상관없이 떠올랐다는 표현이 옳은 듯싶다. 어쨌든 이러한 기억들은 꽤 구체적인 형상으로 나타났다. 무엇보다 먼저 자연스럽게 떠오른 것이 편지, 소주병, 꽁치찌개, 노란색 슬리퍼 등이었다. 그 가운데 가장 또렷하게 떠올라 줄곧 머릿속을 떠나지 않는 것은 편지였다.

충남 논산군 두마면 엄사리 양정고개 못골
李甲湜 上書

편지봉투의 뒷면에 적힌 주소와 이름이었다. 그리고 편지의 내용은 언제나 변함없이 이렇게 시작됐다.

빙모님전 상서
세월은 유수와 가치 흘러 어느덧 천고마비의 계절이 닥아왔습니다. 그 동안 옥체 일양만강하옵시고 가내 균안하옵시며 댁내가 두루두루 평안하시온지요. 불초 소생은 염녀하여 주시는 덕택에 몸 성히 잘 지내고 잇습니다.
아래올 말슴은 다름이 아니오라……

머리말은 언제나 판에 박은 듯 똑같았다. 다만 천고마비라는 단어가 계절에 따라 바뀌었을 뿐이었다. 그러고 보니 고모부는 일 년에 네 번 계절이 변할 때마다 빙모님인 나의 할머니에게 이런 편지를 어김없이 보내곤 했다. 33년 전에서부터 25년 전 사이에 일 년에 네 차례씩 우체부가 전해주었던 편지를 지금도 별 무리 없이 기억할 수 있는 까닭은, 편지의 내용이 일상적인 안부만을 담고 있었고 그나마 견본을 보고 베끼듯 하나같이 비슷비슷했기 때문이다. 게다가 내가 글을 깨우치면서부터 고모부로부터 온 편지는 글을 모르는 할머니의 무릎베개에 누워 더듬거리며, 두 번 세 번 거푸 읽어드렸기 때문에 그 내용을 암기하는 것은 국민교육헌장 외우기보다 쉬웠다.

편지 겉봉에 쓰인 주소와 함께 못골이라는 농촌 마을도 손에 잡힐 듯 떠오른다. 21년 전 마지막으로 다녀온 못골이지만, 대전에서 시외버스를 타고 비포장 길을 달리는 차가 출렁댈 때마다 엉덩이가 달아오를 정도로 들썩들썩하며 못골까지 오고 갔던 시골길, 양정고개 못 미쳐 신촌방앗간 앞에서 내려 못골로 들어가던 샛길 어귀까지 그림처럼 떠올릴 수 있었고, 거기서 15분쯤 걸어 들어가면 커다란 은행나무를 둘러싼 30여 호 남짓한 마을이 있었는데, 이 마을은 또한 지금이라도 당장 종이 위에 그릴 수 있을 만큼 눈에 선했다. 고모부네 집은 마을 끝자락에 있었고, 뒤란으로는 호남선 철길이 바싹 달라붙어 있었다.

하지만 이러한 기억과는 달리 못골은커녕 양정고개마저도 어느 구석에 틀어박혀 있는지 가늠할 수가 없었다. 이곳에서 지리를 찾는 데 있어 기억 따위는 아무 쓸모도 없게 된 것이다. 양정고개는 옛날에나 고개였지, 개발될 때 중장비로 깎아내려 지금은 경사진 도로 축에도 못 낄 것 같았다.

"선배, 뭐해요……? 화장실 찾아요?"

차 안에 있는 동규가 손등으로 턱밑에 흐르는 땀을 닦아내며 불평 섞인 목소리로 물었다.

"없어졌어……. 못 찾겠다."

기억이 신기루 같았다. 나는 고개를 좌우로 가볍게 흔들며 중얼거렸다. 정말 기억과 맞는 지형도 건물도 없었다. 21년이라는 세월을 너무 가볍게 본 것이다. 기억의 선명함만 믿고 곧바로 찾을 수 있겠다고 생각한 것은 완전한 착각이었다.

"아무것도 없는 길 한가운데 서서 뭐가 없어졌다고 그래요?"

급기야 차에서 뛰쳐나온 동규가 게걸음질로 길가의 가로수 그늘 밑으로 찾아들며 알 수 없다는 표정으로 투덜댔다.

달려온 거리와 시간, 그리고 21년 전 마지막으로 익혀둔 주변 지형에 의하면, 분명 이쯤 어딘가에 못골로 들어서는 어귀가 있어야 옳았다. 하지만 지나온 길과 남은 길을 아무리 내려다보고 올려다봐도 오른편으로 꺾어 들어가는 마을 입구는 흔적조차 찾을 수가 없었다.

"마을이 통째로 없어지는 경우도 있냐?"

마치 블랙홀에 빠져든 양 나도 모르게 허튼소리를 내질렀다.

"선배, 더위 먹었어?"

동규는 내 말이 황당했는지 노골적으로 면박을 주었다.

"그렇지 않고서야 이쯤 어딘가에 분명히 있어야 할 마을이 왜 안 보이냐구?"

"그걸 왜 저한테 물어요? 그리고, 왜 꼭 이쯤에 마을이 있어야 하는 건데?"

"전에 있었거든. 이십일 년 전에."

나는 운전석 문을 열며 풀 죽은 목소리로 말했다.

"뭐요? 이십일 년 전?"

동규가 어처구니없다는 표정으로 되물으며 차에 올랐다.

나는 혹시나 하는 기대로 논산 방면으로 내처 차를 몰았다. 하지만 채 십 분도 지나지 않아 논산시에 오신 것을 환영한다는 표지판이 보였다.

"두마면은 지났잖아. 선배, 지금 어딜 가는 거야?"

결국 차를 돌려 왔던 길을 되짚어야 했다. 못골을 찾아야 한다는 생각에 빠져 무턱대고 차를 몬 것이다. 굳이 못골을 찾아야 할 일도, 또 찾는다고 무슨 볼일이 있는 것도 아니었다. 아니 오히려 못골을 피해야 할 이유는 있었다. 그런데 어느 순간부터 나는 못골을 찾는 일에 신경을 곤두세우고 있었다. 아마도 너무도 생생히 떠오른 기억 때문인 것 같았다.

"선배! 여기, 여기서……."

나는 동행의 손짓을 좇아 급브레이크를 밟고, 왼편으로 차를 틀었다.

면사무소에 들른 우리는 얼음물만 한 잔씩 얻어 마시고 나왔다. 혹시나 면 차원에서 기록해둔 민담이 있을까 하여 딴엔 요령을 부려 들렀던 것인데, 도움을 받기는커녕 삼십 분가량 교양강의만 해주고 되돌아 나와야 했다. 동규는 선배가 쓸데없는 잔머리를 굴리는 통에 아까운 시간만 축내고 허기지게 떠들기만 했다며 면박을 주었다.

"민담이 뭡니까?"

담당은 아니지만 어쨌든 민원사항이니 자신이 맡아야 한다며 자진

해서 나섰던 젊은 공무원이 예의 호기심에 찬 표정을 지은 채, 제법 친절한 목소리로 물었다. 싹수가 노란 질문에 이건 아니다라고 눈치 챈 내가 동규를 향해 재빨리 눈짓을 보냈지만, 동규는 나름대로 그 공무원에게 민담의 뜻을 알려주면 도움을 받을까 싶었던지, 눈짓을 무시한 채 열심히 설명을 해주었다. 결국 잔머리는 둘 다 쓴 셈이었다.

"그럼, 설화와는 어떻게 다릅니까?"

들은 풍월이 있는 공무원인 듯싶었다. 이 점에 새로운 기대를 걸었는지, 내친 김에 그는 설화도 설명했다.

"신화하고는 무슨 차이가 있습니까?"

"그건 말입니다."

동규는 맥 빠진 기색이 확연했으나, 이번에는 더욱 열심히 설명했다. 아마도 오기가 발동한 듯싶었다. 하지만 설명이 끝나고 그 공무원에게 받은 도움은 황당했다.

"그러니까…… 옛날 얘기를 듣고 싶으시다, 그거군요? 그 일이라면, 면사무소보다 노인 분들이 많이 계시는 노인정으로 가보셔야죠. 노인정은 말입니다. 이리로 저를 따라오세요."

친절한 공무원은 우리를 꽁무니에 매달고 땡볕으로 나와 손짓으로 노인정 가는 길을 세심히 일러주었다.

"못골이라는 마을은 어디에 있습니까?"

나는 길 안내를 마치고 막 돌아서는 공무원의 등에 대고 물었다.

"못골이오? 못골은 거의 없어졌는데……. 그리고 거긴 민담 같은 걸 들려줄 만한 사람들이 몇 없을 겁니다. 토박이들보다 타관바지들이 많습니다. 저집니다, 저어기.”

 공무원은 그래도 못골을 가볼 생각이냐는 듯 힐끔 곁눈질을 한 뒤, 마치 덤을 얹어주듯 손가락 끝으로 길가의 둔덕 쪽을 대충 짚어 가리켰다.

 “어디요?”

 나는 공무원의 손끝을 따라 시선을 뻗었다. 그곳에는 도시 건물을 빼다박은 듯한 5층 높이의 상가 건물 둘과 농협지소 건물, 그리고 중세시대 궁전 모양을 본뜬 러브호텔 둘이 올망졸망 서 있었다. 나는 어렴풋이 보이는 색색의 간판들을 바라보며 반문했다.

 “러브호텔부터 그 뒤편이 바로 못골입니다. 거기도 노인정은 있습니다.”

 공무원은 도무지 믿어지지 않는 곳을 못골이라고 일러주고는, 콧등에 맺힌 땀을 훔치며 땡볕을 피해 잽싸게 면사무소 안으로 사라졌다. 면사무소에 근무하는 공무원이 못골 아닌 곳을 못골이라고 일러줄 리는 없었지만, 도무지 그의 말을 받아들일 수가 없었다. 나는 속은 사람 표정으로 5층 상가 건물에 나붙은 간판들을 멍하니 바라봤다.

 양지다방 · 돈왕정육점 · 황산벌세탁소 · 비탈단란주점 · 몽마르쥬호프 · 신촌마트, 그리고 원앙모텔 등의 간판이 원색으로 치장을 한 채 이리저리 뒤섞이며 시야에 들어왔다. 분명 오던 길에도 본 건물들이었다. 하지만 설마 그곳이 못골 앞이리라는 생각은 전혀 할 수 없었다.

더구나 그곳을 본 것은 오늘뿐만이 아니었다. 논산 가는 길에, 부여 가는 길에, 대천 가는 길에, 그리고 이 모든 곳으로부터 되돌아가는 길에 수없이 보아온 낯익은 건물들이었다. 그래서 더욱 미심쩍었고, 인정하기 힘들었다. 그러나 그곳이 못골이라는 사실은 나의 의심이나 인정 따위와는 무관한 것이었다. 기억과 다르다고 해서 그것이 실체가 아니라고 우길 수는 없는 노릇이었다.

"못골은 왜 그리 애타게 찾아요. 숨겨둔 보물이라도 있는 거유?"
"무슨?"
"그럼 뭐유? 아무 이유도 없이 목메게 찾을 일은 없을 것이고……."
"이유?"

나는 이유라는 말에 섬뜩했다. 그랬다. 내가 못골을 찾는다면 그 이유가 있어야 마땅할 것이다. 아무런 이유도 없이 무작정 못골을 찾는다는 것은 있을 수 없는 일이 아닌가. 게다가 우리가 두마면에 온 것은 민담 채록이라는 뚜렷한 목적이 있어서였지 못골을 찾으려고 온 것은 아니었다. 그런데 지금 나는 마치 잃어버린 지갑이라도 찾듯 만사 제쳐두고 못골만이 자꾸 떠오르고 있는 것이다. 그렇다면 이유가 뭐지? 기억을 헤집는 것과 못골을 찾는 것은 사실 별개의 문제였다. 기억은 기억으로 그만인 것이지, 기억이 난다고 해서 그 기억 속을 찾아들어 갈 필요는 없었다. 다시 말해 그 기억 속으로 찾아들어가려면 그에 따른 합당한 이유나 목적이 있어야 했다. 게다가 하릴없이 추억여행을 나온 것이 아닌 지금으로서는 더욱 그랬다.

못골의 위치를 찾은 나는 이제 그 못골에 집착하는 이유를 찾아야 했다. 앞뒤가 바뀐 어처구니없는 일이었다. 그러나 그 이유는 이미 충분히 가지고 있었다. 다만 인정하고 싶지 않을 뿐이지.

2

역사적인 남북정상회담 성공을 경축합니다
두마면 직원 일동

누렇게 바랜 흰 천에 푸른색 글씨를 박은 플래카드가 바람 한 점 없는 탓에 면사무소 담에 마치 풀칠을 한 듯 얌전히 붙어 있었다. 면사무소 담을 끼고 돌아 차폭보다 한두 뼘가량 넓어 보이는 농로를 따라 조심스레 차를 몰았다. 연이은 태풍 소식과는 달리 제대로 된 비 한 번 내리지 않은 탓에 농수로는 바닥이 갈라진 채 물이 지나간 흔적만 겨우 유지하고 있었다. 하지만 지금쯤은 비보다 햇볕이 반가운 벼들은 너른 들판을 맘껏 차지한 채 누렇게 익어가고 있었다. 올 들어 툭하면 발생하던 게릴라성 호우만 더 이상 없다면, 풍작은 틀림없을 것 같았다. 비좁은 농로가 끝나고 개울을 건너자, 야트막한 산자락을 둘로 나누어 차지한 샛말과 양짓말이 보였다. 마을 입구에 버티고 서 있는 느티나무 아래 차를 멈춘 우리는 각자 챙이 넓은 모자와 가방을 챙겨 차에서 내렸다.
"마을이 참 곱다. 이런 곳에서 아무 생각 없이 며칠 묵을 수 있었으면 좋겠다."
"내가 이만큼을 맡을 테니까, 선배는 이만큼을 맡으슈."
동규는 나의 푸념 섞인 넋두리에 아무런 대꾸 없이 서둘러 작업 영역을 나누었다. 아마도 내내 딴전만 피우고 있는 내가 못마땅한 모양이었다. 그는 면사무소에서 얻어온 지도를 차 트렁크 위에 펼치고, 마치 작전구역을 지정하는 지휘관처럼 두 곳의 지점을 잡아 손가락 끝으로 동그라미를 그렸다. 동그라미 속에는 각각 두 곳의 마을이 들어 있었다. 내가 속한 동그라미 속에 못골이 들어 있었다.
"보물 찾으면, 반은 제 몫입니다."
동규가 지도를 접어 가방 한쪽에 쑤셔넣으며 말했다.
"그래."
나는 웃으며 그의 말을 받았다.
"잘하실 것으로 믿지만, 그래도 확인하는 의미에서 몇가지 얘기할게요. 첫째, 구술자가 하는 얘기가 중언부언이다 해서 선배 생각대로 요약하거나 정리하시면 안됩니다. 논리성이나 타당성, 뭐 그런 기준을 적용하지 마시라는 얘기예요. 둘째, 구술 내용이 익히 알려졌다거나 기존의 책자에서 봤다고 해서 생략하시면 안됩니다. 셋째, 메모와 기억력만 믿으면 안됩니다. 반드시 녹음하세요. 끝으로 구술자의 이름, 성별, 나이, 연락처를 반드시 기재해야 합니다. 구술자의 사진을 찍으면 더욱 좋고요. 이상."

동규는 채록에 앞서 나에게 지난번 실수를 지적하고 있었다.

발 없는 말이 천리를 간다는 속담처럼 민담도 천리를 드나들었다. 때문에 어느 곳을 가건 대부분 주제와 소재가 비슷비슷했다. 다소 차이가 있다면, 구술하는 사람의 입담이나 상상력에 따라 조금씩 곁가지를 쳐 윤색될 뿐이었다. 이런 점을 소홀히 여겼던 나는 지난번 민담 채록에서 낭패를 보았다. 내 딴에 새로운 것이 없다고 한 가지도 채록을 하지 않은 것이다. 그리고 되레 의기양양한 표정으로 민담에 대한 나의 해박한 지식을 떠벌였다. 새로운 민담을 찾는다는 것은 호박넝쿨에서 수박을 구하는 것만큼이나 거의 불가능에 가까운 일이었다. 어쨌든 호박이냐 수박이냐를 판가름하는 것은 우리들의 물주이자 민속학자인 홍 교수의 몫이고, 우리들의 몫은 민담을 구술받아 녹음하고, 그 내용을 글로 옮겨 기록하는 것이었다. 이 일로 일당 5만 원을 받는다. 게다가 글 정리에 따른 원고료는 별도 계산이었다.

해마다 쏟아져나오는 후배들에게 밀려 계절학기 강의조차 못 얻은 이번 방학 같은 경우, 일당 5만 원짜리 아르바이트면 짭짤한 수입이라 할 수 있었다. 나는 이 일로 채록기간 30일치의 일당을 선금으로 받았다. 정말 감지덕지할 일이다. 때문에 나는 동규에게 고마워해야 마땅했고, 또 그의 지시를 꼭 새겨들어야 했다.

두 시간쯤 각기 헤어져 오전 채록을 마치고 점심참에 다시 만나기로 약속한 뒤, 우리는 각자의 담당구역에 해당하는 동그라미 속을 찾아갔다.

나는 바늘 끝으로 꼭꼭 찌르는 듯한 따가운 햇살을 받으며, 양짓말을 가로질러 못골로 향했다. 양짓말과 못골은 호남선 기찻길을 사이에 두고 이웃해 있었다. 행정구역상 갈라졌을 뿐 생활권이 둘로 나뉜 마을이라고 보긴 힘들었다.

산자락을 차고 앉은 양짓말을 끼고 그늘을 골라 갈지자의 더딘 걸음으로 20분쯤 걷자, 밑둥치에 돌무더기를 거느리고 허리에는 대여섯 겹의 새끼줄을 두른 정자나무가 나타났다. 눈에 익은 정자나무를 비껴 못골임을 알리는 표지석이 나타났고, 허리 높이만큼 쌓아올린 두엄더미 뒤편으로 풀썩 주저앉은 듯한 마을이 보였다. 50여 가구 남짓이 모여 마을을 이룬 못골은 멀리 계룡산의 뒷잔등을 마주보며 여전히 옹색한 모습으로 자리 잡고 있었다.

나는 마을 안으로 접어들면서 빈집과 헐린 집을 포함해 어림잡아 10여 가구 이상이 빠진 것을 알 수 있었다. 신도시 개발계획에 따라 머지않아 못골 전부가 사라질 수도 있겠다는 생각이 들었다.

"붕어가 들어 있어서 붕어빵이라고 부른 것이 아니잖여?"

마을 이름이 못골인데 못은 어디 있냐는 질문에 노인은 농담으로 받았다. 그러고 보니 이곳을 서너 차례 다녀갔음에도 못을 본 적도, 또 못에 관하여 신경을 써본 기억도 없었다. 그 어린 시절 마을 이름에 대한 관심이 있었을 리가 없었다.

초면에 대뜸 민담 한 자락 들려달라고 조를 수 없어 말머리 삼아 한 말인데, 뒤통수를 얻어맞은 셈이 되고 말았다. 오늘이 벌써 다섯 번째 현장 채록인데, 도무지 요령도 말주변도 늘지 않았다. 학생들을 상대로 비슷비슷한 강의만 했을 뿐, 누구에게 묻고 듣는 일은 너무 오래돼 도무지 적응이 되지를 않았다. 이쯤에서 노인의 농담을 받아 걸맞은 얘깃거리로 낯섦을 걷어내야 하는데, 그게 생각처럼 따라주질 않았다.

"타지 사람인 것 같은디, 생면부지인 날 찾아 문안 인사하려구 예까정 왔을 리는 없을 것이고, 뭔 일로 이곳에 왔는가?"

채록을 하면서 열 번도 넘게 들어본 말이었다.

"참 팔자 좋은 사람인개벼. 시방 늙은이 붙잡고 옛날 얘기 듣자고 왔다는 거여, 시방?"

더듬대는 말솜씨로 대충 찾아온 목적을 설명하는 사이 이리저리 나를 살피던 노인은 또 다시 면박을 주듯 쏘아붙였다.

"논산시에서 부탁을 받고……."

이번 채록은 논산시로부터 홍 교수가 용역을 받아 하는 일이었다.

"관에서 하는 일이여? 아, 관에서 하는 일이라면 시방 야그를 듣고 백성 편안케 해줄 궁리를 해야지, 뭣 할라고 쓰잘데기 없는 옛날 야그를 모은댜?"

폭이 좁고 긴 얼굴에 눈꼬리가 치솟고 턱이 각진 노인은 보통 까탈스러워 보이지 않았다. 더 이상 노인과 상대하는 것은 무리일 듯싶었다. 나는 시간을 허비하기 전에 다른 상대를 찾을 요량으로 마루 끝에 걸친 엉덩이를 빼며 일어섰다.

"젊은 사람이 성질머리가 강퍅해가지고, 어떻게 남 야그를 공으로 얻어 듣는댜. 앉아봐. 옛날 야그라면 내가 이 근동에서 안 빠지는 축에 드는 사람인게, 그냥 앉아 있어보라구."

나는 노인의 말에 감사하며 얼른 엉덩이를 다시 붙였다. 노인의 비위를 맞출 겸해서 고작 생각해낸 것이 잽싸게 담배를 권해드리고 불을 댕겨 드리는 일이었다.

노인은 생각을 가다듬는 듯, 잠시 뜸을 들이는 동안 헛기침까지 서너 번 내뱉었다.

"옛날, 것두 아조 먼 옛날, 아주아주 심성 고운 며느리가 눈먼 시엄니를 모시고 살았것다."

담배를 한 모금 깊숙이 빤 노인은 내가 미처 녹음기를 켜기도 전에 서둘러 얘기를 시작했다. 내뿜는 담배연기를 타고 노인의 옛날 이야기가 계속됐다.

"그런데 집안이 똥구녕이 찢어질 정도로 가난혔어. 그 당시에도 돈을 벌어야 사는 것은 시방이나 매한가지였어. 봇짐장사인 남편은 한번 집을 나가면 한 해가 됐건 두 해가 됐건 타관을 돌며 행상을 혔지. 목구녕이 포도청인게, 그동안 며느리는 남의 집 품팔이와 삯바느질을 하며 근근히 살림을 꾸려나가야만 혔어……"

며느리는 눈멀고 병약한 시어머니를 정성껏 모셨다. 노망까지 들어 집안 형편을 잊은 시어머니는 고기타령을 했다. 고기 살 형편이 못 되어 한숨만 짓던 며느리는 궁여지책 끝에 지렁이를 잡아 국을 끓여드렸다. 매끼마다 지렁잇국을 먹은 시어머니는 병을 고쳤으며, 점점 기력을 회복하여 살까지 토실토실 올랐다. 지렁잇국이 너무너무 맛있는 시어머니는 이렇게 맛있는 것을 혼자만 먹어 아쉽다며, 아들이 오면 보여주기라도 해야겠다는 생각에 국에서 지렁이를 건져 장판 밑에 숨겨두었다. 어느 날 아들이 돌아왔다. 노파는 아들에게 며느리 자랑을 하며 말라비틀어진 지렁이를 보여주었다. 기가 막힌 아들이 어머니에게 지렁이라는 사실을 알렸고, 그 소리를 들은 노파는 깜짝 놀라 눈을 떴다. 그 뒤 세 식구는 행복하게 잘 살았다.

노인은 내가 초등학교 2학년 어느 여름밤에 고모에게서 들었던 이야기를 하고 있었다.

"부잣집 며느리였는데, 남편이 과거를 보러 간 동안 눈먼 시어미를 미워했던 며느리가 고깃국을 달라는 시엄니에게 지렁이를 먹였던 거야. 과거에서 돌아온 남편에게 이 사실이 발각되는 순간, 하늘에서 벼락이 떨어져 며느리는 죽고, 그 벼락소리에 놀란 시어미는 눈을 떴다는구나."

고모는 같은 줄거리에 다른 결론을 담아 들려줬다. 그해, 나는 더위와 모기로 잠을 설치던 여름밤을 고모의 성치 않은 무릎에 머리를 묻고 잠들곤 했다. 고모는 응석이 많은 내가 밤잠을 설치며 칭얼댈 때마다 부채질로 더위와 모기를 쫓아주고, 옛날 이야기를 들려줬다. 어린 시절 심한 말더듬이었던 나는 그 때문에 친구들로부터 놀림과 따돌림을 받아 늘 외톨이로 지냈다. 하지만 고모가 우리 집에서 함께 산 열 달 남짓한 기간 동안은 외롭지 않았다. 어린 나이부터 각지를 떠돌며 험한 세파 속에서 사람 등쌀을 많이 겪은 탓에 셈이 앞서고 정에 인색해진 고모였지만, 유독 나에게는 한껏 잔정을 쏟아부었다. 그 당시 고모는 고모부의 생활력 부재 때문에 방 두 칸짜리 우리 집에 얹혀 더부살이를 하고 있었다.

"창식아, 나는 죽지 못해 산다."

그 열 달 동안 고모는 성격이 안 맞는 엄마와 수차례 다퉜고, 다툼이 끝난 뒤에는 내 앞에서 치마 깃으로 팽팽 코를 풀며 분을 삭였다. 엄마와 고모 사이에 각별히 문제될 만한 싸움거리는 없었으나, 고모의 자격지심과 엄마의 까탈 맞은 성격이 마주치면 어김없이 분란이 일었다.

노인의 이야기는 소재를 바꿔가며 한 시간 반 가까이 계속됐다. 노인은 얼굴에 새겨진 주름살만큼이나 많은 이야기를 알고 있는 듯했다. 입심도 입심이지만, 해석도 맛깔스러웠다. 노인은 이치와 도리를 찾아가며, 말끝마다 그것이 사람 사는 이치 아녀? 라는 식으로 되묻고는 했다. 새로 갈아 끼운 녹음 테이프의 앞면이 끝나고 뒷면이 이어졌다. 방귀에 얽힌 이야기, 소금장수 이야기, 호랑이에 얽힌 이야기, 뻐꾹새 이야기, 두꺼비 이야기, 원님에 얽힌 이야기, 중간중간 『고금소총』에 담긴 이야기를 빼고도 노인은 모두 열일곱 가지의 이야기를 들려주었다. 그러나 아쉽게도 노인의 이야기 가운데 새로운 것은 한 가지도 없었다. 다만 등장인물과 배경, 과정과 결론, 그리고 해석이 조금씩 다를 뿐이었다.

"아직도 많이 남았는디⋯⋯ 왜? 내 야그가 그쪽에서 찾는 야그가 아녀?"

내가 엉덩이를 들썩이며 시계를 들여다보자, 노인이 언짢은 표정을 지으며 말했다. 나이가 들면 노여움과 눈치가 는다는 말이 맞는 듯싶었다.

"아닙니다, 맞아요. 점심시간이 됐다 싶어서⋯⋯."

시침이 한시를 훌쩍 넘어서 있었다. 동규를 만나 점심을 해결해야 할 시간이 지났다.

"시장하구만? 그라믄 밥을 먹고 혀야지. 얘, 아가⋯⋯ 아가!"

노인은 밥까지 챙겨 먹일 요량인 것 같았다.

"아, 아닙니다. 만나기로 한 일행이 있거든요."

나는 급히 손사래질을 하며 노인의 호의를 사양했다. 그러나 노인이 베풀고자 한 인심은 내 생각처럼 의례적인 인사치레가 아니었다.

"일행이 있으믄⋯⋯ 이리 불러. 함께 먹으면 되잖여?"

"아니, 됐슈니다."

노인은 나의 사양을 거절로 받아들인 듯싶었다. 노인의 얼굴에 금방 서운한 표정이 스쳤다. 하지만 낯선 사람과 낯선 집에서 밥상을 마주할 만한 주변머리가 없었다. 결국 거절하기로 마음을 굳히고 막 돌아서 나오려 할 때, 갑자기 마을을 스치듯 지나가는 기차 소리가 들렸다.

"왜, 가려구? 누군지 모르지만, 부르면 안되나?"

나는 기차 소리에 섞인 노인의 말을 듣는 순간, 몸에 쥐라도 난 듯 움직일 수가 없었다.

"왜, 가려구? 좀 더 놀다 가지 않구?"

노인의 말에 느닷없이 고모의 목소리가 끼어든 때문이었다. 그때 고모는 서운하고 아쉬운 말투로 떼를 쓰듯 내게 말했다.

고모의 찌든 살림살이와 뜯어지고 때 전 몸뻬가 싫어서, 큰맘 먹고 올 때마다 늘 하룻밤만 자고 나면 채 해가 뜨기도 전에 짐을 챙겨들었다. 그때마다 고모는 이렇게 서운함을 표현하며 사정하듯 매달렸고, 나는 매정스레 돌아서 나왔다.

나는 기차가 지나가는 바람에 가볍게 떨고 있는 마루 끝에 주저앉아 휴대전화 폴더를 열었다.

"난데, 못골 붉은 함석지붕이 있는 집으로 와라. 와 보면 알아."

통화를 마치고 내가 멋쩍은 웃음을 짓자, 노인도 얼굴에 설핏 웃음기를 띠며 응수했다.

느닷없이 떠오른 고모 생각에 마음을 바꿔 노인의 청을 받아들이긴 했지만, 아무래도 폐를 끼치는 것 같아 거북했다. 유난히 거북스러움을 견디지 못하는 내가 어쩌면 정말 의례적인 청인지 모를 노인의 말에 급기야는 거절을 못하고 그만 주저앉은 것이다.

나는 노인의 서운한 표정을 보는 순간 고모의 모습을 떠올렸고, 그 속에서 외로움을 읽었다. 서운함과 외로움에는 어떤 공통점이 있는 것인가. 나는 뜬금없는 생각을 하며 내가 노인의 말에 주저앉은 이유가 어쩌면 해묵은 죄책감 때문일 것이라고 믿었다. 애당초 노인의 표정에 서운함 따위는 없었는지도 모른다. 다만 내가 지레짐작으로 그렇게 느꼈을 뿐일 수도 있다. 그렇다면……. 그것은 틀림없이 고모 때문이다. 노인의 표정이 고모의 표정을 빼 닮았던 것이다. 고모가 나를 보는 표정은 늘 서운함과 외로움이 깃든 모습이었다.

"못골에 왜 못이 없냐구 물어봤던가?"

부엌문 밖에 서서 상 차리는 일로 며느리와 몇마디 주고받은 노인이 내 쪽으로 다가앉으며 물었다. 노인은 마치 말에 굶주린 사람인 양 끊임없이 이야깃거리를 찾는 듯했다.

"붕어빵에 붕어가 없는 것과 같은 이치라면서요."

노인은 나의 대꾸에 파안대소했다. 웃음으로 일그러진 얼굴은 온통 잔주름 투성이였다. 지나온 세파의 고단함이 그 주름의 파인 골마다 차곡차곡 쌓여 있었다. 나는 노인의 얼굴 주름이 많은 사연을 담은 레코드판을 닮았다는 생각이 들었다. 티없이 순박하고 멋진 웃음이었다. 나도 늙으면 노인을 닮은 웃음을 짓고 싶다는 생각이 들었다.

"저어기, 십자가 보이지? 저 자리가 이십 년 전에 못이 있던 자리야."

노인의 시선이 손가락 끝에 실려 못이 있었다는 자리를 가리켰다. 그 자리는 개울을 건너 비닐하우스 단지를 잠시 가로지르고 도드라진 잡초더미를 넘었다. 그리고 기역자 모양으로 생긴 기도원 건물이 치솟은 곳을 가리키고 있었다.

"성당 기도원이라지. 그래도 다행이야. 마을이 큰길 쪽으로 빠져 있었더라면, 예수쟁이들 보는 것보다 더 험한 꼴을 보며 살 뻔했어. 술주정뱅이나 바람둥이들 쳐다보며 사는 것보다야 예수쟁이들이 밤낮없이 울부짖으며 기도하는 소리를 듣고 사는 편이 백 번은 낫지."

노인은 푸념 끝에 담배를 뽑아 물고 불을 댕겼다. 잠시 침묵이 흘렀다.

하늘이 무너져도 소사날 구멍은 있다는 옛말이 맞는 것 갓씁니다. 소작 부치던 땅이 팔려 어떠케 살아가야 하나 노심초사했는데 그 땅에 큰 예배당 건물이 들어선다고 합니다. 반가운 소식입니다. 당분간이겠지만 노가다판에서 일을 하면서 달리 살 방도를 차즐 수 있게 되었으니 여간 다행한 일이 아닙니다. 늘 불초소생 때문에 걱정을 끼쳐 드려 송구합니다.

나는 기도원 쪽을 향해 몸을 틀어 앉았다. 20년 전 고모부와 고모에게 고마운 일자리를 주었던 기도원 건물이 과수원과 맞닿은 야트막한 언덕배기 끝에 걸쳐 있었다. 기도원 공사판에서 시작된 노가다는 그 뒤에도 계속됐다.

신도안에 육군본부가 들어설 것이라는 소문과 함께 못골은 갑자기 개발 바람을 탔고, 땅값은 미친 듯이 치솟아올랐다. 그 바람에 땅 가진 사람들은 하루아침에 모두 떼돈을 벌었다. 그러나 집 한 칸 땅 한 뼘 없는 고모부는 되레 소작지를 잃고 내몰릴 신세가 되고 만 것이다. 고모부는 그 치명적인 위기 속에서 개발 공사장의 일감을 얻을 수 있게 된 것이 천우신조라고 편지 말미에 덧붙였다.

공사판의 잡부 생활은 당분간으로 끝나지 않았다. 기도원을 시작으로 벌어진 공사는, 그 뒤 러브호텔·가든·주유소·다방·음식점 공사 등으로 5년 가까이 이어졌다. 고모부는 해병대에서 뼈 빠지게 충성한 덕분에 뒤늦게 나라의 개발 덕을 보게 되었다고 기뻐하며, 또 다시 공사판에서 뼈 빠지게 일했다. 그 당시에도 이미 알코올중독자였던 고모부였지만, 밥벌이만큼은 손을 놓지 않았다.

소금에 절인 배추 꼴이 되어 온몸이 땀에 흠뻑 젖은 동규가 마당으로 들어서자, 부엌에서 곧 밥상이 나왔다.

마당 한쪽의 펌프 물로 땀을 씻어낸 동규가 밥상으로 다가앉자, 노인은 수저까지 일일이 챙겨주며 식사를 권했다.

"그 노인 한 분과 지금까지 있었단 말이에요?"

식사를 마치고 이런저런 한담 끝에 육군본부가 들어서면서 두마면에 얽힌 개발 내력까지 덤으로 듣고 나왔을 때, 동규가 퉁명스레 쏘아붙였다.

"일진이 좋아 이야기꾼을 만난 거야. 더위에 쏘다니지 않고도 열일곱 가지 이야기를 채록했다면, 봉 잡은 셈 아니냐?"

나는 이 미친 듯한 더위에 귀동냥하느라 이 집 저 집 기웃거리고 다녔을 동규의 모습을 떠올리며 기세 좋게 대꾸했다. 보너스를 받을 만한 새로운 이야기를 건진 것은 아니었지만, 그렇고 그런 이야기일지라도 만족스런 성과를 얻은 셈이었다. 온종일 다리 품을 팔아야 겨우 얻을 수 있을 양의 이야기를, 한 노인의 서운함과 외로움 덕분에 큰 힘 들이지 않고 챙길 수 있었던 것이다.

"전 허탕만 치고 다녔어요. 가는 곳마다 난 이사를 온 사람이니 딴데 가서 알아봐라, 지금은 바쁘니까 다음에 얘기하자, 뭐 이런 식이에요. 수박 한 통 사들고 노인정으로 가야 할 것 같습니다."

"외로운 노인을 찾아봐."

나는 동규의 등을 떠밀며 마치 노하우라고 터득한 양, 기세 좋게 한마디 일러주고 돌아섰다.

동규와 다시 헤어진 나는 노인이 귀띔해준 둔덕 너머 초가로 향했다. 노인은 그곳에 가면 외딴 초가 한 채가 있는데, 들을 만한 얘기가 많이 있을 것이라고 했다.

마을 끝자락을 지나 사과나무 밭이 있는 둔덕 너머에 곧바로 있다던 초가는, 마을을 벗어나 경사진 산길을 따라 십여 분이나 걸은 뒤 나타났다. 소나무 숲과 집채만한 바위를 등지고 있는 초가는 담도 대문도 없이 외진 곳에 있었다. 길을 잘못 들었거나 이미 지나친 것이 아닌가 싶어 발길을 막 돌리려고 할 때, 둔덕 너머로 누렇게 바랜 흰 깃발이 대나무 끝에 매달려 바람에 너풀거리는 모습이 보였다. 깃발은 마치 여기야, 하며 손짓하고 있는 듯 보였다.

대나무 꼭대기에 깃발을 꽂은 집은 여느 민가가 아닌 무당 집임을 한눈에 알아볼 수 있었다. 내친 김에 집 앞까지 별다른 생각 없이 왔던 나는 걸음을 멈추고 잠시 머뭇거렸다. 노인이 짓궂은 장난을 한 것 같기도 하고, 또 왠지 무당을 만난다는 것이 내키지 않은 때문이었다. 하지만 이런 망설임은 곧 사라졌다. 갑자기 날씨가 변덕을 부린 때문이었다. 어디서 어느 틈에 몰려왔는지 모를 한 무리의 먹장구름이 느닷없이 장대 같은 빗줄기를 쏟아부었다. 한 차례 소나기가 있을 것이라는 일기예보는 있었지만, 비가 올 기미는 끈끈한 습도 말고는 방금 전까지만 해도 전혀 찾아볼 수 없었다. 어쨌든 나는 빗줄기를 피해 초가의 추녀 밑으로 들어서지 않을 수 없었다.

"밖에 누가 왔나?"

결국 나는 자의반 타의반으로 방안에 들어와 백발의 머리를 쪽찐 노파와 마주앉았다.

재수패를 떼고 있었는지, 무당 노파는 느긋한 손놀림으로 화투장이 흩어진 군용모포를 둘둘 말아 한쪽으로 치웠다. 그리고 나서는 마치 관상이라도 보듯이 내 얼굴을 뚫어지게 바라봤다. 먹구름 탓에 빛을 먹은 방안은 어두웠고 음산했다. 불을 켤 만도 한데 노파는 어둠이 오히려 익숙한 듯싶었다. 빛이라고는 제단 앞에 켜둔 촛불 두 개가 전부였다. 촛불이 가늘게 흔들리며 방안의 그림자를 이리저리 뒤틀고 있어 음산한 분위기를 더욱 부채질했다. 게다가 노파가 모시는 신주도 바늘 같은 수염을 꽂은 채 금방이라도 튕겨나올 듯한 눈알로 나를 노려보고 있었다. 나는 무서움으로 온몸에 소름이 돋았다. 얼마나 지났을까.

"젊은 놈이 뭔 귀신들을 줄줄이 달고 다녀?"

"예?"

"어디 보자. 어이쿠…… 다들 숨었는데, 너만 안 숨었어. 왜 그랬어?"

무당은 혼잣말로 중얼댄 뒤, 무언가를 한 움큼 집어 상 위에 던졌다. 방안 가득 금속성 소음이 울렸고, 나는 갑자기 등골이 서늘해지는 기분을 느꼈다. 상 위에는 때 전 다섯 개의 엽전이 여기저기 나뒹굴어 있었다. 무당은 흩어진 엽전의 모양새를 잠시 바라본 뒤 다그치듯 물었다.

"점을 보러 온 것이 아니라구……."

"예……?"

나는 노파가 던진 의외의 질문에 당황했다.

"잠자코 듣기나 해! 백주에 귀신 달고 다니는 놈을 그냥 놔두란 말얏!"

무당은 묻지도 않은 말을 가지고 트집을 잡듯 몰아세운 뒤, 핏발선 눈빛으로 나를 노려보고 있었다. 방안을 뒤흔든 무당의 고함소리가 치솟아 또 다시 등골을 타고 올라왔다. 나는 그 기세에 가위가 눌려 대응은커녕 입술조차 달싹일 수 없었다.

"그럼, 여긴 왜 왔어?"

"그건…… 어떤 노인의 소개로 민담을 조사하려고……."

"이렇게 아둔하니까 귀신들이 달라붙지. 날 찾아온 이윤 묻는 게 아니라, 이 마을에는 뭣 땜에 기어들어왔냐구?"

"좀 전에 말씀드렸는데……."

나는 더 이상 다른 할 말이 없었다. 마치 최면에 빠진 듯했고, 꿈을 꾸고 있는 듯했다. 뒤늦게 무당이 듣고자 하는 답은 민담 채록 따위가 아닐 것이라는 생각이 문득 들었다. 아침에 집을 나서면서부터 줄곧 내가 무언가에 이끌리듯 이곳에 오게 된 이유, 다시 말해 내가 굳이 과거로 돌아가길 거부하는 그 이유를 묻는 것 같았다.

나는 늘 가던 길 위에서 길을 잃은 넋 나간 나그네가 분명했다. 아니 애초부터 길 따위는 생각조차 하지 않고 무작정 길 위를 걸어온 것인지도 모른다. 그런데 이제 더 이상 앞으로 걸어나갈 수 없게 되었다. 외나무다리로 들어선 것이다. 무당이 낸 수수께끼를 풀어야 외나무다리를 건널 수 있을 것이다. 물론 외돌아갈 수도 있을 것이다. 그러나 지금껏 외돌아온 길을 또 다시 외돌아갈 수는 없는 일이었다. 이제 시간이 충분치가 않았다. 나이를 먹었고, 그 나이에 걸맞은 내 몫의 삶을 아직 찾지 못했다. 무당은 내가 왜 이런 삶을 사는지 그 이유를 대라며 요구하고 있었다. 내게 그 요구는 선택의 여지가 없는 것으로 보였다. 언제까지 외나무다리 한가운데 버팅기고 서 있을 수는 없는 노릇이었다. 나는 등줄기에 식은땀이 솟으며 정신이 아뜩해져옴을 느꼈다. 나는 마침내 외나무다리에서 떨어지고 말았다.

"젊은이, 미안허우. 내가 신기를 주체 못해 주책을 떨었수."

형에게 가는 길 253

얼마나 지났을까. 가까스로 정신을 추스렸을 때, 무당이 황급히 물그릇을 건네며 말했다.

"어…… 어떻게 된 겁니까?"

"아들이 있는 것도 모르고, 내가 주책을 떠는 바람에 젊은이가 그만 혼절을 했수. 내가 정말 미안허우. 미안해. 그냥 헛소리다 여기슈. 내가 미쳤어. 아들과 조카 구분도 못하다니…… 쯧쯧. 정말 미안허우. 미치지 않고서야 이럴 수가 없는 거여. 멀쩡히 찾아온 손님을 경치게 했으니……."

무당은 무릎걸음으로 방안을 빙빙 돌며, 어쩔 줄을 몰라 중언부언했다. 그러는 사이사이에 머리를 절레절레 흔들며 알 수 없는 사과를 거듭했다.

"괜찮습니다. 그런데 아들이라뇨?"

나는 물그릇을 받아 한 모금 마신 뒤 물었다. 도대체 아들은 뭐고, 조카는 뭐라는 얘긴가.

"내가 헛짚은 거유. 젊은이가 이해하슈. 잠시 신기가 잘못 들어 흰소릴 지껄였소."

무당은 어쩔 줄 몰라하며 나를 진정시키느라 무진 애를 쓰고 있었다. 그래도 부족하다고 느꼈는지 무당은 이 곤란해진 상황을 수습하기 위해 넋두리까지 덧붙였다.

"이젠 이짓도 그만둬야 할까 보우. 신도 진짜와 가짜가 있는데, 가짜에게 홀린 걸 보면, 아마도 내가 망령이 든가 보우."

무당의 지나친 변명이 오히려 나의 불안에 확신을 심어주고 있었다. 내가 누구의 조카라는 사실은 또 어떻게 알았다는 말인가. 물을 한 모금 마시고 정신을 추스른 나는, 좀 전까지만 해도 두려움에 떨며 피하기만 했던 무당을 뚫어지게 쏘아봤다. 무당은 고개를 외로 꼰 채 방바닥을 내려다보며 좀처럼 눈을 맞추려 하지 않았다.

"어떤 귀신들입니까? 제가 달고 다니는 귀신들이."

나는 자리를 피하려는 듯 이윽고 물그릇을 들고 서둘러 일어서는 무당을 향해 물었다.

"비가 그쳤나 보우."

황급히 문을 나서며 한마디 던진 무당은 다시 방으로 들어오지 않았다. 십여 분이 넘게 꼼짝 않고 기다렸으나 헛일이었다.

"급살 맞을 영감탱이 같으니라구. 꼴에 관상을 좀 볼 줄 안다, 이거지."

방문을 나와 마당을 벗어날 때, 등 뒤에서 중얼중얼거리는 무당의 욕설이 들려왔다. 무당의 그 말은 노인이 나의 관상을 보고 무당에게 보냈다는 뜻으로 해석됐다. 그러니까, 노인이 나에게서 무언가를 찾아냈으나, 자신의 재주로는 그 정체를 제대로 알 수가 없어 의도적으로 나를 무당에게 보냈다는 얘기다. 당장 발길을 돌려 무당을 붙잡고 닦달을 해서라도 궁금증을 풀고 싶었으나, 이런 생각과는 달리 몸은 어느새 모퉁이를 돌아 왔던 길을 되짚어 마을 쪽으로 한참을 빠져나와 있었다.

의구심을 묶어두고 몸만 도망친 때문일까. 무당 집을 빠져나온 뒤에도 나는 마치 최면에 걸린 듯한 몽롱한 의식을 제대로 가누지 못했다.

하늘은 어느새 거짓말처럼 맑게 개어 있었다. 순간, 무당의 말도 거짓말이 아닐까 하는 생각이 들었다. 그러나 찜찜하고 꿈꿈한 마음은 무당의 말이 결코 거짓이 아님을 뒷받침해주고 있었다.

나는 최면에서 가까스로 풀려난 사람처럼 멍한 정신으로 마을을 향해 서둘러 걸었다. 마을이 한 발 한 발 가까워질수록 두려움은 차츰 스러져갔다. 하지만 나는 그 두려움이 스러진 자리를 무언가가 대신하고 있음을 느낄 수 있었다. 그것은 회피와 부정, 그리고 비겁함이었다.

아들이 있는 것도 모르고…… 아들과 조카 구분도 못하다니…….

무당은 흰소리를 하지 않았다. 무당은 미치지도 않았고, 더구나 흰소리를 지껄이지도 않았다. 미친 흉내를 내며 얼렁뚱땅 넘기려고 애썼을 뿐이다. 모든 것을 이야기하지는 않았지만, 적어도 한 가지 사실은 명확하게 일러주었다. 아들과 조카를 구분하지 못할 만한 조상이 있다는 사실. 아니 아들과 조카를 구분하고도, 조카를 찾을 넋이 있다는 사실이었다.

고모는 아이를 낳지 못했다. 할머니의 말에 의하면 삼신할미의 못된 심술 때문이라고 했고, 어머니의 말에 의하면 열다섯 어린 나이에 집을 나가 마구 몸뚱이를 굴린 때문일 것이라고 했다. 누구 말이 사실인지는 알 수 없는 노릇이지만, 어쨌든 분명한 것은 고모가 자식을 낳지 못한다는 것이었고, 그 책임 또한 고모에게 일방적으로 뒤집어씌울 책임이 아니라, 타고난 결함이거나 그렇지 않다면 집안의 연대책임이라는 사실이었다. 고모가 집을 나간 것은 몸뚱이를 마구 굴리고 싶어서 스스로 나간 것이 아니라, 할아버지의 폭력과 구박을 못 견딘 때문이었다.

고모는 육이오 동란 때 피란길에 왼쪽 무릎뼈에 포탄 파편을 맞아 다리를 절었다. 정상적인 아버지라면 그런 딸을 안쓰럽게 여겨 성한 사람보다 더한 애정을 쏟을 법한데, 그런 딸의 아버지인 나의 할아버지는 차라리 죽지 않고 병신으로 살아남은 것을 못마땅하게 여겼다고 한다. 말하자면 계집애가 다리 병신이 되어 집안에 우환을 안겨줬다는 뜻이었다. 고모는 애물단지가 되었다.

"저 병신년이 누구 등골 빼먹으려고 아직까지 집안에서 얼쩡거리는 거여. 내 눈앞에서 당장 없어져라, 이년아. 어서!"

고모는 할아버지의 뜻대로 이후 10년 동안 없어졌다. 집에서 없어진 고모는 남의 집 식모살이로, 식당 보조로, 그리고 막노동판을 돌며 벽돌을 나르는 잡부로 살아갔다. 어머니와 고모가 서로의 머리채를 거머쥐고 뒤엉켜 싸울 때, 어머니는 술집 작부로도 있었다는 새로운 사실을 끄집어낸 바 있다. 어쨌든 배운 것이 없으니 식모나 식당 보조, 막노동판 잡부로 일을 했다는 것은 믿어 의심치 않았다. 그러나 술집 작부로 일했다는 것은 미심쩍은 구석이 있었다. 어느 술집에서 얼굴이 곱지도 않고 다리까지 저는 병신을 작부로 쓰겠는가. 게다가 고모는 젓가락 장단도 못 맞추는 리듬감에다 노래도 음치 수준에 가까웠다. 나는 이런 사실을 뒷날 내 눈으로 직접 확인했다.

고모가 결혼을 한 것은 스물여섯 되던 해였다. 그 늦은 결혼은 어머니의 중매로 이루어졌다.

"해병대 출신이래요, 엄니. 나이가 많고 전쟁통에 부모님과 가족을 모두 잃어 고아인 게 흠이지만, 몸 건강하고 의지가 강한데 우리 아가씨 하나 간수 못하겠어요. 해병대 출신이니 정신력 하나는 또 믿을 만하잖아요."

그러나 고모부는 그 건강한 몸과 강인한 정신을 가정을 꾸려나가는 일에 적용하지 않았다. 결혼 6개월 만에 보따리를 싸들고 한밤중에 들이닥친 고모는 모든 것이 사기였다며 어머니와 대판 붙은 뒤, 이혼을 선언했다. 고모부에게 다섯 살 박이 딸아이가 있었던 것이다.

"나이도 넘친 데다 절름발이인 네년이 지금 와서 뭘 어쩌겠단 거냐? 재취도 감지덕지할 일이다."

할머니는 고모의 보따리를 마당으로 내던진 뒤, 이렇게 한마디 내지르고는 돌아앉았다. 네 주제에 찬밥 더운밥을 따지는 것이 어디 가당키나 한 얘기냐는 뜻이었다.

"엄마! 그것 때문이 아니야."

고모는 고모부가 허구한 날 술타령에 헛소리를 지껄여대며 두들겨 패기까지 하니 감당할 수가 없어 도저히 못 살겠다고 했다.

나는 그 어린 시절, 귀신 잡는 해병이 귀신 잡듯이 고모를 팬다면 결코 살고 싶지 않을 것이라고 생각했다. 하지만 고모는 한 달 뒤, 집안 식구들의 설득과 앞으로 잘 하겠다는 고모부의 뻔한 사탕발림에 빠져 못골로 되돌아갔다.

고모가 아이를 못 갖는다는 것이 완전히 밝혀지자, 고모부의 행패는 더욱 기고만장해졌다. 고모는 고모부가 술독에 빠져 살아도, 가끔씩 술독에서 나와 주먹을 휘둘러도 아무런 저항을 할 수 없었다. 다리병신에 애도 하나 못 낳는 쓸모없는 년을 아무도 편들어주지 않았기 때문이었다.

1972년 겨울. 깊은 잠에 빠져 있던 나는, 난데없는 갓난아기의 울음소리에 놀라 자리에서 일어났다. 새벽 한 시였다. 고모가 못 만드는 아기를 엄마가 10년의 각고 끝에 만들어 온 것이다.

"처음엔 고아원에서 데려올까 하고 생각했는데, 나중에 부모가 찾아오면 낭패잖아? 얘는 파출소에서 데려온 애야. 길바닥에 버린 애를 길 가던 사람이 파출소에 인계한 거지. 순경들에게는 아무 기록도 남기지 않도록 손쓰고 약조도 받아냈어. 자, 받아. 고모 아들이야. 잘 키워."

고모부는 아들 이름을 규승(圭昇)이라고 지었다. 김규승.

내가 규승이를 마지막으로 본 것은 그가 고모를 따라 청주를 방문해 한참 미운 짓만 골라 하던 다섯인가 여섯 살 때다. 그러니까 나는 지금까지 규승이를 두서너 번 본 것이 전부인 셈이다. 규승이는 가무잡잡

한 살결에 대추나무 방망이처럼 야무진 생김새를 지녔다. 평소 성격은 온순해 보였지만, 외곬에 장난기가 많고 고집이 셌다. 귀신 잡는 해병도 그의 이런 고집은 잡지 못했다. 중학교 1학년 때까지 규승이는 속 썩이는 일 없이 보통 아이들처럼 자랐다. 공부건 재주건 특별히 잘하는 것도 없었고, 특별히 못하는 것도 없는 중간치 아이였다.

그러나 비밀은 깨지라고 있는 것이고, 또 비밀 치고 오래가는 비밀은 없다. 청주에서 못골까지 바람에 실려 갔는지, 아니면 못골에서 눈치 빠른 여편네들의 수다에 의해 자연발생적으로 생겼는지, 그는 자신이 업둥이라는 사실을 알게 되었고, 그 이듬해 슬그머니 종적을 감췄다.

어머니의 치밀한 계책에 의해 갓난아이를 데려온 날로부터 고모가 7개월이나 우리 집에서 머물며 달이 바뀔 때마다 광목을 덧대 아랫배를 불렸음에도 불구하고, 모든 것이 허사가 돼버리고 만 것이다. 그 뒤 규승이는 고모가 돌아가신 이듬해, 한 차례 지나는 길손처럼 집에 다녀갔다는 소식을 들었다. 고모 입장에서 볼 때는 아들이나 큰조카나 다를 바가 없는 놈들이었을 것이다. 나도 서울에서 대학을 다닌다는 핑계로 고모의 장례식에 가지 않았기 때문이다.

과수원 철조망을 돌아 산모퉁이를 벗어난 나는, 낯익은 철길을 끼고 고모가 살았던 옛집을 향해 어림잡아 걸었다. 마을 어느 구석에도 20년 전의 모습은 온전히 남아 있지 않았다. 옛 모습을 되찾는다는 것은 칠판에 썼다 지운 글씨를 되찾겠다는 것만큼이나 무모한 짓이었다. 더욱이 20년 전에 못골을 다녀간 것은 할머니가 돌아가셨다는 소식을 급하게 한밤중에 전하기 위해서였다. 고모부네 집엔 전화가 없었다. 전보보다는 내가 직접 차편으로 달려가 부음을 전하는 것이 빠르겠다고 생각한 아버지의 심부름이었다. 그러니까 나는 20년 전도 아닌, 28년 전의 못골 모습을 되찾으려 하고 있는 것이다. 그때는 철길이 단선이었다. 고모부네 집 싸리 담을 끼고 기차가 지날 때마다 발밑을 타고 온몸에 퍼지는 가벼운 진동을 느끼곤 했다. 나는 고모부네 집에 머문 그 지루하고 막막했던 이틀 동안 기차의 진동이 전해질 때마다, 어서 그 기차를 잡아타고 오로지 집으로 돌아가고 싶다는 생각만 되풀이했다.

어른들 없이 내 스스로 기차와 버스를 갈아타며 처음으로 여행을 한 것은 초등학교 마지막 겨울방학 때였다. 나는 그때 초등학교에 갓 입학한 막내 동생의 손을 잡고 고모부네 집으로 그 첫 여행을 떠났다.

"고모!"

아버지가 그려준 약도를 들고 사립짝을 들어서며, 마치 술래를 잡았을 때처럼 힘차게 고모를 불렀다.

"어머! 이게 누구여?"

방문을 열고 고모는 쌀알만한 싸락눈이 하얗게 덮인 마당으로 뛰어나왔다. 그렇게 뛰쳐나와 동생과 나를 반기는 고모는 흥분으로 들떠 있었고, 그 때문인지 행동도 별스러웠다. 양손에 들고 있던 보따리와 가방을 채트리듯 빼앗아 댓돌 위로 올라선 고모는 맨발이었다.

"늬들이 연락도 없이 어쩐 일이냐? 어서 들어와."

문지방 밖으로 얼굴을 삐죽이 내민 고모부가 멋쩍은 웃음으로 우리를 맞았다. 물론 얼굴에는 예의 불그스름한 취기가 올라 있었다.

"밥 먹어야지?"

고모는 방안에 보따리와 가방을 팽개치듯 던지고는 곧 부엌으로 나갔다.

고모는 다리를 절며 분주하게 움직였다. 뭐가 먹고 싶으냐고 물었고, 길 찾느라 고생하지 않았냐고 물었으며, 집안에는 별일 없냐고 물었고, 또 어쩐 일로 기별도 없이 갑자기 왔냐고 물었다. 부엌과 방을 잇는 쪽문을 통해 이것저것 궁금한 것을 묻고 답을 들은 고모는, 잠시 뒤 점심상을 들여왔다.

"찬이 변변찮다. 저녁엔 맛있는 것 해줄게."

밥상에서 수저까지 찾아 쥐어준 고모는 미안한 표정을 지으며 말했다.

"우리 집엔 처음이지? 며칠 놀다 가야지. 언제 갈 거냐?"

나는 굳은 표정으로 고모네 집이 처음이냐는 물음에 고개를 끄덕였을 뿐, 언제 갈 거냐는 질문에는 답을 하지 않았다. 집에서 나올 때는 세 밤 자고 올 거라고 했다. 그런데 지금으로서는 도저히 세 밤을 잘 자신이 없었다.

고모네 집은 내가 사는 동네의 공중변소 옆에 있는 거지 움막과 다름없이 초라하고 지저분했다. 사립짝 밖에서 본 마당은 마치 쓰레기장과 다를 바 없었다. 비질 한 번 하지 않은 듯한 마당에는 말라비틀어진 볏짚들이 수북이 쌓여 널려 있었고, 곳곳에 얼어붙은 개똥과 닭똥이 너저분하게 흩어져 있었다. 고모가 게으르고 살림살이가 지저분하다는 것은 익히 들어 알고 있었으나, 마당뿐만 아니라 방안까지 엉망인 것을 보고는 도무지 견뎌낼 재간이 없었다. 벽에서 뿜어져나오는 듯한 담배와 알코올 냄새, 퀴퀴한 곰팡이 냄새, 땀 냄새 등이 뒤섞인 방안의 공기는 욕지기를 일으킬 정도였다. 마당이 눈을 괴롭혔다면 방안은 코를 괴롭히고 있었다. 나는 밥을 먹으려고 안간힘을 썼으나, 결국 두어 번의 숟가락질을 끝으로 밥상을 물러나 앉았다.

"왜? 찬이 입에 안 맞아?"

고모는 새삼 밥상을 훑어보며 마치 죄인처럼 물었다.

"아니. 차멀미 때문인가 봐."

동생은 내가 숟가락을 놓기 전에 이미 "혀엉, 속이 울렁거려." 하며 마루로 나가 있었다. 하지만 나까지 마루로 나갈 수는 없는 노릇이었다.

그날 저녁 고모는 두 어린 조카를 위해 온갖 정성을 기울여 저녁상을 차렸다. 미처 상에 오르지 못한 몇개의 반찬은 방바닥에 놔야 할 정도였다. 하지만 나와 동생은 이미 비위가 상해 있었기 때문에 그 정성을 받아들일 수 없었다.

"이것 좀 먹어봐라."

밥상머리에서 수저를 놓은 채 이러지도 저러지도 못하고 망설이는 나에게 고모는 꽁치찌개를 가리켰다.

숯불 화로에 끓인 꽁치찌개였다. 벌건 양념 국물과 함께 보글보글 끓고 있는 꽁치토막과 감자가 입안 가득 군침이 돌 만큼 맛깔스러워 보였다. 집을 나설 때 여행을 한다는 설렘과 고모네 집을 찾아갈 수 있을까 하는 불안감으로 아침을 먹는 둥 마는 둥 한데다, 점심까지 굶은 것이나 다름없던 나로서는 그 꽁치찌개가 더할 나위 없이 먹음직스러워 보였다. 하지만 나는 그 꽁치찌개조차 먹을 수 없었다. 이유는 꽁치찌개 옆에 놓인 호박나물 때문이었다. 판자 조각으로 얼기설기 엮어 만든 뒷간 지붕 위에서 딴 호박. 난 그 호박나물에서 역한 똥 냄새를 느낀 것이다. 유별나게 비위가 약했던 나는 별 도리 없이 참을 수 없는 욕지기를 느끼며 손으로 입을 막은 채 밥상에서 물러앉았다.

그날 밤 우리 형제는 꼬르륵 소리가 멈추지 않는 주린 배를 움켜쥐고 역한 술 냄새와 씨름하며 하얗게 밤을 지샜다. 이미 알코올중독자였던 고모부는 몇차례나 자다 말고 일어나서 머리맡에 놓인 소주를 밥그릇 뚜껑에 따라 마셨다. 고모부가 소주를 마실 때마다 이불을 들추고, 커어하며 트림까지 해대는 통에 잠조차 제대로 잘 수가 없었다. 게다가 고모는 방이 추울까 걱정되어 군불을 지나치게 때고 머리맡에 화로까지 놓은 통에 방안은 완전히 찜통이었다. 나는 칭얼대는 동생의 이마와 콧잔등에 맺힌 땀을 손바닥으로 닦아주며 밤을 지샜다.

아버지에게 형제는 고모 한 분뿐이었고, 외갓집은 장녀인 어머니오와 외삼촌들의 사이가 안 좋았다. 그래서 오로지 찾아갈 친척집이라고는 고모네 집뿐이었으나, 이 유일한 방문도 고통과 짜증만 안겨준 셈이었다.

이튿날 고모는 좀처럼 아무것도 먹지 않는 까탈 맞은 조카들을 위해 인절미를 해주었다. 고모는 개똥과 닭똥이 널린 마당 복판에서 살을 에는 칼바람에도 아랑곳하지 않고 절구질을 했다. 나는 이마의 땀까지 훔쳐내며 열심히 절구질을 하고 있는 고모의 굽은 등을 바라보며, 안쓰럽고 미안한 마음을 담아 중얼거렸다.

고모. 안 먹을 건데…….

우리 형제는 결국, 그날 점심나절에 채 풀지 않은 짐을 도로 챙겨 고모네 집을 떠났다.

"왜, 가려구? 더 놀지 않구, 오자마자 가냐?"

우리가 먹지 않은 인절미는 고모가 회포대 종이에 싸 보따리 속에 챙겨 주었다.

집으로 돌아온 나는 고모가 설거지와 청소도 하지 않는 형편없이 지저분한 살림을 한다는 것과 고모부가 밥 대신 술만 먹고 산다는 사실을 죄다 일러바쳤다.

"딸자식이 가출했는데, 뭔들 손에 잡히겠나."

할머니는 나의 고자질이 끝나자, 탄식처럼 한마디 내뱉고는 허리춤에서 새마을 담배를 뽑아 물며 돌아앉았다. 그러고 보니 나보다 세 살

형에게 가는 길 265

아래인 고모부의 전처 소생 경옥이가 보이지 않았었다. 고모는 경옥이의 행방을 묻는 질문에 고모부의 눈치를 보며 방학을 맞아 잠시 어딜 보냈노라고 했었다. 그게 가출이었던 것이다.

나는 고모네 집에서 보낸 그 이틀 동안의 실망과 충격을 지금까지도 잊을 수 없다. 그 뒤로 나는 고모네 집에 놀러 가는 것을 아예 포기했다. 더욱이 그 하루 반나절의 충격이 있은 일 년 뒤, 우리 집에 온 고모가 되레 서운한 목소리로 할머니에게 일러바친 말 때문에 그런 생각은 미안함이나 별다른 죄책감 없이 완전히 굳어졌다.

"엄니, 글쎄…… 조것들이 즈이 고모가 병신이고, 없이 산다고 해주는 밥도 마다하고……."

고모는 막내 동생과 내가 있는 자리에서 눈시울까지 붉혀가며, 노골적으로 불만과 서운함을 드러냈다. 고모 앞에서 말대꾸를 할 수도 없었던 나는, 입만 내민 채 한쪽 구석에 죄인처럼 앉아 있었다.

"너, 고모한테 그러면 벌 받는다."

고모는 아예 나를 콕 집어 가리키며 서운한 감정을 쏟아놓았다.

기차가 긴 꼬리를 휘감으며 지나간 철길을 물끄러미 바라보던 나는, 침목을 연이어 맞대놓은 건널목을 건너 못골 뒤편으로 들어섰다. 아직도 철로를 짓누르던 진동과 기차의 묵직한 소음이 발끝부터 귓속까지 들쑤시고 있었다.

그날, 그러니까 인절미를 만드느라 절구질을 하기 전, 고모는 아침상에 수제비를 올렸다.

"너, 수제비는 좋아하지?"

그때 나는 고모가 왜 난데없는 수제비를 아침상에 올렸는지 알지 못했다. 하지만 고모가 나에 대한 분풀이를 하고 간 뒤에 그 수제비가 무엇을 의미하는 것인지 알 수 있었다.

"수제비도 맛있게 먹던 애가 인절미도 마다할 정도면, 도대체 얼마나 맛있는 걸 먹이는 거예요?"

수제비를 좋아했던 것은 사실이었다. 청주 무심천 제방공사를 할 때, 사방이 양팔 넓이에 높이는 어른 키의 턱밑까지 이르는 밑이 없는 나무상자 속을 세수 대야나 함지박으로 흙을 퍼 날라 하나 가득 채우면 그 대가로 밀가루를 반 말가량 받을 수 있었다. 그 밀가루로 수제비를 해먹었고, '하꼬떼기'라 불린 그 일을 한몫 거든 나는 그 수제비가 맛이 없을 수 없었다. 그때 고모도 함께 있었는데, 고모는 이를 기억하고 있었던 것이다. 그러나 고모는 완전히 오해를 하고 있었다. 나와 동생이 밥을 먹지 않은 것은 음식 타박이 아닌, 더러운 살림 때문이었는데…….

어쨌든 그 원인이 음식 타박에 있었건, 고모의 지저분한 살림살이에 있었건간에 꽤 긴 세월 동안 내 마음 한켠을 무겁게 짓눌러왔다. 그것은 어쩔 도리가 없는 미안함과 안타까움이었다.

3

　국도로 곧바로 통하는 입구 쪽 큰길이 아닌, 반대편으로 들어선 못골은 예나 다름없이 경사가 가파른 산비탈과 맞닿아 있었다. 이 때문에 다행히 가뭇한 옛 기억에 기댈 수 있는 몇가지 과거의 회상이 용이해졌다. 이 가파른 산비탈에서 비료포대를 썰매 삼아 몇차례 미끄럼을 탄 또렷한 기억이 있었다. 그것은 고모네 집을 방문하여 가졌던 유일한 놀이였다.
　그 비탈 끝에 자리 잡았던 고모네 집은 흉가가 되어 있었다. 녹이 슨 함석지붕은 바람에 날려갔는지 군데군데 하늘과 맞뚫려 있었고, 벽도 헐어 사람이 고개를 숙이면 드나들 만한 구멍이 뻥 뚫려 있었다. 개똥과 닭똥이 나뒹굴던 마당에는 그것들이 고스란히 거름이 되어준 때문인지 풀이 허리춤에 차오를 만큼 무성히 자라 있었다. 어느 뽕짝 가사처럼 폐가는 잡초에 묻혀 있었다.
　나는 비탈을 등지고, 보다 선명한 옛 기억의 중심에 서 있는 고목의 그늘 속으로 파고들었다. 논밭이었던 마을 초입 쪽으로 지금은 이방인 같은 신축 건물들이 다닥다닥 모여 있어 마치 마을의 중심인 양 되어버렸지만, 예전에는 아름드리 고목이 버티고 선 이곳이 마을의 중심이었다. 수령 이백 년이 넘는 커다란 은행나무는 사방으로 넓게 뻗은 가지의 세 배 폭쯤 되는 공터를 거느리고 있었다. 마을 사람들은 이 공터에서 제를 지내고 풍물놀이를 가졌으며, 마을의 대소사들을 상의했다.

 알코올중독자인 고모부가 마을 사람들을 상대로 술주정을 부리다 지쳐 잠들곤 하던 곳도 이 공터였다고 한다. 내가 고모네 집에 머물던 그 하루 반나절 사이에도 고모부는 이곳에서 술주정을 부리다 젊은 청년들에 의해 집으로 끌려들어 왔다. 고모부에게 있어 못골은 알코올중독자로 살기에 전혀 불편함이 없는 곳이었다. 아니 오히려 못골은 고모부가 알코올중독자로 사는 것을 방조 내지는 도왔다고 할 수 있다. 당시 면에 하나뿐인 양조장이 못골에 있었는데, 이 양조장은 어찌된 셈인지 일 년 내내 고모부에게 원하는 만큼의 술을 공짜로 대주었다. 그 때문에 고모부는 늘 술에 절어 생활할 수 있었다. 언제부턴가 술이 주식이 되어버린 고모부는, 굳이 힘들여 밥벌이하는 일도 등한시하게 되었다.

 "내가 언제 나 먹자구 뼛골 빠지게 일 시켰냐? 너 먹을 것만 벌라구."

 농사일과 살림살이에 지친 고모가 성질을 부릴 때마다 고모부는 이렇게 맞받았다고 한다.

 딸과 아들이 중학교를 마치기도 전에 줄줄이 가출을 하고 난 뒤부터 고모부의 술타령은 완전히 생활 자체가 되어버렸다. 그런데 알 수 없는 것은 고모부에게 아무런 대가 없이 날이면 날마다 술을 대주는 양조장의 선심이었다. 결혼 초 고모는 외상 술값을 들고 몇번이나 양조장을 찾아갔다고 했다.

"됐습니다. 그 돈으로 안주나 잘 챙겨 드리세요."

양조장 주인은 그때마다 술값 갚을 돈이 있으면 그 돈으로 좋은 안주나 해 먹이라며 고모를 돌려보냈다. 처음 몇년 동안 고모는 그런 양조장 주인을 고맙게 여겼다. 매일같이 먹는 술이니 결코 그 값이 수월치 않을 것인데 그 돈을 받지 않겠다니, 이보다 더 고마운 일이 어디에 있겠는가. 하지만 몇년이 지난 뒤, 고모는 양조장 주인이 의도적으로 남편을 알코올중독자로 만들었다며 온갖 욕설을 다 퍼부어대기 시작했고, 급기야는 고모부와 이웃을 닦달해 공술을 얻어 마시게 된 원인을 밝혀냈다.

"그 술값은 어찌 감당하냐?"

결혼 5년째 맞이하는 어느 날, 고모의 신세타령을 듣던 할머니가 한숨을 폭폭 내쉬며 물었다.

"술도가가 자기 거래요."

"그게 무슨 소리냐?"

술도가가 고모부 소유라는 말에 할머니는 적잖이 놀란 모습이었다. 풍문에 고모부가 꽤 잘살던 집안의 자식이라는 말을 들은 적이 있었지만, 그건 어디까지나 헛소문일 뿐이라고 여겼던 할머니로서는 미심쩍음과 함께 귀가 솔깃한 말이 아닐 수 없었다.

"옛날에 금송아지 있었으면 뭐 하누, 밑구녕 째지게 살고 있는데……."

할머니의 성급한 푸념이 이어졌다. 그러나 고모는 이 푸념에 맞서 그 자초지종을 하나하나 진지하게 풀어놓았다.

"시댁 식구가 하나도 없다고 한 것은 거짓말이구요, 시아주버님은 살아 계신데요."

"그게 무슨 소리냐? 없다던 딸이 갑자기 불쑥 튀어나왔으면 됐지, 그걸로도 부족해 이번엔 없던 시아주버니까지 나타났다는 거냐?"

할머니는 마치 속아도 한참 속았다는 표정의 곱지 않은 눈으로 곁에 앉은 어머니를 쏘아보았다. 어머니는 고개를 떨군 채 방바닥만 물끄러미 내려다보았다.

"어디 있다냐?"

할머니가 재우쳐 물었다.

"그게…… 그게……."

"그게, 뭐?"

"월북을 했다나 봐요."

"뭐야? 야야, 저……."

흠칫 놀란 표정을 짓던 할머니는 어머니에게 어서 방문을 닫으라고 손짓하고는 목소리를 한껏 낮춰 재우쳐 물었다.

"너, 지금 자다가 봉창 두드리냐? 도대체 술도가는 뭐고, 시아주버니는 뭐냐? 아니지, 웬 월북이냐?"

고모부에게는 세 살 터울의 형이 있었다. 그 형이 빨갱이 사상에 빠져 부모 몰래 양조장을 팔아넘기고, 철수하는 인민군을 따라 이북으로 넘어갔다는 것이다.

"얘가, 얘가 지금 말도 안 되는 소릴 지껄인다. 누가 그런 소릴 하드나?"

할머니가 고모의 입을 막으려는 듯 양손을 내두르며 당치 않다는 표정을 지었다.

"아무려면 경옥이 애비가 거짓말할 게 없어서 그런 거짓말을 지어내 하겠어요?"

고모가 성질까지 부리며 지지 않고 받았다.

"그 인간이 술에 취해 살더니, 이제 정신이 아예 돌았는가 보다. 니 어디 가서 그런 소리 나불대고 다니지 마라. 세상이 어떤 세상인데……."

할머니가 기겁을 하고 펄쩍 뛰는 통에 그 얘기는 거기서 끝났다. 하기야 사돈에 팔촌이라 해도 그 가운데 빨갱이가 있다는 것은, 곧 집안의 끝장을 뜻하는 것이었다. 그보다는 집안이 모두 난봉꾼이나 노름꾼, 아니 양아치인 것이 차라리 나았다.

"니가 술 처먹는다고 닦달을 해대니, 그런 엉뚱한 말을 지어서 둘러대는 거야, 이것아. 그러니까 이제 그 인간이 술을 처먹든 말든 가만 놔둬라, 알겠나?"

할머니는 고모에게 단단히 일렀다. 그리고 고모가 떠난 뒤, 나를 부른 할머니는 단호하게 명령했다.

"앞으로 고모 집에는 절대 가지 마라."

그 뒤 나는 할머니의 명령을 따랐다. 아니, 명령이 없었어도 이미 고모네 집에는 가지 않기로 작정을 한 바가 있지 않은가. 하지만, 술도가가 고모부네 것이었다는 사실만큼은 믿어 의심치 않았다. 사실 이 술도가 이야기는 처음 듣는 말이 아니었다. 예전에 고모부가 우리와 함께 사는 십 개월 동안 고모부는 술이 만취되어 돌아온 어느 날, 장모인 할머니 앞에서 고개를 빳빳이 세운 채 고래고래 소릴 질러댄 적이 있었다.

"빙모님, 엄니잇! 나, 이갑식이. 고향 가서…… 술도가 찾아야 되유, 술도오가아!"

할머니는 이 일을 자격지심에서 나온 주사로만 알고 있었던 것이다. 하지만 나는 그날 낮에 먹은 아이스께끼로 배탈을 얻어 변소를 들락날락하는 길에 고모부의 잠꼬대를 엿듣고는 그것이 거짓이 아니라는 확신을 가졌었다.

"형……. 고놈의 사상이 뭔디, 재산 훔쳐내고, 부모님꺼정 죽였다? 아이고오…… 니기미."

귀신 잡는 해병대 출신의 잠꼬대는 욕설까지도 무시무시했다.

나는 은행나무 그늘을 벗어나 양조장 쪽으로 향했다. 청기와를 얹어 미음자 꼴로 지어진 양조장은 구조나 크기가 옛 모습 그대로였다. 도시에서는 이런 양조장을 더 이상 찾아볼 수 없었지만, 그래도 여기는 아직 시골이라 근근이 유지가 되는 듯싶었다. 달라진 것은 당시 회칠이 벗겨져 흉한 모습이었던 길가 쪽 벽만이 시멘트와 페인트로 말끔히 단장되어 있었다. '打共 滅共 反共' 등의 붉은색 구호가 쓰여 있던 벽

면에는 '신촌양조장'이라는 명조체 글씨가 큼지막하게 새겨져 있었다.

굳이 양조장에서 묻지 않더라도 이곳 어디서건 누구나 붙잡고 이갑식이라는 이름 석 자를 대면 모르는 사람이 없을 것이었다. 이 마을 사람 치고 그 유명한 술주정꾼 이갑식을 모르는 사람이 어디 있겠는가. 나도 모르는 사이에 양조장 입구에 다가가 머뭇거리던 나는 흠칫 놀라 슬금슬금 옆걸음질로 그곳을 벗어났다.

고모가 죽은 이듬해, 나는 아버지로부터 고모부가 아무런 기별도 없이 못골을 떠났다는 얘길 들었다. 아버지는 고모부가 갑자기 못골을 떠난 것은 고모의 죽음과 어떤 관련이 있기 때문에 도망을 친 것이라고 생각했다. 그러나 집이며 가재도구며 모두 그대로 둔 채 도망을 쳤다는 것은 왠시 믿어지지가 않았다.

"가보니까, 벌써 염을 끝냈더라구."

어머니는 멀쩡하던 고모가 갑자기 죽었을 리가 없다며, 필시 무슨 좋지 않은 곡절이 있을 것이라며 꼭 고모의 시신을 확인하라고 일렀다. 그러나 아버지는 장례를 마치고 돌아와 어머니에게 이렇게 말했다. 그러자 어머니는 그러기에 자신이 같이 가자고 했건만, 당신 혼자 갔다 오더니 뭐 하나 옳게 알아온 것이 없다며 심하게 면박을 주었다. 아버지는 어머니를 달고 가면 분명 말썽을 일으킬 것이라며, 극구 혼자 가겠다고 고집을 부렸던 것이다. 그래도 어머니는 죽은 지 하루가 지나서야 연락을 한 것이 영 마음에 걸린다며 떼를 쓰듯 따라나섰으나, 아버지는 이에 굴하지 않고 도망치듯 대문을 나갔다.

"거 봐요. 고모만 억울하게 죽은 거지, 뭐."

어머니는 고모부가 못골을 떠났다는 소식을 전해 듣고 아버지에게 한마디 내질렀다.

"누가 억울하게 죽었단 말이얏? 당신이 봤어, 봤냐구?"

아버지는 못내 불편했던 속내를 어머니에게 퍼부어댔다.

"왜 나한테 성질을 부려요? 그래서 나와 함께 가든지, 아니면 시신이라도 자세히 확인해보라고 안 했어요?"

"어떻게? 내 누이 죽은 것이 의심스러우니까, 네놈 말은 못 믿겠으니까 염을 풀어 시신 좀 보자구? 동네 사람들 모아놓고 매제를 살인범 취급하라는 거야? 당신 같으면, 그래야 속이 풀리지? 그래, 산 사람 속 풀자고 매제를 살인자 취급해!"

고모는 내가 서울에서 대학을 다니던 1986년 돌아가셨다. 고모부의 말에 의하면, 술 먹고 한밤중에 물을 마시려 부엌에 들어가다 문턱에 걸려 넘어지는 바람에 뇌진탕으로 죽었다고 했다. 하지만 아무도 이 황당한 말을 믿지 않았다. 물론 아버지도 믿지 않았다. 적어도 술 취한 고모부와 다투다가 무슨 일이 벌어진 것으로 미루어 짐작했다. 부엌 문턱에 넘어져 죽었건, 몸싸움을 하다 죽었건간에 아버지로서는 누이가 죽었다는 사실은 돌이킬 수 없는 것이었고, 그 외의 것은 아무것도 중요하지 않았다. 몸싸움을 하다 고모부가 죽였다 한들 어쩔 것인가. 나의 아버지는 그런 사람이었다. 밝힌다고 해서 되돌려지는 것이 아니라면, 괜한 문제 일으킬 필요 없이 깨끗이 단념하는 것이 현명하다고 생각하는 지극히 너그럽고 현실적인 분이었다. 그것이 아버지가 고된 살이에도 굴하지 않고 꿋꿋이 살아갈 수 있도록 이끌어주는 힘이었다. 그리고 아버지는 누이동생만큼 매제도 불쌍하고 억울한 사람이라고 했다. 만약 고모부의 말이 사실이라면, 그 가슴에 못을 친 벌을 어떻게 감당할 것이냐며, 되레 어머니를 닦아세웠다.

"선배. 여기서 뭘 해? 대낮부터 술 생각이라도 난 거야?"
"으응……?"
언제 왔는지 동규가 양조장 입구를 막아서는 시늉을 하며 말했다.
"핸드폰은 껐수? 왜 안 받아?"
휴대전화 액정화면에는 두 번 수신음이 들어왔었다는 메시지가 떠 있었다.
"못 들었어. 다 끝났냐?"
나는 휴대전화를 바지주머니에 다시 집어넣으며 물었다.
"한 건도 못하고 잔치구경만 실컷 하다 왔수. 이 마을 사람이 방남(訪南) 이산가족 찾기 명단에 뽑혔다고 난립디다. 그런데 그 사람이 누군 줄 아슈? 술주정뱅이 노인네예요. 나한테 술만 얻어먹고 말도 안 되는 얘기만 떠들었던 그 노인 말예요. 제정신으로 사는 것 같지 않던데…… 걱정돼요, 걱정돼."
동규는 점심참에 만났을 때, 함석지붕 집에서 밥을 먹고 나오며 들려줬던 얘기를 되풀이하고 있었다. 그는 술을 사면 옛날이야기를 들려

주겠다는 말에 속아 막걸리 두 병 값만 날렸다고 푸념을 했었다. 그는 그 노인네가 방남한 이북의 가족을 만나면 나라 망신일 수도 있겠다며, 주제 넘는 걱정까지 덧붙였다.

"그게…… 왜, 니가 걱정할 일이냐? 그만 가자."

우리는 양조장 옆 잡화점에 들러 라면과 부탄가스, 그리고 담배와 소주를 넉넉히 사 들고 차가 있는 느티나무 쪽으로 향했다.

"선배 참 이상하다. 제정신이 아닌 것 같애?"

들어올 때의 샛길이 아닌, 이차선 도로로 마을을 벗어난 차가 국도로 들어섰을 때, 동규가 입을 열었다.

"떡밥은 충분히 챙겼지?"

나는 짐짓 엉뚱한 질문으로 화제를 돌렸다.

탑정저수지에 도착해 낚시터를 한바퀴 돌아본 뒤 자리를 잡았다. 수상스키 연습에 열심인 대학생들의 분주한 모습을 구경하며 이른 저녁을 먹었다. 곧 해가 지고, 아마도 저들이 철수하고도 두어 시간은 지나야 고기떼가 제정신을 차릴 수 있을 것 같았다. 설거지를 마치고 낚시도구를 점검할 때까지 우리는 충분한 게으름을 부릴 수 있었다. 그러고도 짬이 남아 동규가 내 민담 채록 노트를 검토하는 동안, 나는 담배를 한 개비 빼물고 자리에서 일어났다. 저수지 주변을 돌아볼 요량이었다. 야산과 맞닿은 저수지 가에는 노란 들꽃이 이제 막 찾아들기 시작한 옅은 어둠속에서 더욱 밝고 또렷이 나의 시선을 붙들었다.

"창식아."

가지마다 노란 꽃을 흐드러지게 매단 개나리 가지의 틈새를 헤집고 걸으며 말했다.

"응?"

"너, 커서 화가 되고 싶다고 했지?"

"응."

"화가 되면, 고모 초상화도 그려줄겨?"

"응."

"고맙다, 우리 창식이."

절룩 걸음을 멈춘 고모가 고갤 돌려 나를 바라봤다.

"불편하지?"

어느새 등판이 땀에 젖은 고모는, 자신의 저는 다리 때문에 등에 업힌 조카가 걱정스러운 모양이다.

"아니."

"나중에 고모 초상화 그릴 때, 다리는 어떻게 그릴겨?"

"초상화는 다리 안 그려도 돼."

나는 큰 선심이라도 쓰듯 답했다.

"고맙다, 우리 창식이."

"고모, 우, 울어?"

"아니."

고모는 버들가지가 눈을 찔렀다고 말했다. 그날 무심천 둑길의 모든 버들가지가 고모의 눈을 찔렀다. 다음날 고모는 열두 색 크레용을 입학 선물로 남긴 채, 엄마와의 열 달 다툼을 끝내고 못골로 돌아갔다.

우리는 저녁노을이 수면 속으로 완전히 잠길 때쯤 낚싯대를 펴고 자리를 잡았다.
"선배는 외롭지 않아 보여서 좋아."
텐트를 치고 정리를 마친 동규가 곁에 바싹 다가앉으며 말했다.
"그게 무슨 소린데?"
"말이 십 년이지, 십 년 동안 시간강사 생활하면서 선배처럼 외로움 안 타고 꿋꿋하게 버티는 사람은 없을 거야. 그런 사람은 내가 아직 못 봤거든. 역시 사람은 내공이 중요해, 그치?"
"그거 욕이지?"
나는 농담으로 답을 하고, 노을이 묻힌 수면을 물끄러미 바라봤다.
"이 인정머리 없는 놈아. 고모 집에 좀 한번 들러라."
내가 군에 가던 해, 고모는 집에 전화를 걸어 입대 전에 한 번 보고 싶다고 했다. 논산훈련소는 여기서 가까우니 하루 일찍 출발해 고모 집에서 묵어가라고 신신당부했다. 하지만 나는 대답만 했을 뿐, 고모의 부탁을 들어주지 않았다. 어린 시절의 다짐은 모두 잊었지만, 내키지 않는 군 생활을 하러 가면서 무거운 마음까지 덤으로 안고 가기는 싫었기 때문이었다. 알코올에 절어 이미 폐인이 되다시피 한 고모부의 모습도 보고 싶지 않았고, 외로움에 떠는 고모의 궁상맞은 모습도 보고 싶지 않았다. 아니 그보다 그들의 상처투성이인 일상을 볼 용기가 나질 않았다.

"고모가 외롭다. 외로워서 그러니까 꼭 좀 들러라, 이 썩을 놈아!"

고모는 조카가 보고 싶다는 말에도 내 쪽에서 꿈쩍도 하지 않자, 전화 말미에 애원하듯 외롭다는 말을 덧붙였다. 아마도 고모는 깜냥에 외롭다는 말을 내가 외면할 수 없을 것이라고 생각한 모양이었다. 고모는 우리 집에서 산 십 개월 동안 줄곧 내 친구가 되어 나의 외로움을 달래주었다. 고모는 말을 더듬고 사귐성이 없어 외톨이로 지내는 내 곁에 늘 함께 있었다. 어머니와 다툼이 잦아 더 이상 못 있고, 우리 집을 떠나던 날에도 고모는 내 걱정을 했다.

"말 더듬는 건 언젠가는 반드시 고칠 수 있어. 고모는 네가 똑똑하다는 걸 알아. 넌 틀림없이 훌륭한 사람이 될 거다. 고모가 없어도 절대 혼자만 놀지 말고, 친구들을 사귀려고 노력해봐. 외로움이 커지면 병난다."

내가 구구단과 국민교육헌장을 모두 외울 수 있다는 것을 고모는 알고 있었다. 그래서 고모는 내가 매일같이 나머지 공부를 하고 같은 반 아이들보다 늦게 귀가할 때마다 집안 사람들에게 대변인 노릇을 해주었다.

"공부를 못하는 게 아니라, 말을 더듬어서 나머지 공부를 하는 거라니까요."

자존심 때문에 이런 말조차 할 수 없었던 내게 고모는 눈물겹게 고마운 존재였다.

나는 고모와 단둘이 있을 때는 거짓말처럼 말을 더듬지 않았고, 그래서 그 앞에서는 신기하게도 구구단과 국민교육헌장을 줄줄이 외웠다. 하지만 다른 누구 앞에서도 그 신기함은 일어나지 않았다.

"나중에 내가 크면, 꼭 고모하구 놀아줄게. 약속."

고모가 떠나던 날, 나는 새끼손가락을 내밀었다. 그리고 대단한 비밀이라도 밝히듯 엄마 눈을 피해 고모의 귀에 대고 속삭였었다. 나는 자식을 낳지 못하면 늙어서 외롭다는 말을 숱하게 들어 알고 있었다. 하지만 그 뒤, 고모의 외로움에 단 한 번도 함께하지 않았다. 오히려 고모가 나를 보채도 나는 애써 옛날의 약속을 잊으려 이런저런 핑계만 찾았다.

돈을 벌겠다며 대처로 나간 경옥이가 행방불명되었을 때도, 업둥이인 것을 안 규승이가 가출했을 때도, 나는 고모에게 위로의 말 한마디 하지 않았다. 결국 모두가 고모로부터 떠났듯이 나도 고모로부터 떠났다.

"이 기집애 틀림없이 광주에 있었다. 지난해 3월에 광주에서 온 편지가 마지막이야. 그 뒤로 소식이 없으니, 무슨 일이 난 게 아니냐?"

나는 고모의 전화에 울화통이 터졌다. 고모는 1980년 광주에서 무슨 일이 있었는지 까맣게 모르고 있었다. 다방 종업원으로 일하던 경옥이가 1980년 3월에 편지를 보내고는 그 뒤 줄곧 소식이 없다며, 일 년이 훨씬 지난 어느 봄날 울먹이며 하소연을 늘어놓은 것이다.
"고모? 고모 도대체 어느 나라 사람이야? 그걸 지금 와서 얘길 하면 어떡해?"

나는 너무도 어처구니가 없어 마구 신경질을 부렸다. 라디오도 안 듣고, 텔레비전도 안 보고, 게다가 이웃들과는 담 쌓고 사는 바람에 그 흔한 소문조차 모르고 살아가는 고모의 삶이 숨 막힐 정도로 나를 짜증스럽게 만들었다. 나는 광주에서 있었던 일은 숨긴 채 한참 동안 신경질을 부리다가 고모가 마지막으로 받았다는 편지 겉봉의 주소를 받아 적고, 경옥이를 찾아 나섰다.

꼬박 닷새 동안 주소가 적힌 쪽지 한 장만 달랑 들고 광주바닥을 헤맨 끝에 겨우 찾아낸 것은 경옥이의 노란색 슬리퍼 두 짝이었다.

"나도 걔가 어떻게 됐는지 몰라요. 데모 구경을 하다가 갑작스런 총소리에 놀라 허겁지겁 다방으로 도망쳐 왔는데, 경옥이는 돌아오지 않았어요. 이튿날 둘이 같이 있었던 길거리에서 이것만 주웠어요."

다방 동료였다던 아가씨가 껌을 질겅질겅 씹어대며, 쇼핑백에서 신문지로 둘둘 만 슬리퍼를 건네주며 말했다. 나는 광주항쟁 관련 유족회와 실종자 단체 등을 이리저리 찾아다니며 묻고 알아보고 했지만, 아무것도 밝혀낼 수 없었다.

나는 고모에게 슬리퍼를 전해주지 않았다.

"부산으로 간다고 했대요. 마음 잡고 돈 벌 때까지는 집에 연락 안 하기로 했답니다. 그러니까 걱정 안 해도 된다고 전해주세요."

나는 마침 얼굴 본 지 오래됐다며 고모에게 가는 아버지 편에 이 말을 전했다.

"선배, 물었잖아. 온종일 무슨 생각을 그렇게 열심히 하느냐구요?"

동규의 질문과 함께 찌가 흔들렸다. 서둘러 낚싯대를 잡아당겼으나, 빈 낚싯바늘만 수면 위로 올라왔다.

"도대체 무슨 일이 있는 거유? 아침나절부터 이상해? 뭔 일이야?"

미끼를 꿰는 나를 바라보며 동규가 다그치듯 물었다.

"아무 일 없어. 아무 일 없으니까, 신경 끄고 낚시나 잘해."

나는 갑자기 동규가 거추장스럽게 여겨졌다. 아예 자리를 옮길까 하는 생각이 들었으나, 괜한 신경질을 부린다 싶어 접었다.

"아무 일도 없는데 신경질까지 내슈?"

동규는 집요하게 달라붙었다.

"뭐든 내질러서 풀어야지, 그렇게 담아두고 살면 병 되는 거유. 아까 만난 그 주정뱅이 노인네도 사람들 말을 들어보니까, 한을 담아두고 살다가 술병이 났다고 합디다."

"노인네라니?"

"내가 아까 말 안 했수? 나한테 술 얻어 마신 노인네······. 아니, 방남 가족 명단에 뽑혔다는 노인네 말이우. 아무래도, 뭔 일이 있다니까?"

동규가 노골적으로 내 얼굴을 빤히 들여다보며 핀잔을 주듯 말했다.

"······."

형에게 가는 길

"그런데, 그 노인네 말예요. 옛날 얘기라며 들려준 게 뭔지 아세요."
"뭔데……?"
"못골 마을 논밭이 다 자기 거래요. 선배가 서 있었던 양조장까지."
 나는 느닷없이 뺨이라도 얻어맞은 것처럼 정신이 멍해짐을 느꼈다. 고모부는 고모가 죽은 이듬해인 13년 전에 못골을 떠났다고 들었다. 그 뒤 해마다 행여 돌아왔을지도 모른다며 아버지가 못골을 5년 동안이나 방문했으나, 그때마다 잡초가 무성히 자란 고모 무덤만을 둘러보고 되돌아왔다고 했다. 고모부는 거의 실성한 몰골로 양조장은 포기하고, 집 나간 아들딸이나 찾겠다는 말을 남기고 못골을 떠났다고 했다. 어제 동규가 술주정뱅이 노인 이야기를 들려줬을 때 아무 의심 없이 귓등으로 넘긴 것도 이 때문이었다.
 아버지는 5년 동안의 못골 방문을 통해 고모부가 포기한 양조장에 얽힌 사연을 급기야 밝혀냈다. 고모부의 아버지는 해방 직전에 못골에 들어왔다. 황해도 곡산이 고향인 고모부의 아버지는 만주에서 일정시대 고등계 형사의 끄나풀로 시작하여 독립군의 가족들을 후려 제법 큰 재산을 긁어모았고, 일제가 곧 패망한다는 정보를 일찍 훔쳐들은 그는 잽싸게 모든 것을 정리해 직계 가족들만 데리고 남쪽으로 내려왔다. 호남선 철길을 따라 그렇게 내려와 정착한 곳이 못골이었고, 그곳에서 논밭을 사들이고 양조장을 세웠다. 고모부의 아버지는 그렇게 비밀을 숨긴 채 못골에 정착하는 데 성공했다. 그는 사람들이 많은 대처보다 누구도 자신을 알아볼 수 없는 시골구석에서 새로운 삶을 시작한 것이었다. 해방이 되자, 그는 양조장의 술을 퍼내 매일같이 동네 잔치를 열어 인심까지 얻었다. 아무도 그가 같은 동포의 등을 쳐 재산을 모았다고 의심하지 않았으며, 오히려 믿음직스러운 마을 유지로 칭송까지 받았다.

하지만 이 모든 것은 동경 유학을 갔다 온 큰아들의 좌익 활동으로 끝장나고 말았다. 전쟁이 터지고 북쪽 사람들이 몰려오자, 혹시라도 신분이 탄로날 것을 걱정한 고모부의 아버지는 가족들을 데리고 남쪽 끝으로 피란을 떠났다. 이 와중에 큰아들은 양조장 문서를 훔쳐내 피란길에 가족으로부터 빠져나갔고, 인민군이 퇴각할 무렵 그 문서를 이웃마을 사람에게 헐값에 팔아넘기고 월북한 것이다. 일은 그것으로 끝나지 않았다. 전쟁이 끝날 때까지 그토록 걱정하던 친일 행위는 끝끝내 밝혀지지 않았지만, 큰아들의 친북 행위가 밝혀져 고모부의 아버지와 어머니는 북진하던 국군에 의해 사살되고 말았다. 안전할 때까지 부산의 친척집에 남아 있으라는 부모의 권유로 뒤늦게 고모부가 집으로 돌아왔을 때는 이미 모든 것이 끝나 있었다. 양조장은 남의 손에 넘어갔고, 그 많던 논밭은 친북 행위를 했다는 이유로 모두 몰수당했던 것이다.

고모부는 그렇게 해서 하루아침에 집 없는 천애고아가 되었다. 그가 기를 쓰고 귀신 잡는 해병대에 들어간 것은 어쩌면 귀신을 잡고자 한 것이 아니라, 형을 때려잡고자 함이었을 것이다. 그는 부모를 죽인 국군보다, 죽게 만든 형을 더욱 증오했다.

"그 노인네, 생김새 기억나?"

나는 뜬구름 잡는 질문인 줄 알면서도 묻지 않을 수 없었다. 이미 예순 중반에 들어선 고모부의 얼굴을 동규가 아무리 이목구비를 세세히 일러준다 해도 분간할 수는 없는 노릇이었다. 이미 많은 세월이 흘러 직접 만난다 해도 알아볼 수 있을지 장담할 수 없었다.

"시골 노인네 얼굴이 다 그렇지요 뭐. 머리는 희고, 주름살 많고, 피부색은 볕에 그을려 검고……. 왜? 관심 있어요?"

"……."

"노인정에 걸린 플래카드에 이름이 있던데……. 그게, 관심 있게 보질 않아서……. 어차피 내일 다시 가야 하니까, 궁금하시면 그때 알아보슈. 선배, 왔어욧!"

낚시 따위는 이미 관심 밖에 있었다. 나는 어둠이 짙게 깔린 저수지 수면 위에 시선을 꽂은 채 알 수 없는 조바심과 불안감에 몸을 떨었다. 수상스키 선수들이 점프 훈련을 하던 수면 위로 마치 자맥질을 하듯 고모와 고모부, 그리고 경옥이의 얼굴이 차례로 치솟아올랐다가 곧바로 사라졌다.

날이 밝는 대로 동규가 본 노인을 꼭 만나야만 할 것 같았다. 만약 그 노인이 정말 고모부라면……. 정말 내 고모부가 맞는다면……. 나는 무엇을 어찌해야 좋을지 알 수 없었다. 나는 세상을 통째로 삼킬 것 같은 저수지의 무서운 침묵에 빠져들며, 가슴속에서 길길이 날뛰는 정체 모를 불안감에 몸을 떨었다.

"뭣 귀신을 그렇게 줄줄이 달고 다녀!"
무당의 말이 느닷없이 등줄기를 후려쳤다.

또 다시 낯익은 버스정류장에 서 있다. 나는 한참이 지나서야 내가 타고 갈 버스가 오지 않을 것이라는 생각이 든다. 그래. 맞은편으로 가야 해. 하지만 아무리 둘러봐도 맞은편에는 버스정류장이 없다. 버스가 멈춰 설 때마다 승객들은 또 다시 점점 줄어든다. 나는 누군가에게 내가 가야 할 방향의 버스가 건너편 정류장에서는 확실히 있는가를 물어봐야 한다고 생각한다. 하지만 말이 나오질 않는다. 내가 왜 말을 더듬는지 모르겠다. 답답함을 느끼는 만큼 주위가 어두워진다. 나는 완전한 어둠이 찾아오기 전에 버스를 타야 한다는 생각에 점점 두려워진다. 누군가 내게 말을 건다면, 말을 할 수도 있을 것 같다. 그러나 모두가 바쁜 동작으로 버스에 오르고 있을 뿐, 아무도 말을 걸어오지는 않는다. 철저한 무관심이다. 뿐만 아니라, 언제부턴가 이상하게도 버스에서 내리는 사람이 아무도 없다. 이윽고 버스정류장에는 나 혼자 남았다. 더 이상 버스가 오지 않을 것이라는 사실을 깨달은 나는 공포를 느낀다. 외롭다. 나는 마침내 서러움과 두려움에 목놓아 운다.

"선배, 선배!"
눈을 뜨자, 여명 속에서 뿌연 물안개가 유령처럼 피어오르고 있었다.

4

 서둘러 짐을 챙겨 저수지를 벗어난 나는 다시 못골로 차를 몰았다. 못골은 저수지에서 채 십 분도 안 되는 거리에 있었다. 마을 어귀에 들어선 나는, 동규의 손가락질이 일러주는 대로 방향을 잡아 노인정까지 내처 차를 몰았다. 차가 다니기에는 비좁고 비탈진 골목이라 무리지 싶었으나, 다행히 새벽녘이라 오가는 사람들이 없어 둔덕 위의 노인정까지 거침없이 단숨에 이르렀다. 노인정은 큰길 쪽 마구잡이로 들어선 상가 건물을 등지고, 양옆에 옛 가옥을 거느린 채 오르막길의 끝 편에 자리 잡고 있었다. 야트막한 높이에 슬레이트 지붕을 머리에 인 노인정은 마치 노쇠한 노인의 굽은 허리를 떠올리게 할 만큼 초라하고 옹색해 보였다.
 안간힘 끝에 가파른 오르막길을 성큼 올라선 차가 평지로 들어설 무렵, 시야가 트이면서 아침 햇살을 받은 플래카드가 바람결에 밀려 뒷걸음질을 치고 있었다.

 이갑식님의 이산가족 상봉을 경축합니다
 논산시 두마면 면장
 못골 노인정 노인회 회장

 나는 마치 쥐라도 난 듯 핸들을 양손으로 붙잡은 채 꼼짝 않고 차 안에 앉아 있었다. 당혹스러웠다. 이미 13년 전에 행방불명된 것으로 알고 있던, 그래서 아련한 옛 기억으로 남아 세월의 뒤편에 완전히 나앉아 있던 고모부가 나타난 것이다. 그것도 무슨 조짐이나 예고 없이 한 장의 플래카드에 당당히 이름을 내걸고 느닷없이, 정말 느닷없이 말이다.

"되돌아 나갈 것이 아니면, 시동 좀 끄지 그래. 웬 차가 소음에다 매연까지……."

나는 두어 뼘가량 열린 차창 밖에서 들려오는 귀에 익은 목소리에 고개를 돌렸다.

붉은 함석집 노인이었다. 나는 낡은 자동차의 시동을 끄고, 차 밖으로 나와 인사를 올렸다.

"이런 꼭두새벽에는 아무도 없지. 시골에선 늙은이들이라고 할 일들이 없는 게 아냐. 젊은것들은 죄다 대처로 떠나 노인들이 마을의 주인이자 일꾼들이야."

혼잣말인 양 한마디 던진 노인은, 계룡산 꼭대기를 넘은 새벽 햇살을 등지고 노인정 입구를 향해 더딘 걸음을 놓았다.

"할아버지!"

나는 성급히 차 문을 닫고 노인의 뒤를 좇으며 불렀다.

"왜? 나는 더 들려줄 야그가 없으니께, 이따가 점심참이 지나서 늙은이들이 나오면 그때 다시 와보라구. 어쩌면 힘에 부쳐 쉬려고 일찍 찾아오는 늙은이들이 있을지도 모르니께."

형에게 가는 길 289

노인은 마치 딴청을 부리듯 걸음걸이만큼이나 느린 말투로 말했다.
"그게 아니라……."
나는 노인을 세워둔 채 주뼛주뼛하며 말끝을 흐렸다.
"나 바빠. 빨랑 노인정 소제하고 논에 나가봐야 돼. 내가 오늘 소제 당번이거든."
노인은 할 말이 있으면 뜸들이지 말고 냉큼 하라는 듯 말했다.
"……."
노인의 채근에도 나는 말문을 열지 못했다.

급살 맞을 관상쟁이 영감. 엄한 사람 보내지 말라고 했더니…….

내가 묻고 싶은 것은, 고모부의 안부도 안부지만 무당이 등 뒤에 대고 중언부언 중얼댄 말에 관한 것이었다.
무당의 투덜댄 말에 의하면, 노인이 나를 그곳으로 보냈다는 것이 된다. 노인은 민담 채록을 하라고 날 그곳으로 보낸 것이 아니었다. 그리고 노인은 애초부터 날 알고 있었는지도 모른다는 생각이 뒤따랐다. 되짚어 생각해보니 굳이 밥까지 챙겨 먹인 것도 예사롭게 여겨지지 않았다. 그렇다면 무슨 이유가 있을 듯싶은데, 나는 노인을 만난 김에 그 이유를 듣고 싶었던 것이다. 하지만 쉽게 말문이 열리지 않았다.
"거참, 싱거운 사람일세. 바쁜 늙은이 불러세웠으면 말을 해야지. 기력 없어 더는 못 서 있겠구먼. 나, 가네."

노인은 짐짓 투덜대며 플래카드를 이마에 달아맨 노인정 안으로 들어갔다.

나는 노인이 들어간 노인정 입구에 두 눈을 붙박은 채 멍하니 서 있었다. 마당 쪽으로 난 창문을 여는 소리가 들렸고, 소리가 들리는 창문마다 노인의 상체가 나타났다가는 사라지곤 했다.

나는 마당에 선 채 창문턱을 넘어 쏟아져나오는 청소기의 소음을 들으며, 필사적으로 옛 기억을 더듬었다. 하지만 아무리 애를 써도 기억 속 어디에서도 노인의 모습을 찾아낼 수 없었다. 설령 내가 노인을 보았다고 해도, 이미 28년 전의 일일 것이다. 28년 전의 모습을 고스란히 간직하고 있을 사람이 어디 있겠는가. 나는 꿈속의 버스정류장에서 헤매듯 기억의 수렁 속을 마구 헤매고 다녔다. 도무지 모든 것이 뒤엉켜 오리무중이었다. 마치 꿈속의 혼란과 방황이 현실 속에서 그대로 나타나고 있다는 생각이 들 지경이었다. 누구라도 붙잡고 내가 지금 어디 있으며, 어떤 상황에 있는가를 물어보고 싶은 심정이었다.

하지만 기억의 검색은 소용없는 노릇이었다. 도무지 떠오르는 것이 없었다.

"아는 노인이우?"

뒤늦게 차 안에서 나온 동규가 의심쩍은 말투로 물었다.

"아니, 어제 처음 만났어."

"아니, 이갑식 노인 말이우?"

나는 동규의 질문에 섬뜩했다. 안다고도, 모른다고도 답할 수 없었다.

"너는 민담 채록을 마저 해라. 난 저 어르신에게 볼일이 좀 있으니까."

우선 동규를 따돌려야 한다는 생각에, 궁금증을 못 이겨 끝내 중얼대는 그의 등을 떠밀어 마을로 내려 보냈다.

"하참, 답답하구만! 어쨌든 요령 부릴 생각 마시고 얼른 끝내요. 점심나절에 어제 만나기로 한 그 느티나무 아래에서 다시 만납시다."

녹음기와 노트를 주섬주섬 챙긴 동규가 골목을 빠져나간 뒤, 나는 효자손으로 방석의 먼지를 털고 있는 노인에게 다가갔다. 노인은 내가 인기척을 내고 들어와도 못 본 척하며, 창가에 선 채 당신의 키 높이만큼 쌓아올린 꽃무늬 방석들을 하나하나 털고 있었다.

"할아버지. 할아버지는 저를 아시지요?"

나는 마치 긴 탐색 끝에 술래를 잡은 아이처럼 노인을 향해 물었다. 노인은 방석을 털다 말고 눈을 들어 나를 뚫어지게 쏘아봤다. 방석에서 털려 나온 먼지의 입자들이 투명한 새벽 햇살 속에서 마구 몸부림치며 흩어지고 있었다.

"무슨 소리야? 내가 젊은이를 어떻게 알아?"

노인은 은근한 말투로 단호하게 대답했다.

"어르신…… 정말 죄송합니다."

하지만 결코 쉽게 물러설 수는 없었다. 앞뒤를 꿰어맞춰 조리 있는 추론을 얻어낼 수는 없었지만, 그보다 노인이 무언가를 알고 있을 것이라는 직감이 더욱 강하게 작용하고 있었다. 노인은 단순한 관상쟁이가 아니었다. 나는 코가 땅에 닿을 정도로 절을 올렸다. 행여 노인이 나를 알고 있다면 어떻게든 입을 열 수 있도록 해야만 했다.
"전 할아버지가 낯설지 않아요. 언제였는지는 모르겠지만, 틀림없이 할아버질 뵌 것 같아요. 몰라 뵈었다면 용서해주세요."
내 거짓말이 통하길 바라며 기도하듯 말했다. 노인은 방석을 양손에 쥔 채 잠시 생각에 잠긴 듯했다.
"나도 그래. 자네를 어디선가 본 것 같은데, 도무지 기억이 나질 않아."
코끝에 안경을 걸친 노인은 마치 자신이 한 수 위라는 듯 짓궂은 표정을 지으며 말을 받았다. 나는 맥이 풀리는 것을 느꼈다. 하지만 왠지 노인도 나처럼 거짓말을 하고 있다고 느꼈다. 서로가 탐색을 하듯 잠시 침묵이 흘렀다.
땡 땡 땡…….
건널목 차단기 내리는 신호음이 들렸고, 노인정 뒤편에서 하행선 기차가 바쁘게 마을을 비껴 지나가는 소리가 들렸다.
"하지만, 자네 춘부장은 알고 있지."
순간, 나는 눈앞을 가로 막아섰던 짙은 어둠이 걷히면서 한 가닥 빛줄기가 드러나는 것을 느꼈다.
"제 아버님을 어떻게?"
"붕어빵이여. 고집스런 눈빛하며, 웃을 때 입매하며 틀림없구만. 자네 춘부장도 나를 찾아와 옛날얘기를 들었어. 민담은 아니었구, 그보다는 꽤 쓸 만한 옛날얘기였지, 아마."

노인은 아버지에게 고모부의 집안 얘기를 들려준 사람이 틀림없다는 생각이 들었다. 고모부의 형이 술도가를 팔아넘기고, 논밭마저 잃게 된 이야기. 그 이야기를 들려준 사람일 것이다. 아버지는 이 말을 못골 사는 어떤 사람에게 들었다고 했었다.

"자네가 이갑식이 조카 임창석이 아니여?"

나는 노인이 내 이름까지 알고 있다는 사실에 놀라지 않을 수 없었다.

"그걸 어떻게……."

예상대로 노인은 처음부터 나를 알고 있었다.

"갑식이가 노래를 부르고 다닌 그 임창석 교수가 맞으면 이리 앉아 봐. 할 말이 있으니까."

노인과 나는 텅 빈 노인정에 마주앉았다. 나는 마치 깨달음을 얻기 위해 고승 앞에 앉은 새내기 학승처럼 경건한 자세로 무릎을 꿇었다.

"편히 앉아."

그러나 나는 결코 편히 앉을 수가 없었다.

출입문 쪽을 등지고 앉은 나는 노인이 고의춤에서 잎담배를 찾아 곰방대에 차곡차곡 정성껏 채우는 동안 시선 둘 곳을 찾지 못해 잠시 노인정을 둘러보았다.

하면 된다
대한민국 대통령 박정희

　새마을운동을 부르짖은 박정희의 친필 휘호 복사본이 누렇게 빛이 바랜 채 액자에 걸려 있었다. 그리고 태극기를 중심으로 왼편에 향약의 글귀가 가지런히 적힌 액자가 걸려 있었고, 다른 한쪽 액자 속에는 일하지 않는 자는 먹지도 말라는 성경 구절이 마치 경고문처럼 적혀 있었다.
　노인이 막 토해낸 담배연기가 햇살에 뒤섞여 또아리를 틀다 사라졌다.
　"아무도 하지 않는 말을 내가 왜 자네 춘부장에게 들려줬던 줄 아나? 저승에 있는 영혼도 누군가는 반드시 돌봐줘야 하는 법이여. 육신이 떠났다고 해서 영혼마저 떠난 것은 아니지. 육신은 옷과 같아서 한때지만 영혼은 영원한 거야. 젊은이는 대학 교수라지?"
　"교수는 아닙니다."
　"갑식이 그 사람이 입만 열면 조카가 대학 교수라며 자랑을 하던데, 그게 아니여?"
　"학생들을 가르치는 것은 사실입니다만, 교수가 아니라……."
　"대학교에서 학생들을 가르친다며……? 그라믄 교수잖여? 아니여?"
　"예."

형에게 가는 길　295

노인이 교수를 강조하는 것은 아마도 많이 배웠다는 점을 빌미 삼아 무언가 질책을 하고 싶어서인 듯싶었다. 나는 이야기가 빗나가지 않을까 하는 우려에서 노인의 말에 얼른 수긍했다. 교수와 시간강사는 하늘과 땅만큼이나 차이가 있었으나, 지금은 교수냐 시간강사냐가 중요한 것이 아니었다.

"배웠다는 사람이, 남을 가르친다는 사람이 정신머리를 놓고 살아서야 쓰겠나?"

노인은 갑자기 언성을 높이며 담뱃대로 재떨이를 두드렸다.

"예?"

"자네 옛날얘기는 뭣 땜에 채집하러 다니는 거여? 어디다 써먹을려구? 그게 다 지난 과거를 거울삼아 정신머리 똑바루 갖자구 그러는 거 아녀? 옛날얘기가 바루 역사구, 그 역사라는 것이 또 곧바루 정신 아녀? 자녠 테레비도 안 보나? 남의 슬픔까정 내 일처럼 여기며 눈물 콧물 다 짜내는 판인디, 어찌 일가친척의 슬픔을 나 몰라라 한단 말이여? 그러니까 정신머리를 놓고 사는 것이지. 대학 교수면 뭘 혀?"

나는 노인이 담뱃대로 재떨이를 치는 것이 아니라, 내 머리를 치고 있다는 생각이 들었다.

"멋이냐, 호강하다 떠난 혼령도 보살펴주질 않으면 외로운 법이여. 하물며, 그게 어디 멀쩡한 혼령들인가? 외로우면 탈이 생겨. 이가가 술독에 빠져 사는 거, 청주댁이 비명에 간 거, 죄다 외로운 영혼 탓이라고."

난데없이 혼령 타령을 늘어놓는 노인의 노기 띤 눈에서 알 수 없는 광채가 번뜩였다. 창을 등지고 앉은 노인의 흰머리 위에서도 햇빛이 반사되어 묘한 광채를 뿜어내고 있었다. 갑자기 등줄기에서 땀이 솟아올랐다. 나는 또 다시 의식을 놓지 않으려고 어금니를 악문 채, 담뱃대를 쥔 노인의 손끝에 시선을 단단히 꽂았다. 그러고는 마치 도통한 선승으로부터 법문을 듣는 학승처럼 경건하고 긴장된 자세로 노인의 말을 새겨들으려고 무진 애를 썼다. 아니 내가 새겨듣는다기보다 노인이 내 머릿속에 새겨넣고 있었다.

"어디 그뿐이여. 딸이 집을 나가고, 아들이 집을 나가고 하는 것이 다 영혼을 외롭게 놔둔 때문이라고. 잊혀지길 바라는 영혼은 없지. 억울하게 죽은 영혼일수록 기억되길 바라는 거여. 내 말 알겠지?"

"……?"

나는 노인의 말을 이해할 수가 없었다. 정말 선문답이라도 하자는 말인가. 처음에는 노인의 말이 고모의 죽음에 대한 것인 줄로 알아들었으나, 고모만은 아니었다. 노인은 또 다른 영혼을 이야기하고 있는 것이었다. 억울하게 죽은 영혼이라니……. 도대체 누가 또 억울하게 죽었고, 그 혼령이 방치되어 있다는 말인가.

"왜 대답이 없어? 자네도 춘부장처럼 예수 믿나?"

"……."

"충성하다 죽은 사람만 국립묘지에 묻고 기리는 것이 아니여. 시상 험악한 탓에 억울하게 죽은 백성들도 새기고 기리는 것이여. 충성하다 죽은 사람 잘 모셔야 나라가 잘 되는 거이고, 억울하게 죽은 백성을 잘 기려야 후손이 길을 잃고 고단하게 헤매지를 않는 법이여. 이런 이치를 모르고, 도대체 언제까정 구천을 떠도는 귀신을 달고 다니며 살 것이여?"

노인은 내가 길을 잃고 헤매는 이유가 바로 죽은 영혼을 기리지 않아 생긴 것이라는 주장이었다.

"자네 고모부는 폐인이여, 폐인. 오로지 한평생을 복수만 생각하며 한과 원망으로 산 사람이여. 그러니께 자기 몸뚱아리 하나 제대로 간수 못하는 사람이 뭔 일을 하겄어? 안 그려? 그러니께 자네도 춘부장처럼 내 말을 귓등으로 듣지 말게."

노인이 마치 무슨 주술을 외듯 덧붙였다.

노인은 아버지 편에 들려줬던 말을 다시 한 번 되풀이한 것이라고 했다. 듣고 보니 아버지에게는 씨도 안 먹힐 말이었다. 천지만물을 만드시고 인간의 생로병사를 주관하시는 하나님 이외에 이 세상 어디에도 허튼 영혼은 존재하지 않았다. 그것은 모두 마귀가 아닌가. 의사의 터무니없는 오진으로 수술 중에 할머니가 숨을 거뒀을 때도, 고모가 상식 밖의 이유로 앞질러 세상을 떴을 때도 아버지는 모두 하나님의 뜻으로 받아들였다. 그것이 아버지가 세상을 사는 방식이었다. 나는 그럴 때마다 아버지는 참 편안하게 고통을 삭이는 기술을 익혔다고 생각했다.

"못골에 왜 못이 없는 줄 알어?"

노인이 자리에서 일어서며 말했다.
　"육이오 사변 통에 못골을 지나던 국군이 빨갱이들을 죄다 청소하고 갔어. 그때 자네 고모부의 양친 부모는 아무것도 모르는 채 국군을 뒤쫓아 마을로 돌아왔지. 그게 화근이었어. 큰아들 잘못 둔 죄로 하루아침에 빨갱이가 돼 사살되어 수장을 당했지. 큰아들이 전쟁통에 마을 한복판에 인공기를 세우고, 사람들을 선동하며 많이 설쳐댔거든. 당시에 그 큰아들과 함께 놀아난 근동 사람 열세 명이 죽었어. 자그마치 열세 명. 모두 수장을 당했는데, 그 수장지가 못이여. 그래서 전쟁이 끝나고 마을사람들 모두가 나서서 반 년 동안 못을 메웠지. 그걸 메워야만 마을의 액운이 사라질 것이라고 믿었으니까. 그 못이 있던 자리가 기도원 터여. 그래서 못골에는 못이 없는 것이여."
　나는 감당할 수 없는 큰 짐을 진 사람처럼 몸이 휘청하고 휘는 듯한 기분을 느꼈다. 내 삶의 무게만도 감당이 힘들어 아직 일어서지도 못한 내가 아닌가. 가족조차도 제대로 부양하지 못하는, 그래서 아내의 도움으로 근근이 먹고사는 내가 아닌가. 그런 내가 무슨 여력이 있어 고모네 집안의 짐까지 맡아 질 수 있다는 말인가. 내가 가야 할 행선지조차 몰라 꿈마다 헤매는 내가 누구의 혼령에 관심을 가질 수 있다는 말인가.
　나는 노인에게 소리치며 항변하고 싶었다. 하지만 그럴 수 없는 것이 노인의 말은 내 항변보다 훨씬 강하고 또 중요하다는 사실을 인정하지 않을 도리가 없었다. 노인의 말이 내 항변보다 이치와 도리에 맞았다.

"삶은 함께 나누는 것이고, 또 서로서로 베푸는 것이야. 하물며 받고도 갚을 줄 모르는 삶이 어디 인간의 삶인가, 짐승의 삶만도 못한 것이지."

노인은 우리 가족 전부의 무관심을 책망하고 있었다. 그러나 나는 또 다시 노인의 이 말을 수긍하기 어려웠다. 도대체 내가 무얼 받았다는 말인가? 꽁치찌개와 인절미와 수제비를 말하는 것인가. 갑자기 기분이 상했고, 그 상한 기분을 고함이라도 내질러 풀어내고 싶었다. 차라리 노인의 말보다 무당의 말이 옳다고 생각했다. 아들과 조카를 분별하지 못하는 귀신의 잘못을 내가 어쩌란 말인가. 그러나 이게 어디 귀신을 상대로 잘잘못을 따질 일인가. 고모와의 약속도 지키지 못한 내가 무슨 변명이 있을 수 있으며, 무슨 할 말이 있을 수 있겠는가. 적어도 나는 죄인임이 틀림없었다.

노인의 말은 옳았다. 이제 외롭고 억울한 영혼을 상대로 더 이상 버팅길 힘이 없었다. 이것은 영혼의 문제도 귀신의 문제도 아닌 나의 문제이고, 현실의 문제인 것이다. 외면한다고, 벗어나고 싶다고 해서 벗어날 수 있는 문제는 아닌 것이다. 지금까지 용케 버텨온 것만으로도 충분했다. 이제 더 이상은 그럴 수 없을 것 같다는 생각이 들었다. 어쩌면 노인과 무당의 말 속에 내가 못골을 찾아온 진짜 이유가 있는지도 모른다. 그 이유 때문에 이곳에 오고 싶지 않았던 것이다. 감당할 자신이 없어서 도망쳤던 기억 속으로 걸어들어와, 그동안 어찌어찌 걸어왔던 길마저 잃어버릴지도 모른다는 두려움을 감당할 자신이 없었던 것이다.

나는 이갑식 씨의 이산가족 상봉을 경축한다는 플래카드를 등지고, 그 이갑식 노인이 숙박을 하고 있다고 일러준 곳으로 향했다.

"누굴, 찾으신다고……?"

노인이 일러준 '동숙여인숙'은 러브호텔 뒷담에 바싹 붙어 웅크린 듯 주저앉아 있었다. 사방이 새 건물로 틀어막혀 볕이 들 틈조차 없기 때문인지, 나를 먼저 맞이한 것은 퀴퀴한 곰팡이 냄새였다. 나는 끝끝내 고모부가 곰팡이와의 인연을 정리하지 못했다는 생각이 불쑥 들었다. 출입문 한쪽 그늘에 의자를 내놓고 앉아 부채질에 열중이던 오십대 중반의 작달막한 아줌마가 내 물음에 답을 미룬 채 위아래를 살살이 훑어보았다.

"왜, 술로 사시는……."

"알아, 알어."

아줌마는 술이라는 말이 나오자, 더 이상 설명하지 않아도 된다는 듯 손사래를 치며 말을 막았다.

"그분을 뵀으면 해서……."

나는 마치 무슨 죄라도 지은 양 주눅이 든 목소리로 말을 맺지 못했다.

"그 정신 나간 노친네 지금은 없수. 새벽 참에 육군본부에 간다며 나갔수."

"육군본부요?"

"그렇수, 육군본부. 육군본부 몰라요? 저어기, 계룡대 말이우."

아줌마가 묘한 웃음을 입가에 매단 채 의자에서 일어서며, 계룡산 자락 너머를 들고 있던 부채로 가리키며 말했다.

"거긴 무슨 일로……?"

나는 또 다시 쭈뼛쭈뼛하며 물었다.

"그런데, 그쪽 분은 노친과 어떤 사이유?"

아줌마는 신분을 알기 전에는 더 이상 일러줄 수 없다는 듯 미심쩍은 눈길을 보냈다.

"조캅니다."

나는 아줌마의 의심을 깔끔히 제거하려는 생각에 단호하고 짧게 답했다.

"조카? 대전 산다는, 교수라는 그 조카……. 노친네가 늘 자랑하던 그 조카가 바로 그쪽이구먼."

"……"

나는 할 말을 잃었다. 광고도 이 정도면 지극 정성인 셈이었다. 고모부는 온 동네방네 다 들쑤시고 다니며, 내가 교수라는 것을 마치 무슨 큰 벼슬이라도 되는 양 입소문을 낸 것이 틀림없었다. 도대체 고모부는 왜 다시 못골로 돌아와 조카에 대한 유언비어를 퍼트리고 다닌 것인지 알다가도 모를 일이었다.

"귓구녕에 딱지가 앉도록 말로만 듣던 교수님을 만나니, 왠지 나까정 엄청 반갑네."

아줌마가 또 다시 내 모습을 머리끝에서 발끝까지 차근차근 훑어내려갔다.

나는 아줌마의 반갑다는, 다분히 과장된 호들갑에 마치 벌레 씹은 듯한 표정을 지었다. 그 호들갑은 곧 내게 들려줄 말이 있다는 뜻으로 받아들여졌다. 내 예상은 틀리지 않았다.

"조카라면서 그동안 도통 소식을 모르고 살았는가 보네. 그 노친 때문에 육군본부 위병소 군인들이 골치를 썩고 있수. 열흘 전쯤이지 아마. 그 철통 같은 방비를 뚫고 육군본부에 들어가 무기고 근처에서 얼씬거리다 붙잡혀서는 요 앞 파출소로 인계됐다우. 그 일로 마을이 홀랑 뒤집혔지. 육군본부에 지을 때 노가다 뛴 마을사람들이 모두 불려가 곤욕을 치렀다우. 그래도 그 노친 해병대 곤조가 있어 한번 한다면 끝장을 보는 성깔이라, 파출소에서 풀려나면 곧바로 육군본부로 다시 가곤 한다우. 그게 요즘 그 노친 일과요. 아마 지금도 보초병들과 실랑이를 하며 정문 한켠에 누워 있을는지도 모른다우."

"그게 무슨 말씀입니까?"

"이번에 남쪽으로 내려오는 빨갱이 한 놈을 꼭 잡아 죽여야 하는데, 그러려면 총이 필요하대요, 총이."

"예……?"

"아무튼 누가 나서서 무슨 수를 쓰든지 해야지, 저러다간 이산가족 상봉은커녕, 아마 며칠 내로 감빵으로 가게 되지 않을까 몰라. 잠깐, 여기 이거……. 이거, 가져가시우."

아줌마가 치마를 홀러덩 걷어올리더니 속바지 주머니를 뒤적여 무언가를 내밀었다.

"노친이 내게 총을 사달라며 준 돈이우."

천 원짜리 지폐 몇장이 내 손에 쥐여졌다.

아줌마의 말이 사실이라면, 어쩌면 고모부가 이산가족 상봉자 명단에서 제외될 수도 있겠다는 생각이 들었다.

나는 차를 몰고 부랴부랴 계룡대를 향해 달렸다. 그러나 고모부는 찾을 수가 없었다. 아마도 계룡대를 포기하고 다른 곳으로 총을 구하기 위해 떠난 듯싶었다.

5

민담 채록 따위는 이미 마음 밖으로 밀려나 있었다. 하지만 언제 마음 내키는 일만 해오며 살아왔다는 말인가. 마음속에 있건 마음 밖에 있건, 일은 일이었다. 나는 다시 마을로 돌아와, 어설픈 귀동냥으로 당초 계획하고 약속했던 민담 채록을 마쳤다. 그리고 날이 저물 때쯤 여인숙에 다시 들렀으나 허탕을 치고 집으로 돌아왔다.

나는 아내가 차려준 밥상을 앞에 두고 아버지에게 전화를 걸었다.

아버지는 내 이야기를 듣는 동안 시종일관 대답도 반문도 한 번 없었다. 그래서 나는 마치 일인극을 하듯 자초지종을 일러주었다.

"그래서, 교회 앞에 상 차리고 무당 불러 굿이라도 하잔 말이냐?"

아버지는 내 말을 이렇게 알아들었다. 생각이 짧고 말주변이 부족해 할 말 안 할 말 가리지 않고 모두 쏟아놓는 바람에 마땅히 빼야 할 무당 얘기까지 하고 만 것이다.

아버지의 역정에 나는 더 이상 고모부의 근황을 일러줄 엄두가 나지 않았다. 고모부의 부모가 인공기에 둘둘 말려 수장된 못이 지금 기도원이 서 있는 자리라는 말을 들으면 아버지는 또 어떤 반응을 보일까. 아니, 어쩌면 아버지도 이미 알고 있을지 몰랐다. 그러나 알고 있다고 해도 결코 입밖에 낼 아버지가 아니었다. 함부로 발설할 얘기가 아니기 때문이다. 나는 결국 남은 이야기를 가슴속에 담아두고, 밥상으로 다가가 수저를 들었다.

"기도하고 있다. 그러니까 너도 열심히 기도해라. 거 봐라. 교회도 안 다니고 기도도 하지 않으니까, 그런 허튼소리에 마음이 가는 게 아니냐."

통화 말미에 아버지가 화를 내며 남긴 말이었다. 그리고 앞으로는 절대 못골에 가지 말 것과 그것과는 별개로 관상쟁이나 무당 따위와는 상종도 하지 말 것을 경고했다. 결국 고모부의 형이 방남을 한다는 얘기는 꺼내지도 못했다.

머리에 들어오지도 않는 책을 펼치고 책장만 이리저리 뒤적이다 잠

형에게 가는 길 305

자리에 들었다. 아내는 잠자리에 들기 전 아버지의 칠순 잔치에 대해 상의하자고 했다. 그러나 나는 그 얘기가 곧 돈 닦달로 들렸고, 돈은 만들어 줄 테니 걱정할 것 없다며 짜증을 부렸다. 물론 칠순 잔치가 돈만으로 안 된다는 것은 잘 알고 있었다. 당연히 계획이 있어야 할 것이 아닌가. 아내는 그 부분에 대해서 이야기를 하고 싶었던 것이다.
"환갑잔치도 우리 사정 보셔서 안하셨는데……."
아내는 이렇게 중얼거리며 먼저 잠자리에 들었다.
그러고 보니 고희연도 채 한 달이 안 남았다. 나는 뾰족한 수가 나올 것도 없는, 그래서 어쩌지도 못할 생각의 꼬리를 물고 이 궁리 저 궁리 하며 요를 보고 엎치락, 천장을 보고 뒤치락하다 새벽녘이 되어서야 가까스로 잠이 들었다.
또 다시 낯익은 버스정류장에 서 있다. 지레 겁부터 먹은 나는 이젠 더 이상 당황하지 않으려고 안간힘을 쓴다. 도움받을 사람이 없다는 것을 익히 알고 있는 때문인지 허둥대며 두리번거리는 짓도 삼간다. 그러고 보니 바로 어제도 똑같은 시간에 이 자리에 있었던 기억이 선명하다. 이건 꿈이다. 조금만 버티면 깨어날 수 있다. 조금만……. 내가 사람들 틈 속에 섞여 버스 안으로 떠밀려 오르기 시작한 것은 그 때였다. 나를 둘러싼 사람들은 상당히 강한 힘으로 나를 밀어올리고 있었다. 행선지도 모르는 버스에 무작정 오를 수 없다는 생각에 주위를 두리번거리며 발버둥을 친다. 온몸에 땀이 번진다. 이런 실랑이 속에서 어디선가 나를 지켜보고 있는 눈이 있다는 느낌이 든다. 까치발을 딛고 사람들 틈으로 고개를 뺀다. 그 순간, 그 눈빛을 찾은 순간, 나는 기억을 잃는다.

잠시 뒤, 정신을 되찾은 나는 뒤늦게 그 눈빛이 무당과 노인의 눈빛이었음을 떠올리며, 들풀과 들꽃이 지천으로 깔린 구릉을 오른다. 어쩌면 무당 집이 나올 수도 있다는 불안감에 떠는 순간, 한 기의 무덤이 불쑥 나타난다. 차라리 다행이지 싶다. 나는 아무런 망설임 없이 노란 슬리퍼 한 짝이 가지런히 놓여 있는 무덤 앞에 무릎 꿇고 앉아 제물을 정리한다. 비닐봉지 속에서 열무김치와 파절임, 멸치조림, 쇠고기 장조림 등을 꺼내 펼친 제상에 술을 따른다. 나는 이 음식물들이 어떻게 낚시터에서 이곳까지 옮겨왔는지 궁금했지만, 더 이상 생각을 하지는 않았다. 절을 올리려고 엎드렸을 때인지, 절을 하고 일어설 때인지, 노란 슬리퍼가 있던 자리에서 난데없이 노란 국화 한 송이가 피어오른 것을 본다.

"왜, 가려구? 좀 더 놀다 가지 않구?"

고모가 나를 잡는다.

"지난번에 왔을 땐 왜 그냥 갔니?"

그 순간 나는 어깨를 들먹이며 하염없이 흐느낀다. 여인숙을 다시 찾은 뒤, 나는 도망치듯 못골을 빠져나왔다. 고모의 무덤은 생각조차 하지 못한 것이다.

눈물로 눈자위가 짓물러 어쩌면 시력을 잃을지 모른다는 불안감이 들 무렵, 등뒤에서 난데없이 성당의 종소리가 들려온다. 성당 종소리치고는 어딘가 소리가 가볍고 템포가 너무 빠르다. 마침내 그 종소리는 성당 종소리가 아닌 요령 소리임을 깨닫는다.

허이…… 허이…….

"여보세요, 여보세요? 고모, 고모!"

나는 무덤 앞에 누운 채 이제 막 하늘로 오르는 눈부시게 아름다운 꽃상여를 향해 소리친다.

"여보세욧! 임창식 씹니까? 여기 역전 파출손데요…… 여보씨오? 이거 왜 이래, 여보쇼?"

나는 송수화기를 들고 있었다.

얼굴에 고인 땀을 손바닥으로 쓸어내리며 정신을 추슬렀다. 송수화기를 들고는 있었으나, 좀처럼 지금이 꿈인지 생시인지 분간이 되지 않았다.

"당신 왜 그래요? 악몽이라도 꿨어요?"

"당신 찾는 전화예요. 어서 받아봐요. 급한가 봐요."

아내가 어느 틈에 빼앗았던 송수화기를 되돌려주며 당황한 표정으로 말했다.

"예……. 제가…… 임창식입니다."

"이갑식 씨 아시지요?"

상대는 대뜸 자신이 경찰이라고 밝히고, 이갑식 씨를 아느냐고 물었다. 우선 안다고 답하자, 상대는 "씨발" 하며 난데없이 성질을 부린 뒤 그렇다면 당장 나와 달라는 명령을 끝으로 전화를 끊었다.

나는 아닌 밤중에 홍두깨를 맞은 사람처럼 정신을 차릴 수가 없었다. 하지만 당장 그 경찰의 명령에 따르는 것이 급하다고 판단해서 서둘러 옷을 찾아 입었다. 그리고 현관문을 나서 엘리베이터를 기다리던 나는, 급히 방으로 되돌아가 서랍을 뒤졌다. 봉투가 필요할 것이라는 생각 때문이었다. 나는 꿍쳐두었던 돈 봉투를 챙겨 넣고 서둘러 현관을 나섰다. 경찰이 이 새벽에 전화를 했다면, 그것은 뻔한 일이었다. 고모부가 무슨 일을 낸 것이다.

"햐! 이거 참! 임창식 씨 되슈?"

말뚱 하나씩을 양어깨에 붙인 소장이 파출소로 들어서는 나를 향해 던진 첫마디였다. 그의 손에는 때 전 명함 한 장이 들려 있었다.

"그렇습니다. 제가 임창식입니다. 그런데 무슨 일로……?"

소장은 내 대답과 질문을 들은 뒤, 턱짓으로 문 옆의 소파를 가리켰다. 소파에는 영락없이 행려병자같이 보이는 사람이 잔뜩 웅크린 채 잠들어 있었다. 순간, 나는 이들이 나를 찾은 이유를 알 수 있었다.

소파에서 눈을 돌린 나는 기가 막힌다는 듯 턱을 치켜올린 채 천장을 응시하고 있는 말뚱을 바라보며, 한동안 어찌할 바를 몰라 엉거주춤한 자세로 서 있었다. 나도 모르게 어깨를 잔뜩 움츠린 부동자세가 되어 상대의 눈치를 살피며, 어떤 처분이 내려지기만을 기다리는 죄인처럼 붙박여 있었다. 영문도 모르고 불려나온 나는 이갑식이라는 이름 하나만으로도 잔뜩 겁에 질려 있었던 것이다. 지은 죄 없이 불심검문에만 걸려도 주눅이 드는 판에 새벽녘에 파출소까지 불려나왔으니, 오

금이 저려오는 것은 당연한 일이었다. 게다가 경찰들은 내 행색을 뜯어보고 있는 것 같았다.

"저 사람이 당신 아는 양반이오?"

다리를 꼬고 앉은 이파리 두 개가 마치 소금에 절인 배추포기처럼 소파에 웅크리고 누운 사람을 가리키며 물었다.

나는 이파리 두 개의 질문에 확실한 답을 하기 위해 천천히 걸음을 옮겨 소파로 다가갔다. 물을 부으면 고일 듯 움푹 파인 볼에 광대뼈가 툭 불거져 나온 한 노인이 가늘게 코를 골며 누워 있었다. 노인은 흰색 남방과 카키색 바지를 입고 있었지만, 땟국에 절어 이미 거무죽죽한 색으로 변해 있었고, 얼굴색 또한 몇가닥 길게 자란 검은 수염과 분간이 힘들 정도로 검푸르게 변색되어 있었다. 아마도 볕에 그을리고 지나친 음주벽 때문인 듯싶었다. 단잠에 빠졌는지 입가를 타고 흘러내리는 침과 수갑을 찬 채 가늘게 떨고 있는 손만이 그가 살아 숨쉬고 있음을 입증해줄 뿐, 나머지는 시체와 다름없어 보였다.

"아는 사람 맞아요?"

이파리 두 개가 다시 재우쳐 물었으나, 나는 선뜻 자신있게 답을 할 수가 없었다. 내가 기억하고 있는 고모부의 옛 모습은 어디서도 찾아볼 수 없었기 때문이다. 마치 완벽한 행려병자를 보고 있는 것만 같았다.

"어이 씨……. 여봐, 여보쇼?"

내가 잠시 머뭇거리며 답이 없자, 이파리 두 개가 짜증 섞인 목소리로 노인을 불렀다. 하지만 그의 목소리가 코까지 고는 노인을 깨우기에는 역부족으로 보였다.

"놔둬. 깨우지 말라고. 더 이상 횡설수설하는 걸 보면 돌아버릴 것 같으니까."

소장의 제지에 이파리 두 개가 노인 쪽으로 걸음을 옮기다 멈춰섰다. 그러고는 고개를 틀어 내 쪽을 쳐다보며 명령했다.

"이리로 오슈."

내가 그의 명령에 따라 다가가자 책상 위에서 무언가를 집어들어 화투 패처럼 펼쳐 보였다.

"맞죠?"

그가 신분 확인을 요구하며 코앞에 디민 주민등록증에 어렴풋이 떠오르는 고모부의 얼굴이 있었다. 반백의 머리 밑으로 날선 눈매와 굳게 다문 얇은 입술, 그리고 날렵하게 빠진 하관이 금방이라도 성질을 부리며 뛰쳐나올 것만 같았다. 그 뒤에 귀퉁이가 닳고 구겨진 내 명함이 초라한 모습으로 고개를 내밀고 있었다.

"예."

나는 마치 난해한 수학문제를 겨우 풀어낸 수험생처럼 답했다. 그 답이 맞는가에 대한 확신이 안 선 듯 내 말은 풀이 죽어 있었다.

"그럼 지금부터 몇가지 묻겠습니다."

이파리 두 개가 컴퓨터를 향해 몸을 돌렸다.

폭행 및 총기 절취 미수에 관한 건

상기인 이갑식은 2000년 8월 17일 대전역 대합실에서 구걸행각을 하던 중 01시 30분경 피해자인 여행객 박영도(20세·대학생)에게 돈을 요구하며 욕설과 주먹질을 하는 등 약 15분 동안 행패를 부린 사실이 있음.

또한 상기인 이갑식은 신고받고 출동한 경찰 박태구 순경이 신병을 확보하려고 사건 현장에 갔을 때 박태구 순경을 급습하여 38구경 권총(S&W M10)을 절취, 약 200미터를 달아나다 체포된 바 있음.

나는 모니터에 기록된 사건 조서를 읽는 순간, 하마터면 웃음을 터뜨릴 뻔했다. 여인숙 아줌마의 말처럼 고모부는 빨갱이 형을 죽이기 위해 정말 총이 절실히 필요했던 모양이었다.

갑자기 이파리 두 개가 삼류 코미디 작가처럼 보였다. 하지만 그 삼류 코미디 작가는 의기양양한 자세로 앉아 어울리지 않게 무척 심각한 표정으로 말문을 열었다.

"여기 소장님 지시로 아직 상부에 사건을 보고하지는 않았습니다."

이파리 두 개의 말에 나는 터져 나오려는 웃음을 억지로 참으며, 예의 심각한 표정으로 고개를 두어 번 끄덕거려 고마움을 표했다.

어디서 그런 용기가 생겼는지, 나는 당당히 담배를 빼물고 연기를 깊숙이 들이마셨다. 이파리 두 개가 갑작스런 내 행동을 시건방지게 보았는지 인상을 찡그리며 쏘아보았다.

"저분과 잠깐 이야길 좀 해도 되겠습니까?"

나는 고모부로부터 폭행과 폭언을 당했다는 피해자를 가리키며 이 파리 두 개에게 물었다.

총기 절취보다 먼저 폭행문제 해결이 우선이라는 생각 때문이었다.

"뭐요?"

이파리 두 개가, 자신과의 볼 일을 미루고 피해자와 먼저 이야기를 하겠다는 말에 갑자기 신경질을 부렸다.

"우선 피해자와 합의부터 봐야 되지 않겠습니까?"

냉랭하고 단호한 태도로 대거리를 하고 나오자, 그도 도리 없다는 듯 거절하지 못했다.

나는 피해자와 함께 밖으로 나와 역 광장 가에 있는 외등 밑으로 향했다. 피해 정도를 알아보기 위해서였다.

"죄송합니다. 제가 대신 사과드립니다."

폭행을 당했다는 사람치고는 너무도 멀쩡해 보이는 상대에게 사과를 했다.

"아닙니다. 이렇게까지 벌일 일이 아니었는데……."

대학생으로 보이는 상대는 내가 고개를 숙이자, 오히려 미안한 태도를 보이며 말끝을 얼버무렸다. 파출소 출입문 밖에서 지켜보고 서 있는 경찰을 의식한 듯 작은 목소리였다.

"어떻게 해드리면 되겠습니까?"

나는 또 다시 머리를 조아리며 물었다.

"사실 제가 지금 여자친구와 새벽 기차를 타고 해돋이 여행을 가야 하거든요. 저는 아무렇지도 않으니까, 기차 시간을 놓치기 전에 그냥 빨리 보내주시면 됩니다."

상대가 사람 좋은 웃음을 지으며 오히려 사정하듯 말했다. 상대의 웃음에서 사태의 자초지종을 짐작한 나는 애써 쓴웃음을 참으며 명함을 건넸다.

"여행 갔다 와서 연락해요."

"안 그러셔도 되는데…… 그리고, 저 교수님 알거든요. 교양국어를 들은 적이 있어요."

상대는 뒤늦게 꾸벅 인사를 하고, 걱정하실 필요가 없다며 되레 나를 위로했다. 나는 그에게 혹 후유증이라도 있으면 연락하라고 이른 뒤, 앞서서 파출소로 들어갔다.

"합의 봤소?"

"예."

이파리 두 개는 내 답을 듣자마자, 조바심을 치며 문 옆 의자에 앉아 있는 피해자를 불렀다. 그리고는 자필 진술서와 합의서에 각각 도장을 받은 뒤 돌려보냈다.

나는 피해자가 나간 뒤, 이파리 두 개에게 명함 한 장과 봉투를 내밀었다. 그 봉투 속에는 아버지의 고희연을 위해 아내 몰래 준비해둔 잔치 비용이 들어 있었다. 이 돈은 지난 육 개월 동안 회비를 내야만 하는 각종 모임에 빠지고, 밥값도 아끼고, 또 특강료와 잡문을 쓰고 받은 원고료까지 삥땅을 쳐가며 가까스로 꿍쳐놓은 눈물어린 쌈짓돈이었다. 말하자면 아내에게 보여줄 내 자존심이었고, 아버님께 드릴 만자식 된 도리가 담긴 돈이었다.

"이게 뭡니까?"

이파리 두 개는 멋쩍게 말한 뒤, 봉투를 얼른 서장의 책상 위에 올려놓고는 명함을 들어 뚫어지게 바라봤다.

그에게 내민 명함에는 대전의 유력 일간지 심볼과 로고, 그리고 객원기자라는 직함이 박혀 있었고, 다른 쪽 면에는 강사 임창식이라는 부끄러운 이름이 박혀 있었다.

"이십 년 넘게 찾아 헤매던 고모붑니다. 잘 부탁드립니다."

나는 이파리 두 개가 내 부탁을 쉽게 거절하지 못할 것이라는 사실을 알고 있었다. 폭행은 건수를 올리려는 수작이었고, 총기 절취는 딴속셈이 있어 보이는, 애당초 말이 안 되는 얘기였다. 아니 말이 된다고 해도, 이들이 모두 바보가 아닌 다음에야 총기를 빼앗긴 경찰관의 책임 문제는 어찌하고, 그걸 가지고 사건을 만든단 말인가. 하지만 그렇다고 해서 깔보고 버틸 일은 더욱 아닌 듯싶었다. 꼬투리를 잡고 늘어지면 자칫 문제가 심각해질 수도 있는 노릇이었다.

이파리 두 개가 소장에게 다가가 명함을 넘겨주자, 소장은 건네받은 명함과 때 전 명함을 번갈아 요리조리 살펴보고는, 이파리 두 개와 몇 마디의 귓속말이 오갔다. 그리고 사건은 곧바로 완전히 종결됐다.

"박 순경. 이 두 분 댁까지 모셔다 드려."

형에게 가는 길

소장은 거듭 사양하는 내 뜻을 물리고, 굳이 순찰중인 차를 불러 나와 고모부를 태웠다. 순찰차는 내가 준 명함을 손에 들고 흔들며 배웅하는 소장을 뒤로하고, 이제 막 여명이 깔린 새벽길을 힘차게 달렸다.

나는 한평생 술로 한을 씻다 술 속에 빠져버린, 그리하여 몸이 찌들어 검게 변색되고 정신마저 하얗게 탈색된 고모부를 내려다보며 말했다.

"고모부, 지금 교수 조카가 사는 집으로 가고 있어요."

파출소장이 되돌려준 때 전 명함이 고모부의 남방 주머니에 꽂혀 있었다.

대성대학교 교양강사 임창식

불가사의한 일이었다. 도대체 고모부는 내 명함을 언제 어디서 구했으며, 또 왜 구한 것일까. 아니, 그보다 내가 강사라는 사실은 어떻게 안 것일까. 이 모든 것의 답을 알 수는 없었으나, 적어도 고모부가 나에게 깊은 관심을 가지고 있다는 사실은 틀림없어 보였다. 마을사람 모두가 내 신분을 외고 있다는 사실이 이를 뒷받침해주고 있지 않은가. 고모부가 내 주변을 맴돌았다면, 그깟 명함 한 장 구하는 것은 일도 아니었을 것이다. 그러나 왜 내 명함을 구해 지니고 다녔는지는 여전히 의문으로 남았다. 일가붙이 없는 고모부로서는 나라는 존재가 유일한 피붙이일 수도 있고, 또 교수라는 점을 그렇게 강조한 것으로 미루어 짐작하면 뺄일 수도 있겠다는 턱없는 추측만 해볼 뿐이었다.

집으로 돌아온 나는 박 순경의 도움을 받아 고모부를 거실로 옮겨 누이고, 욕조에 물을 채웠다.

"형님……. 형, 혀어엉! 흑흑……!"

고모부가 마른 몸을 한 차례 뒤척이며 형을 부른 뒤 울먹이고 있었다. 나는 고모부의 눈가에 맺힌 눈물을 바라보며, 자신이 꼭 총으로 쏴 반드시 죽이겠다던 그 형을, 사실은 죽이고 싶을 만큼 애타게 그리고 있음을 알았다. 그리고 어쩌면 고모부가 총을 원한 것은, 형을 만나기 전에 켜켜이 쌓인 한과 원망을 모조리 씻어낼 대상이 필요했던 것일지 모른다는 생각이 들었다. 결국 고모부의 총은 마치 씻김굿의 작두 같은 것이 아니었을까.

나는 느닷없이 들이닥친 생면부지의 방문객을 쳐다보며, 어쩔 줄 몰라 안절부절하며 거실을 서성대는 아내에게 말했다.

"양복 한 벌 사와야겠어."

"예?"

아내는 아예 정신이 나간 표정이었다.

"와이셔츠와 넥타이도 빼놓지 말고……."

나는 이윽고 물이 욕조를 넘쳐흐르자, 고모부를 안아 욕실로 들어갔다.

고모부는 물 위로 몸이 떠오를 듯 짚단처럼 가벼웠다. 나는 고모부의 몸을 씻기며 중얼거렸다.

"고모부…… 며칠만 있으면 형님께서 오셔요. 저랑 형을 만나러 가요. 꼭 만나시는 거예요."
 볼을 타고 흐르는 고모부의 눈물이 누렇게 변한 목욕물 위로 한 방울 한 방울 떨어져 섞이고 있었다.
 "형이 보고 싶다."
 고모부가 나를 보며 말했다.

| 해설 |

폭력의 성찰과 소설의 힘

김이구 · 문학평론가

1

집에 일찍 들어온 날이면 텔레비전 드라마를 보게 될 때가 있다. 나는 드라마를 즐겨 보기보다는 드라마가 나오면 채널을 다른 곳으로 돌리는 편인데도, 아내가 보는 드라마를 무심코 따라서 보다가 어느새 드라마의 마력에 사로잡혀 몰입하곤 한다.

그리고 보면 드라마에는 시청자의 눈길을 붙잡아두는 몇몇 가지 코드가 있고 장치가 있다. 조금씩 드러나는 숨겨진 과거, 비정상적일 정도로 과도한 애정 집착증, 어울리지 않는 처지에 있는 남녀간의 불같은 사랑, 유부남과 처녀 또는 유부녀와 총각의 끈적하거나 애틋한 애정 행각 같은 설정은 거의 빠짐없이 등장하고, 자극적인 대사와 도를 넘는 감정 표현도 폭포수처럼 쏟아진다. 그래서 아무 생각 없이 한 십여 분 동안 드라마를 보고 있다가는 자신도 모르게 눈길을 고정하고 다음 장면이 어떻게 전개될지 조마조마하게 기다릴 수밖에 없다. 이런 극단적인 설정 위주로 끌고나가는 경우 '막장 드라마'로 비난의 표적이 되기도 하지만, 최근에는 사극과 현대극, 희극과 비극이 제각각의 특색을 띠고 방영되어 많은 시청자를 텔레비전 앞에 붙들어놓고 있다.

영상과 음향이 결합한 텔레비전 드라마는 이와 같이 우리가 폭 빠져들기 손쉬운 장르이지만, 드라마를 보는 동안 우리는 멈칫거리며 사색을 하거나 한 장면을 오래 음미할 수 없다. 지난 장면을 되돌려 보거나 나중에 나올 장면을 미리 훑어볼 수도 없다. 요즘에는 디지털 영상술이 발달해 인터넷으로 '다시 보기'를 해서 반복해 보거나 특정 장면만 골라서 보는 게 가능해졌지만, 기본적으로 드라마가 진행되는 동안 우리는 시청각을 고정하고 수동적으로 감상해야만 한다.

그에 비해 소설은 지면 위에 조용히 박혀 있는 글자들의 집합체로, 그 자체로는 어떤 화려함이나 소란함도 발산하지 않는다. 그러나 독자가 읽기 시작하는 순간 소설은 살아 있는 생명체가 되어 꿈틀거린다. 고요히 잠자는 듯싶다가도 활화산처럼 요동치며, 텅 빈 행간에서 오히려 더 많은 의미와 감정이 굴러 나온다. 또 시간에 제약받지 않고 아무런 장소, 아무런 환경에서나 감상하며 상상하기 편하다는 것도 강점이다.

소설이 시청자를 사로잡기 위한 드라마의 서사 전략을 배울 필요가 없지 않지만, 소설이 지닌 소설다운 매력의 본질은 그것으로 충족되지 않는다. 소설이 독자를 움직이는 힘의 원천은 무엇보다도 현실에 대한 웅숭깊은 탐색과 성찰에 있다. 그리고 그러한 탐색과 성찰은 밀도 있고 유려한 언어를 통해서만 입증될 수 있는 것이다.

2

고광률의 소설을 막 읽기 시작해서는 잔잔하고 간결해서 무미건조하다는 인상을 받기도 한다. 그러나 한 페이지를 넘기기 전에 아연 선연한 긴장감을 느끼게 되고, 어어 하다 보면 어느새 그가 치열하게 탐색하는 세상의 어떤 복판에 이끌려 와 있음을 알게 된다.

"그래서 그놈을 찔렀다는구나."
아버지의 말은 허연 김처럼 모호하고, 두서가 없었다.
"뭘 가지고 찔렀다고요?"
"십자도라이바다."
아버지는 칼이 아닌, 드라이버라고 했다. ―(10면)―

공장 동료를 '십자도라이바'로 찌른, 둘째가 저지른 사고 소식을 듣고 형과 아우가 사건을 수습해가는 과정을 추적하고 있는 「조용한 가족」은 세상을 보는 눈이 각기 다른 가족 구성원들을 흥미롭게 보여준다.

대학 강사인 '나'는 합리적이고 신중하게 세상에 대처하는 성격이지만 결과적으로 우유부단한 면이 있으며, "말보다 주먹이 빠른" 막내는 성급하고 과격하기만 한 것 같지만 치밀한 전략으로 치고 들어가 '이에는 이'로 제압하는 행동력을 보여준다. 스스로 아들의 사고를 고발한 아버지는 원칙만으로 세상을 살려는 사람이지만 실제적으로는 무능하고 타인에게 짐을 떠넘기는 인물이다. 이렇게 제각각의 방향으로 파노라마를 그려나간 가족의 이야기인 이 단편은, 실은 숫자 인식에 장애가 있는 인물인 둘째를 통해 인간 관계 속에 형성되는 폭력의 메커니즘을 드러내고자 한 작품이다.

　'바보'는 둘째를 상대로 결코 부를 수 없는 단어였다. 우리는 어려서 이렇게 부르는 동네 또래들을 징계했고, 커서는 둘째가 공식적인 장애 판정 받는 것을 찬성하지 않았다. 그래서 서른다섯 되던 해에, 다시 말해 아버지가 위암 수술을 받고 경제력을 잃은 해에 어쩔 수 없이 정신지체 3급 판정을 받았다. 체면이자 자존심이었던 둘째의 장애가 실익으로 바뀐 것이다. 나는 우리의 장애가 둘째의 장애보다 컸다는 사실을 알았고, 우리의 장애가 둘째의 장애를 이용했다는 끔찍한 사실을 깨달았다.
　나는 제 통제권을 벗어난 불안 속에서 겁에 질려 있을 둘째와 쫓기는 불안 속에서 숨어다니고 있을 꾸낀을 생각하며 막내가 따른 맥주를 단숨에 들이켰다. ─(30~31면)─

둘째가 안고 있는 장애를 절대 인정하지 못하고 '바보'라는 놀림으로부터 둘째를 악착같이 지키고자 했던 지난날의 인식에서 벗어나온 '나'는, 자신을 놀리는 것으로 오해한 둘째에게 찔린 인도네시아 노동자 역시 노동 현장에서 둘째와 동류의 존재임을 깨닫는다. 존재의 성질을 그것 그대로 인정하지 못하는 '나'와 사람들의 아집과 편견이 둘째에게도 꾸낀에게도 직간접적인 폭력의 근원이 되어왔던 것이다.

공장 방향으로 가는 시내버스가 오자 둘째는 버스 노선 번호인 '140'이라는 숫자를 "읽고 탄 것이 아니라, 모양새를 보고" 탄다. 숫자를 글자로 인지한 것이 아니라 형태로 인지해 식별한 것이다. 둘째가 구구단과 수를 익히지 못하는 것을 결코 용납할 수 없었던 '나'는 뒤늦게 둘째에게는 둘째의 방식으로 세상이 존재함을 깨우친다.

3

고광률의 소설이 주목하는 폭력의 양상은 일차적으로 가장 가까운 인간 관계인 가족 내에서 빚어지는 것이다. 이러한 폭력은 주관적 인식을 강요할 때 일어난다. 가족이라는 친밀성에서 비롯된 주관적 인식은 상대방이 갖고 있는 진실이나 본질과는 한참 어긋나 있고, 이러한 어긋남은 인간 관계가 지속될수록 깊어져 폭력의 강도를 더해가게 된다. 「조용한 가족」에서 '나'와 둘째의 관계 맺기는 이런 폭력이 가족이라는 친밀성의 야누스적 이면임을 날카롭게 조형(造形)한다. 「고양이와 속옷」에서 내가 세들어 있는 집의 주인아저씨와 주인아주머니 부부 역시 그러한 폭력으로 매개된 관계이다. 의처증이 있는 주인 사내의 폭력은 한집에 사는 '나'와의 관계 맺음에도 침투한다. 실업으로 인해 "아주머니와 온종일 붙어 지내는" '나'는 의심의 대상에서 제외된 듯했으나 이는 착각이었으니, 작품의 결말 부분에서 주인 사내의 의처증이 '나'를 향한 것이었음이 적나라하게 드러난다. 그리고 이런 주인 사내의 의처증은, '나'의 어머니의 손가락을 앗아간 아버지의 의처증과도 겹쳐져 있다.

폭력의 메커니즘은 학교나 군대와 같은 조직사회, 닫힌 사회에서 한층 더 잘 관찰된다. 한국문학은 학교 사회를 무대로 교사와 학생 사이에 개재되는 폭력과 복종, 지배와 속박의 양상을 심층적으로 탐구한 뛰어난 작품을 산출해왔는데, 황석영의 「아우를 위하여」, 전상국의 「우상의 눈물」, 이문열의 「우리들의 일그러진 영웅」 같은 작품들이 그것이다. 고광률의 「어떤 보필」은 이런 계보를 잇는 작품으로, 규모가 크지 않은 짤막한 단편이지만 흥미롭게 읽힌다.

모르는 것을 알려고 하는 '노력'을 강조하는 담임 교사는 학생들에게 "전체의 통일" 즉 획일화를 요구했고, '노력'의 결과가 1등 학급으로 나타나 인사고과를 챙길 수 있기를 희망했다. 이러한 담임의 의지를 관철하기 위한 수단의 정점에는 들기름을 먹인 '훈도용 몽둥이'가 있었으니, "담임을 돕고 싶"어 스스로 나선 석철이 비록 담임의 폭력의 주요 대상은 아니었을지라도 그의 대응은 상위의 폭력이 산출한 또 다른 폭력의 양상이었다. 학급에서 일어난 도난 사건과 석철의 응수, 그리고 담임의 돈봉투 사건은 석철과 석철의 학급이 담임으로부터 해방될 수 있는 계기였으나, 사태는 그렇게 흘러가지 않는다. 부모에게 버림받아 고아원에 살고 있는 처지인 석철은 천혜원 원장 수녀에게서 "불의의 편에 서는" 것으로 추궁을 받고, 마침내는 죄가 없는 담임을 고자질한 것으로까지 오해받는다. 사회 또는 조직이라는 커다란 힘 아래에서 지배적인 폭력에 협조해 이차적으로 폭력과 간지(奸智)를 행사하던 석철은, 그것이 주관적으로는 선의의 행동이고 평화의 추구에 다름아니었으나 그러한 자신의 주관이 담임을 비롯해 자신을 둘러싼 세계로부터 철저하게 배반당하는 것을 경험한다.

「공존의 공식」은 학교보다 한층 폐쇄된 사회인 군대 사회에 작동하는 폭력의 메커니즘을 치밀하고도 집요하게 파헤친 역작이다. 질서와 규율이 지배하는 병영이 실은 질서와 규율이라는 허울 아래에서 잔꾀가 살기 위한 비법이 되고 사위(詐僞)가 탐욕을 채우는 묘법이 되는 세계라는 것을, 냉정하지만 뜨거운 시선으로 붙잡아서 묘파하고 있다. 엄 중사에게서 모욕과 구타를 당한 오 병장이 총질을 하며 들어와 '나'가 인질로 붙잡히면서 시시각각 긴박한 상황이 펼쳐지는바, 인사계는 총기 사고를 오발 사고로 축소하기 위해 사령실로 총을 들고 쳐들어오 병장을 빼내 온다. 이렇게 전개되는 일련의 사건들이 단순히 한 병사의 감정 폭발에서 발단한 것이 아니라 인사계와 중대장, 엄 중사, 오 병장, 인사계의 아내 그리고 '나'까지 연루된 얽히고설킨 이권과 치정

관계에서 연유하고 있음을 「공존의 공식」은 퍼즐 조각을 하나씩 놓아 그림을 짜맞추듯이 직조해 드러낸다.

4

상당한 분량에 달하는 두 편의 중편 「조광조, 너 그럴 줄 알았지」와 「형에게 가는 길」은 「공존의 공식」과 더불어 작가 고광률의 주제의식과 역량이 유감없이 발휘되어 있는 묵직한 작품들이다.

조선조 중종 때의 좌절한 개혁정치가 조광조와 동명이인인 인물을 내세운 「조광조, 너 그럴 줄 알았지」는 우선 인물의 설정부터가 흥미를 끌면서 술술 읽히는 것이 장점이다. 이 작품은 일차적으로는 신자유주의 시대 경쟁 논리에 사로잡힌 대학사회와 그 구성원들을 겨냥한 비판과 질타를 목표로 하고 있는 듯 보인다. 조광조의 눈에 비친 대학사회의 모습과 그의 교육 개혁, 대학 개혁을 향한 열정은, "문제도 알고, 해결 방법도 알"지만 결코 개혁이 실현되지 않는 모순 덩어리인 대학의 실상을 적나라하게 고발하는 기능을 한다. 그러나 대학과 교육을 개혁하는 선봉에 섰던 조광조가 외톨이가 되고 결국 파멸의 운명을 맞이하는 과정을 따라가다 보면 이 작품이 보여주는 스펙트럼이 훨씬 중층적임을 발견하게 된다. 즉 개혁을 주장하고 주도하는 조광조라는 인물이 순진하기만 한 개혁사상가도 아니요, 이전투구의 난장판에서는 그 누구도 순수성과 일관성을 훼손당할 수밖에 없다는 사실을 우회적으로 설파하고 있는 것이다. 이 작품이 채택한 이중의 서술 전략은 그러한 복합적인 인식을 효과적으로 담아내기 위해 조광조라는 인물을 다면적으로 묘사하고자 의도된 것이다.

    단골이 된 조광조님을 받을 때, 나는 황진이처럼 할 수가 없었어요. 황진이가 될 수 없었기에 조광조님은 내게 있어 '진상'에 속하는 손님이었지요. 우리는 서로 쓰는 언어가 달랐어요. 조광조님은 교수가 교수를 바꿀 수 있다는 식으로 중이 제 머리를 깎을 수 있다고 주장하는 분이었어요. 딱한 일이었지요. (중략)
    내가 조광조님의 수준을 따라 올라갈 수 없기에, 조광조님이 점차 내 수준에 맞춰 내려왔어요. 거의 추락 수준이죠. 그분은 각종 기구들을 이용해 내 몸을 탐구하며 갑자기 몸으로 사는 세상에 대해 깊은 관심을 보였어요. 몸으로 사는 세상의 이야기를 모조리 머리로 이해하려는 그분의 욕심이 가련했는데, 이제는 도구를 이용해 이해하려 했어요. (184~85면)

좌절한 개혁 실천가를 조명하는 일대기 형식으로 신랄하고 중후하게 전개될 듯하던 소설의 흐름이 새로운 화자의 등장으로 갑작스레 전환된다. 독자는 이와 같은 서술의 전환에 잠시 당혹감을 느끼게 되지만, 새롭게 등장한 화자가 어떤 인물인지 금방 알아차릴 수 있다. "그날 조광조님은 어떤 정신을 팔아 가욋돈을 벌었는지 매상을 엄청 올려주고 갔어요."(173면) 즉 조광조가 들락거리던 술집의 접대부가 화자로 나서고 있는 것이다. 조광조의 비명횡사를 맨 처음 안 이 여성은 조광조의 애인이자 조광조가 교수로 있는 대학에 입학해서 그의 제자가 되기까지 한 인물이다. 그의 거침없는 조롱과 풍자를 통해 고민과 좌절로 망가져가는 조광조의 인간적인 면모가 적나라하게 드러난다. 대학과 사회를 향한 조광조의 독설과 맞물려 돌아가는 여성 화자의 도도한 언설은 한편으로 독자의 말초적인 흥미도 자극하면서, 전지적 화자의 서술과 번갈아 제시되어 한층 입체적인 인식을 가능하게 한다.

학생 충원율 감소로 위기에 몰린 대학은 점점 시장 논리의 나락으로 빠져들면서 정작 필요한 구조조정 등 개혁 방안에는 등을 돌린다. 조광조는 그 와중에 개혁본부장을 맡았으나, 일련의 주장과 개혁 정책이 교수들의 반발을 사게 되어 각자의 이해관계 속에서 "안팎으로 문제를 일으키는 사람"으로 찍히게 된다. 수요 공급의 경제 논리에 갇혀 비합리적이고 비이성적인 해괴한 일들이 횡행하는 가운데 대학은 "교육기관으로서의 본질"을 잃고, 조광조는 부도덕한 교수에다 폭력 교수로까지 몰리게 된다. 그의 죽음은 사고사이지만 본질적으로 대학사회의 개혁에 울리는 조종(弔鐘)이요, 교수와 직원, 학생 등 대학 성원들이 공모해서 자신들의 치부를 의탁해 제거해버린 희생 제의의 성격을 띤다.

5

　「조광조, 너 그럴 줄 알았지」가 우리 사회의 축도로서 대학사회가 안고 있는 구조적 모순, 그리고 그 구조적 모순이 개인에게 가하는 폭력을 두 겹의 시선으로 성찰하고 있다면, 「형에게 가는 길」은 현대사의 질곡이 개인의 일생을 어떻게 폭력적으로 규정하는지 진지하게 파헤치고 있는 작품이다.
　대학 강사 임창식('나')은 후배와 함께 두마면으로 민담을 채록하러 가서 예전 고모네가 살던 못골을 찾아보고자 한다. 이미 이십여 년의 세월이 흐른 터라 기억도 희미하고 마을도 옛 모습이 남아 있지 않아 오리무중을 헤매는 가운데 서서히 복원되는 과거의 기억과 고모 부부의 신산한 삶은 식민지와 해방, 좌우 이데올로기 대립, 전쟁과 살육으로 얼룩진 한국 현대사의 갈피들을 불러낸다. 그러나 작가가 주목하고자 하는 것은 역사와 이념의 이름으로 쓰여지는 거대서사가 아니라, 때로는 그 소용돌이의 중심에서, 때로는 그 소용돌이를 약간 비켜서서 살아왔던 이땅 민중들의 구체적인 삶의 모습이다. 가난하고 외롭게 산 고모를 외면해왔던 창식은 민담 채록 답사를 와서 고모와 고모부 부부에 얽힌 기억들을 조금씩 되살려내면서 그들이 살아온 삶의 진짜 모습을 마주하게 된다. 6·25전쟁 때 파편을 맞아 다리를 절게 된 고모가 재취로 고모부와 결혼해서 폐인이나 다름없는 술주정뱅이 남편과 궁핍

하게 살아온 세월은 그 시절의 경제와 삶의 애환을 전형적으로 보여주는 것이다.
 창식은 그동안 자괴감과 회피심 그리고 생계를 위한 번잡함 때문에 정면으로 마주하지 못했던 사실과 진실 들을 마을 노인과의 만남에서 마주치게 된다.

 "자네 옛날얘기는 뭣 땜에 채집하러 다니는 거여? 어디다 써먹을려구? 그게 다 지난 과거를 거울삼아 정신머리 똑바루 갖자구 그러는 거 아녀? 옛날얘기가 바루 역사구, 그 역사라는 것이 또 곧바루 정신 아녀? 자넨 테레비도 안 보나? 남의 슬픔까정 내 일처럼 여기며 눈물 콧물 다 짜내는 판인디, 어찌 일가친척의 슬픔을 나 몰라라 한단 말이여? 그러니까 정신머리를 놓고 사는 것이지. 대학 교수면 뭘 혀?"
 나는 노인이 담뱃대로 재떨이를 치는 것이 아니라, 내 머리를 치고 있다는 생각이 들었다.
 "멋이냐, 호강하다 떠난 혼령도 보살펴주질 않으면 외로운 법이여. 하물며, 그게 어디 멀쩡한 혼령들인가? 외로우면 탈이 생겨. 이가가 술독에 빠져 사는 거, 청주댁이 비명에 간 거, 죄다 외로운 영혼 탓이라고."
 난데없이 혼령 타령을 늘어놓는 노인의 노기 띤 눈에서 알 수 없는 광채가 번뜩였다. 창을 등지고 앉은 노인의 흰머리 위에서도 햇빛이 반사되어 묘한 광채를 뿜어내고 있었다. 갑자기 등줄기에서 땀이 솟아올랐다. 나는 또 다시 의식을 놓지 않으려고 어금니를 악문 채, 담뱃대를 쥔 노인의 손끝에 시선을 단단히 꽂았다. 그러고는 마치 도통한 선승으로부터 법문을 듣는 학승처럼 경건하고 긴장된 자세로 노인의 말을 새겨들으려고 무진 애를 썼다. 아니 내가 새겨듣는다기보다 노인이 내 머릿속에 새겨넣고 있었다.
"어디 그뿐이여. 딸이 집을 나가고, 아들이 집을 나가고 하는 것이 다 영혼을 외롭게 놔둔 때문이라고. 잊혀지길 바라는 영혼은 없지. 억울하게 죽은 영혼일수록 기억되길 바라는 거여. 내 말 알겠지?"
(296~97면)

일제 강점기에 만주에서 내려와 못골에 성공적으로 정착한 고모부의 집안은 그러나 큰아들의 월북으로 풍비박산 나고, 고모부의 아버지 어머니는 좌익 활동을 한 사람들과 더불어 연못에 수장을 당했다는 것이다. 창식이 그동안 소식을 몰라 죽은 줄만 알았던 고모부를 우여곡절 끝에 만난 것은 파출소에서였다. 순경의 권총을 절취하려 한 사건으로 입건된 고모부를 집으로 데려온 창식이 "짚단처럼 가벼운" 고모부를 욕실로 안고 가서 몸을 씻기는 장면은 그동안 외롭게 떠돌던 고모와 고모부의 신산한 삶이 다음 세대인 조카에게 온전하게 받아들여지는 순간이고, 역사의 질곡 속에 피폐할 대로 피폐한 고모부 일가의 생애가 온전하게 기억되는 순간이다.

6·25 미체험 세대가 부모 세대의 체험을 통해 한국 현대사와 마주치는 이런 구도는 1970, 80년대의 이른바 '분단문제 소설'의 계보를 잇고 있으며, 분단 현실을 문학적으로 인식하는 데 여전히 유효한 틀이다. 창식이 회피하고자 했던 기억의 매듭들을 하나하나 풀어내면서 고모의 삶과 고모부의 삶, 나아가 북으로 간 고모부의 형의 실존을 실체로서 가슴에 받아 안는 모습은 눈물겹고도 아름답다. 한 순간의 직관이 아니라 한걸음 한걸음 끈기와 정성으로 내디딘 발걸음으로 다가간 그 과정은 주인공이 자신의 정체를 찾아가는 모험인 동시에 분단 현실을 인식하고자 감행한 소설의 모험이기도 하다.

 고광률의 소설은 요즘 보기 드물게 '사회 속의 개인'을 탐구하는 정통적인 리얼리즘 정신에 바탕을 두고, 조금씩 기법적인 변주를 보이고 있다. 간결하게 응축되어 직립하는 문장과 꽉 짜인 구성으로 받쳐진 그의 소설 작품은 차돌멩이처럼 단단하다. 그러나 그 단단함 속에 부조리하고 폭력적인 현실과 역사에 대한 분노가 뜨겁게 살아 있고, 인간에 대한 따스한 연민과 매서운 풍자가 깃들어 있다. 고광률 소설이 확보하고 있는 소설적 단단함은 우리의 시선을 현혹하는 자극적인 텔레비전 드라마나 영상으로 승부하는 영화가 제공할 수 없는 소설 고유의 맛을 아낌없이 선사한다. 개인들이 발디딘 현실에 대한 깊이있는 성찰과 밀도 높은 언어를 겸비한 그의 작품들은 '현실과 인간에 대한 탐구'라는 문학의 고전적 명제를 다시금 떠올리게 한다.

 시와 소설을 막론하고 가볍고 현란한 언어로 각개약진함이 대세인 시절에, 오랜 기간 연마한 소설적 기량과 치열한 작가의식이 발휘된 창작집을 만나는 느낌은 신선하고 소중하다. 이번 창작집 출간을 계기로 고광률의 소설 세계가 더욱 유연하고 풍성한 경지로 쭉쭉 뻗어나가리라 믿는다.

| 작가의 말 |

 부끄러움과 긍휼이 가벼이 취급받는 세상에서 글 쓰는 자는 미련하다. 그 미련스러움 때문에 글 쓰는 자들을 가엾고 귀히 여기던 시절이 있었는데, 지금은 이런 시절도 갔다. 오직 재미있으면 사랑받고 재미없으면 거들떠보지도 않는다. 그래서 글로 먹고 사는 사람들은 재미를 찾아 기꺼이 어릿광대의 마음으로 유리걸식을 자처하기도 한다.
 나는 글로 먹고 살지 않아 유리걸식을 하지 않아도 되는 행운을 가지고 있다. 하지만 다른 일로 먹고 살아야 하기 때문에 시간에 쫓기고, 그 먹고사는 일로 마음이 강퍅해져 여백이 없고 붓끝에는 기교와 힘이 없다. 결국 같은 신세다.

 나는 아직도 균형 잡힌 글쓰기를 하지 못한다. 납득할 수 없는 것들에 대한 분노 때문이다. 분노하면서도 납득을 하려고 덤비는 내가 터무니없고 하찮을 때가 많다.

그래서 분노를 균형 잡아 솜씨있게 이야기하는 분들을 보면 마치 도인 같아 놀랍고 존경스럽다. 또 내가 세상의 이치를 이리도 모르는가 싶어 창피스럽기도 하다. 그래서 칭얼대듯 고자질하듯 글을 쓰는지도 모른다.

이렇게 세상과 글을 제대로 알지 못하는 사람이 또 글을 써서 책으로 묶는다.

누추한 글에 덕담을 써주신 현기영, 박범신 선생님께 깊이 감사드린다. 내게는 두 분 다 각별한 분이시다. 현기영 선생님은 내게 영원한 '순이 삼촌'이시고, 박범신 선생님은 돌아가신 최상규 선생님과 더불어 스물세 해 전에 내 글을 세상에 처음으로 내보내주신 분이다. 두 분의 덕담을 받은 것은 내 자랑이자 복이다.

부잡스러운 글들을, 바쁘고 귀한 시간에 읽고 해설을 달아주신 김이구 형에게 무척 고맙다.

그리고 화남출판사의 방남수 사장님과 책으로 만드는 일로 애써주신 분들에게 감사드린다. 이 책을 읽는 분들에게도 일일이 감사드리고 싶다.

갈현산성 밑에서
저자

이 도서의 국립중앙도서관 출판시도서목록(CIP)은 e-CIP 홈페이지
(http://www.nl.go.kr/cip.php)에서 이용하실 수 있습니다.
(CIP 제어번호 : CIP2010001218)

조광조, 너 그럴 줄 알았지
ⓒ 고광률, 2010

2010년 4월 4일 초판 1쇄 펴냄

지은이 | 고광률
펴낸이 | 방남수
펴낸곳 | 도서출판 화남
편집·디자인 | 권영임 현정

등록 | 제2-1831호(1994. 9. 26.)
주소 | (121-820) 서울 마포구 망원동 57-276 프라임 204호
전화 | (02)3142-4787   팩스 | (02)3142-4784
전자우편 | hwanambang@hanmail.net
인쇄 | 동안사

ISBN 978-89-6203-048-8 03810

값 10,000원

* 지은이와의 협의에 따라 인지를 생략합니다.
* 잘못된 책은 서점에서 바꿔 드립니다.